CHARMÉE DE VOUS RENCONTRER

UNE PETITE ENQUÊTE DES SORCIÈRES DE WESTWICK

COLLEEN CROSS

Traduction par
ELISE DELAHAYE

SLICE PUBLISHING

DU MÊME AUTEUR

Fraudes : Thrillers judiciaires de Katerina Carter

Stratégie de sortie: Crimes et enquêtes

Theorie des jeux

Formule mortelle

Mise au vert

Rouge vif - Nouvelle

Lune Bleue - Roman court

La Couleur de l'argent : Enquêtes criminelles de Katerina Carter (Coffret 3 volumes)

Thrillers judiciaires de Katerina : Tomes 1 et 2

Thrillers judiciaires de Katerina Carter : Tomes 3 et 4

Les Petites Enquêtes Surnaturelles des Sorcières de Westwick

Charmée de Vous Rencontrer

De la Sorcière à la Richesse

Le sort vers la gloire

Enquêtes Surnaturelles des Sorcières de Westwick

Site Web :

http://www.colleencross.com

CHARMÉE DE VOUS RENCONTRER

UNE PETITE ENQUÊTE DES SORCIÈRES DE WESTWICK

De la série des Petites Enquêtes des Sorcières de Westwick

MÉFIEZ-VOUS DE VOS RÊVES...

Une Petite Enquête Surnaturelle des Sorcières de Westwick

« ... Une petite douceur ensorcelante, surnaturelle. Si vous aimez les petits romans policiers avec des sorcières dedans, vous adorerez Cendrine West et son étrange famille de sorcières ! »

Cendrine West a un secret — elle n'a aucune envie d'être une sorcière. Elle n'est pas très bonne dans ce domaine non plus, chose que sa Tante Pearl ne risque pas de lui pardonner. Toutefois on n'échappe pas si facilement à ses racines, surtout pas ici, dans la petite ville de Westwick Corners, où la famille de sorcières West pose problème depuis des générations.

Le problème survient lorsqu'un cadavre est découvert juste avant le mariage de Cendrine. Ses talents de limier mettent à jour un lien entre cet assassinat et le surnaturel – et mettent le doigt sur un secret au sujet de son fiancé qu'elle aurait préféré ignorer. Cendrine se retrouve contrainte de tester les limites de sa propre sorcellerie. Suffira-t-elle à sauver sa famille et la ville ?

La scène de crime désigne sa grincheuse de Tante Pearl comme coupable, cette même Tante qui a juré d'arrêter le développement du tourisme de la ville, pourtant vital à cette dernière, à tout prix. Elle est aussi bien décidée à faire quitter la ville à Tyler Gates, le nouveau shérif si sexy, comme à tous ses prédécesseurs. Comme si cela ne suffisait pas, le spectre de la Grand-Mère Vi veut un peu d'action elle aussi. Cendrine jure d'aider sa tante, d'autant plus que cette dernière ne fait rien pour se délivrer des soupçons.

Les étincelles volent entre Cendrine et Tyler comme l'affaire se monte tout autour de la Tante Pearl. Cendrine pourra-t-elle rediriger l'enquête – et son cœur – dans la bonne direction ?

Si vous aimez les petits romans policiers drôles, emplis de bonnes doses d'humour et de surnaturel, vous adorerez celui-ci et ses sorcières !

CHAPITRE 1

*J*e venais tout juste de sortir de mon sac mon téléphone en train de sonner que la Tante Pearl entrait déjà comme une fusée dans mon bureau. Et par entrer comme une fusée, j'entends littéralement, sans toucher le sol des pieds – le genre de choses typiques de ce que l'on ne doit pas faire en plein jour. Certes, notre statut de sorcière n'était pas vraiment l'un des secrets les mieux gardés de la petite ville de Westwick Corner, mais enfin c'est toujours mieux de ne pas trop en faire quand même.

Elle s'arrêta sur le palier de la porte, toujours en flottant au-dessus du sol, et me dévisagea en fronçant les sourcils.

— Cendrine !

Tante Pearl ne prononçait mon prénom en entier que quand elle était en colère. Mais peut-être que c'était aujourd'hui aussi mon cas. J'étais en effet au bureau depuis six heures du matin, à essayer de rattraper le temps perdu. Il était presque midi et j'étais alors fatiguée, affamée, en plus d'être couverte de sueur, à cause d'une clim qui avait jugé bon de rendre l'âme à la première occasion ce matin. Celle de mon bureau m'indiquait qu'il faisait trente-deux degrés, mais je n'avais pas les moyens de la faire réparer.

Et maintenant le reste de ma journée était sur le point aussi de partir en vrille. À moins que je ne m'arrange pour mettre fin à cette spirale infernale d'abord.

Je l'ignorai à dessein et me concentrai sur mon téléphone qui continuait de sonner. Un coup d'œil sur l'écran m'apprit que l'appel provenait, encore une fois, de Maman. Elle m'avait déjà appelée une demi-douzaine de fois ce matin-là pour me poser plein de questions, soit sur la répétition du mariage soit sur l'inauguration du Westwick Corners Hôtel, qui appartenait à notre famille, événements tous deux prévus pour un peu plus tard dans la journée. J'aurais sûrement mieux fait de rester à la maison.

— Cendrine, notre nouveau shérif est un pourri. Je veux que tu enquêtes là-dessus.

Elle resta silencieuse à s'attarder sur le pas de la porte, à attendre une réaction de ma part.

— Non.

Je lui tournai brusquement le dos pour répondre au téléphone. Maman était dans tous ses états.

— Cen, je ne trouve Pearl nulle part. J'ai peur qu'elle ne soit encore partie faire quelque chose de stupide.

J'activai le haut-parleur et haussai les sourcils en direction de la Tante Pearl.

— Elle est là, avec moi, au bureau.

La Tante Pearl s'approcha de mon bureau pour rugir dans mon téléphone :

— Je n'ai vraiment pas besoin d'une baby-sitter, Ruby. Je sais très bien m'occuper toute seule.

— Mais c'est ça qui m'inquiète, répondit Maman. Tu ne peux pas continuer à t'amuser à faire fuir tout le monde de la ville, encore moins les forces de l'ordre. Ce n'est pas bien.

— Alors tu n'as qu'à me coller un mouchard. Je te jure… grogna ma tante avant de s'avachir dans une chaise en face de mon bureau. Je ne suis plus une enfant.

— Pourtant tu te comportes comme telle la plupart du temps.

Apparemment, je n'étais pas la seule à me poser des questions au sujet du genre d'accueil que la Tante Pearl avait dû réserver au shérif. Il valait mieux ne pas trop faire étalage de notre particularité. La famille West faisait certes partie des pères fondateurs de Westwick Corners depuis plus d'un siècle, depuis que mes arrière-grands-parents s'y étaient installés. Toutefois, cela restait à la portée de tous, à la nôtre y compris, de se faire détester du voisinage. Il y avait une limite à ce que pouvaient supporter les gens.

La Tante Pearl ignora ma réponse. Peut-être que ce sentiment qu'elle avait, cette impression que tout lui était dû, était un héritage de notre histoire familiale. Et c'était bien dommage, parce que c'était son mépris flagrant pour les règles qui menaçait à présent la continuité de notre présence en ville. Ce à quoi elle n'avait absolument pas l'air d'accorder grande importance.

Elle s'empara de mon téléphone et y siffla :

— Il est louche, Ruby. Cen va faire une enquête sur lui.

Je récupérai mon téléphone.

— Je ne vais rien faire du tout. Ce que tu veux et ce qui se vend dans les journaux sont deux choses entièrement différentes, Tante Pearl. Je ne peux pas t'aider là-dessus. J'ai des délais à respecter si je veux réussir à faire publier le *Westwick Corners Weekly*.

Comme la plupart des gens d'ici, je m'étais créé mon emploi en rachetant le journal à l'ancien propriétaire quand ce dernier était à la retraite. La plupart de l'industrie de la ville s'était effondrée quand l'autoroute nationale qui passait par là avait été détournée il y avait de cela quelques années. La plupart des jeunes de mon âge n'avaient pas tardé à aller voir si l'herbe n'était pas plus verte ailleurs. Le peu qu'il restait d'entre nous n'arrivait qu'à tout juste gagner sa croûte.

Maman haussa la voix.

— Allons, En, Pearl essaie juste de nous aider. Tu prends ton travail beaucoup trop au sérieux.

Le changement soudain de ton de ma mère ne me surprenait guère. Elle se contentait simplement après tout de se ranger du côté de sa sœur aînée pour minimiser les dommages collatéraux et préserver sa santé mentale. Mais cette stratégie qu'elle avait l'habitude d'adopter impliquait aussi que la Tante Pearl obtenait en général tout ce qu'elle voulait, pour que ma mère évite les conflits. Sur le long terme, cela ne faisait que créer plus de problèmes qu'en résoudre, selon moi.

— Je dois y aller, Pearl, Cen. On se revoit dans quelques heures.

Et voilà que Maman donnait son feu vert aux agissements de Tante Pearl, dans un effort futile de préservation de la paix ambiante. Elle ne se rendait pas compte de la façon dont sa sœur la manipulait pour arriver à ses fins. Moi, d'un autre côté, je préférais d'habitude lui tenir tête. Au final, ma tante et moi étions toujours en conflit.

Tante Pearl se laissa couler au fond de sa chaise et poussa un rire narquois.

— Ce n'est pas un journal – c'est juste un paquet de pub pour chasseurs de coupons de réduction. Pourquoi tu perds ton temps comme ça ? Personne ne lit tes articles. Affronte la réalité, Cen. Ce journal, c'est un flop.

— Au moins, moi, j'ai un gagne-pain honnête.

La Tante Pearl avait le chic pour me mettre encore plus le moral à zéro quand il était déjà dans les chaussettes. Mais son constat était malheureusement vrai. Je m'étais procuré un temps partiel qui payait mal, et pour lequel je n'étais même pas douée. Il n'y avait que peu d'options qui permettaient de joindre les deux bouts en ville, et la plupart d'entre nous avaient donc dû se tourner vers l'auto-entreprenariat.

— Tu ne pourrais pas essayer de dire quelque chose de gentil, pour changer ?

Ma tante m'étudia un instant sans dire un mot. Elle était rarement à court de vacheries, pourtant. J'avais plutôt intérêt à prêter attention à sa dernière tirade si j'avais envie de sortir du bureau à une heure relativement correcte.

Puis elle se pencha en avant.

— Je vais te donner un scoop, pour que tu puisses avoir pour une fois une histoire décente à raconter. Notre nouveau shérif est un ripou et je veux que tu dévoiles ses crimes à tout le monde.

— Quels crimes ?

Je vérifiai ma montre. Il était presque midi.

— Le Shérif Gates a dû prendre ses fonctions pour la première fois il y a quoi, quelques heures ? Il n'a sûrement même pas eu le temps d'accomplir la moindre tâche.

— Mais il a un passif, Cen. Et un passif sordide avec ça.

— Comme tous ceux d'avant, non ?

Tyler Gates était notre cinquième shérif en six mois. Nous n'attirions que des marginaux, des bons à rien et des policiers que le reste du monde aurait considérés comme des gens inemployables, indésirables. Moi, j'étais prête à me montrer indulgente envers lui, parce que peu importe la qualité de nos forces de l'ordre, un peu valait mieux que rien. On fait avec ce qu'on a.

— Je sais pourquoi il a quitté son ancien boulot, me glissa Pearl avec un clin d'œil. Ça pourrait faire un vrai scandale.

— Tiens donc ?

Le seul avantage qu'on pouvait trouver à ces rotations constantes du personnel de nos forces de l'ordre était que cela permettait de garder plus ou moins le secret concernant les talents surnaturels de ma famille. Le désavantage, c'était que ces rotations n'étaient pas vraiment normales. La principale raison des départs précipités de la plupart de ces policiers s'expliquait par un incroyable taux de criminalité entièrement incarné en la femme qui me dévisageait de l'autre côté de mon bureau.

— Oui, tiens donc. Et encore une chose : ce panneau sur l'autoroute, là-bas, ne fait que nous attirer des mauvaises fréquentations.

Les yeux de la Tante Pearl s'étrécirent pendant son discours, et elle se leva aussi pour essayer d'avoir l'air plus imposant. Elle plaça aussi les mains sur ses hanches, une belle quarantaine de kilos d'indignation et d'intimidation.

— Il nous attire des touristes, Tante Pearl. Ce sont des fréquentations dont on a besoin.

La Tante Pearl détestait les visiteurs, mais à moins qu'elle n'arrête ses frasques, Westwick Corners était destinée à rejoindre le cercle des villes fantômes de l'État de Washington. Notre ville n'avait aucune industrie locale, rien que des agriculteurs grisonnants aux alentours qui ne dépensaient pratiquement rien dans les commerces locaux.

Le tourisme était tout ce qui nous restait, et nous avions ainsi passé des mois à revitaliser et à relooker Westwick Corners pour lui donner des airs d'escapades paradisiaques tendance. J'avais un sentiment désagréable qui commençait à s'installer, qui me soufflait que tous nos efforts risquaient de partir en fumée.

— C'est quoi cette odeur ? m'interrogeai-je brusquement en humant l'air, et m'alarmant du fait que le parfum habituel de lavande fané de la Tante Pearl s'était changé en une odeur rance d'essence.

La dernière fois qu'elle avait porté une telle flagrance, elle s'était mise dans le radar de la police d'État de Washington. Ce dont ni la ville ni notre famille n'avaient besoin, vraiment.

La Tante Pearl fit un sourire narquois, mais ne prononça pas un seul mot.

— Toute la ville a voté pour obtenir ces nouveaux panneaux autoroutiers, Tante Pearl. Désolée, mais c'est la majorité qui prévaut.

Nous n'avions pratiquement plus de visiteurs depuis que l'échangeur de l'autoroute avait été dévié vers la ville voisine, Shady Creek, voilà plusieurs années de cela. Et nous avions désespérément besoin d'y remédier.

— Ne me dis pas que tu as encore endommagé le panneau sur l'autoroute.

Silence.

Nos impôts fonciers étaient grimpés en flèche à cause des incendies criminels et des vandalismes constants de ma tante, et les excuses ne suffisaient plus au bout d'un moment. Le panneau autoroutier était loin d'être la seule chose qu'on devait régulièrement remplacer, et j'en avais assez de l'animosité ambiante qui grandissait à l'encontre de ma famille à cause des âneries de la Tante Pearl.

J'avais idée que ma tante ne mentait pas à ma mère qu'au sujet du panneau.

— Cela sent l'essence à des kilomètres à la ronde. Qu'est-ce que tu as encore été faire ?

La Tante Pearl renifla à outrance.

— Moi, je ne sens rien. Arrête de changer de sujet, Cendrine. Ce panneau, ça fait du mal à mon business.

Je ne comprenais absolument pas pourquoi ma tante était en colère contre moi. Je décidai de procéder avec précaution, parce que la pyromanie et les pouvoirs magiques ne se marient pas bien. Ils étaient pour moi à la fois une vraie bénédiction et une malédiction. J'avais la conviction profonde que ceux-ci devaient être exploités pour le bien commun, et pas pour semer le chaos.

La Tante Pearl ne partageait pas mes idées.

— Quel business ? demandai-je en clignant des yeux, en larmes à cause des vapeurs d'essence.

— Je te parle de l'École de Charmes de Pearl.

— Hein ?

Ma tante était tout sauf charmante.

— Ma nouvelle école de magie.

— Quelle école de magie ? Tu as déjà un job, à l'Hôtel. Tu devrais y être à l'heure qu'il est, en train d'aider Maman.

Le nouveau « job » de la Tante Pearl était de faire le ménage à l'Hôtel. C'était un bon moyen de l'occuper. Même à soixante-dix ans, elle trouvait le moyen, dès qu'elle avait du temps libre, de se fourrer dans les ennuis jusqu'au cou.

— Ruby gère très bien toute seule.

— Elle m'avait l'air au contraire plutôt stressée au téléphone. À mon avis, ton aide lui ferait le plus grand bien. Nos invités seront là d'un moment à l'autre, lui rappelai-je, en songeant au fait que toutes nos chambres étaient pour le moment réservées, et que nous avions des invités très importants.

Tonya et Sébastien Plant, le couple de milliardaires qui avaient fondé Travel Unraveled, le plus grand empire d'e-commerce en matière de voyages internationaux, étaient en effet nos premiers invités d'honneurs. Contre toute attente, ils avaient accepté notre invitation à venir séjourner à l'Hôtel, ce qui nous attirerait beaucoup de publicité. Leur expérience marquerait ou le déclenchement ou l'arrêt de cette nouvelle aventure. Ça passe ou ça casse, en gros.

— L'École de Charme de Pearl doit bientôt elle aussi faire son inauguration, tu sais, renifla la Tante Pearl en matérialisant une carte de visite dans sa main. Tu devrais t'inscrire. Dieu seul sait à quel point ça te ferait du bien de rafraîchir un peu ta magie. Ce n'est pas étonnant que tes talents soient si rouillés, vu que tu ne t'entraînes jamais. Les cours commencent dès demain, à neuf heures du matin.

— Ce n'est pas le moment, Tante Pearl.

Je retournai la carte de visite dans ma main pour y découvrir une sorcière dans un hologramme qui me faisait coucou. Je la reposai face verso sur mon bureau.

— Il faut vivre dans le présent, surtout à mon âge. Je fais ce que je veux, me rétorqua-t-elle. Je vis ici depuis plus longtemps que toi. En plus, l'École de Charme de Pearl fait partie du relooking de la ville. Elle nous attirera des touristes surnaturels.

— Je suis pratiquement certaine que cela ne faisait pas partie des plans officiels de la ville, cette histoire de sorcellerie.

La communauté entière avait passé des milliers d'heures à travailler de concert à une nouvelle stratégie touristique, que Tante Pearl s'apprêtait aujourd'hui à saboter.

En effet, tous les bâtiments de la ville, en incluant l'Hôtel, avaient été restaurés pour retrouver leur gloire des premiers jours du début des années 1900. La seule chose qu'on n'avait pas remise au goût du jour était notre théâtre burlesque, même si nous avions prévu d'en faire un jour un cinéma.

Peu de gens savaient que Westwick Corners était une ville située sur l'un des vortex majeurs de la Terre, autrement appelés points d'énergies. Qu'on décide d'y croire ou non, cela restait un bon attrape-touriste. C'était en effet ce vortex même qui avait attiré la famille West en premier lieu. Même si jusqu'ici son existence était restée telle un secret bien gardé.

Maintenant que les temps avaient changé et que la ville tout entière se battait pour sa survie, nous avions décidé de miser là-dessus. Nous avions opté pour un thème New Age, en plus d'y créer un centre de remise en forme spirituelle, un spa, et des boutiques souvenirs pleines d'objets façon litho thérapie, etc.

Tout, sauf de la sorcellerie.

— Tu n'as même pas de local où faire tes classes.

Ma tante haussa les sourcils et sourit.

— C'est faux. Je viens de louer l'ancienne école.

— Tu ne peux pas faire de magie en plein jour.

L'école était à peine à quelques centaines de mètres de l'Hôtel, et on voyait clairement à l'intérieur si on se trouvait dans la Rue Principale. Je frémissais à l'idée de voir la Tante Pearl en train de faire de la magie au nez et à la barbe des touristes. Catastrophe assurée.

— Nous sommes dans un pays libre, renifla la Tante Pearl. Je fais ce que je veux. Les gens du coin connaissent nos talents.

C'était vrai, d'une certaine façon. Les secrets étaient difficiles à garder au sein de Westwick Corners. C'est l'une de ces petites villes où tout le monde se connaît. Mais le reste de la ville ne connaissait cependant pas la véritable portée de nos pouvoirs. Ils avaient quelques vagues idées comme quoi nous savions faire des potions et des rituels païens, mais au-delà de ça ils ne savaient pas grand-chose, ce qui valait mieux pour tous ceux que cela concernait. L'idée de transformer Westwick Corners en l'équivalent d'une cité universitaire magique ruinerait à coup sûr l'équilibre délicat sur lequel reposait notre fragile existence.

Nous avions une politique de « chacun ses affaires » dans le coin. Le reste de la ville ne pose pas de questions, et nous, on ne dit rien. Cela fonctionnait mieux ainsi. Je voulais partir d'un bon pied avec notre nouveau shérif, sauf que faire étalage de notre magie était le meilleur moyen de faire exactement l'inverse.

Je soupirai.

— Il te faut un permis d'exploitation. Tu vas vraiment enregistrer ton établissement comme école de magie ?

La Tante Pearl fit la moue et changea de sujet.

— Vous les jeunes d'aujourd'hui, ne savez pas apprécier votre héritage. Toi, par exemple. Tu as abandonné ta magie pour aller perdre ton temps dans ce trou à rats.

— Le *Westwick Corners Weekly* n'est pas un trou à rats. C'est un journal centenaire, sifflai-je en levant les mains d'exaspération face à mon bureau miteux.

Les rénovations étaient toujours hors de question à moins que mon journal ne se mette à gagner un peu plus de revenus grâce à la publicité. Ce qui ne se produirait pas si on ne donnait pas d'abord un coup de pouce à l'économie locale.

La Tante Pearl ricana.

— C'est vrai que tout ici a l'air de dater d'il y a cent ans. Ça, au moins, c'est authentique.

— C'est un journal, pas un showroom privé.

La Tante Pearl avait aussi le chic pour rabaisser mes exploits personnels. J'avais laissé mon cœur parler plutôt que ma tête en achetant le journal, en me disant que je pourrais réussir à le sauver, mais je n'avais pas vraiment d'autres choix de toute façon. Le *Westwick Corners Weekly* ce n'était pas le *New York Times*, mais enfin il restait mon journal, et je savais transformer le grain de la rumeur assez facilement en un bon article.

— Fais comme tu veux. Mais je ne pourrais pas garantir la sécurité de tous ces mortels que tu vas nous attirer. Mes élèves auront besoin de s'entraîner sur de véritables personnes.

— On s'était tous mis d'accord, Tante Pearl, y compris toi, répliquai-je en me questionnant avec crainte sur ce qu'elle voulait dire par « s'entraîner sur de véritables personnes », mais ce n'était pas le bon moment. Plains-toi de tout ce que tu veux, mais on a besoin de touristes. Et je doute qu'il y ait des élèves dans ton école de toute façon.

— Dis donc mademoiselle, vous voulez parier ? Ma classe est presque pleine.

Elle mentait, c'était quasiment sûr, mais je ne voulais pas prendre de risques.

— Je te tiens pour personnellement responsable de la sécurité et du bien-être de nos hôtes, lui répliquai-je.

Mon futur après tout reposait sur la croissance et la prospérité de Westwick Corners. Sinon pourquoi me serais-je enquiquinée à rester ici ?

C'était en partie à cause de Brayden Banks. Mon fiancé était le maire de la ville, alors nous ne pouvions pas vraiment nous permettre de déménager de toute façon. Notre mariage était pour dans deux semaines et mon futur était déjà pratiquement tout tracé.

— Mais bien sûr, rétorqua la Tante Pearl avant de se tourner et de sortir en tempête de mon bureau.

Les portes de l'étage d'en bas claquèrent à l'instant où Pearl disparaissait dans le couloir. Elle réapparut abruptement quelques secondes plus tard et retourna à mon bureau d'un pas raide.

Un homme aux larges épaules suivait la Tante Pearl. Ma mâchoire se décrocha en comprenant que je reconnaissais cet uniforme beige qui accentuait une silhouette déjà athlétique. Ce nouveau shérif ne ressemblait absolument pas aux hommes d'âge moyens à calvitie et ventre bien rond qui l'avaient précédé. Et si on se fiait à sa démarche raide, il était déjà passé à l'exercice de ses fonctions.

— Et maintenant ?

J'avais le sentiment désagréable que sa visite était en lien total avec ma pyromane de tante qui était aujourd'hui devant moi, à bout de souffles.

— Je vais te faire une offre, me souffla la Tante Pearl. Tu m'aides avec le shérif et en retour je te fais une inscription gratuite à l'École de Charmes de Pearl.

— Il n'y a pas moyen. Je ne passerai pas de marché avec toi et je ne m'inscrirai pas dans ta stupide école de magie, sifflai-je avant de regretter les mots à peine ceux-ci sortis de ma bouche.

Mais heureusement, le Shérif Gates était encore à dix mètres de nous, hors de portée auditive.

La Tante Pearl me regarda de la tête aux pieds et opina lentement du chef.

— Si seulement ta grand-mère pouvait te voir, elle aurait honte de ton attitude et de ta magie toute rouillée. S'il y a bien quelqu'un qui a besoin de mon école de magie, c'est toi, Cendrine.

Techniquement Grand-mère *pouvait* me voir, puisqu'elle se matérialisait en tant que fantôme dès qu'elle en avait envie. Mais Grand-mère Vi s'était tenue relativement calme ces derniers temps, ayant à faire avec ses propres problèmes. Elle n'était pas contente que sa demeure ancestrale se retrouve transformée en hôtel. Le changement était difficile pour tous.

— Je n'ai pas besoin de ton école. J'ai des choses plus importantes à faire.

La Tante Pearl ricana.

— Qu'est-ce qu'il peut bien y avoir de plus important que la magie ?

Mes yeux filèrent à la va-vite vers le shérif qui approchait, mais il était toujours loin, à cinq mètres de nous. La Tante Pearl se fichait bien du reste du monde et de ses activités et préférait se concentrer sur les siennes, bien sûr.

— Sauver la ville, par exemple. On a travaillé tellement dur pour empêcher cet endroit de devenir une ville fantôme.

La Tante Pearl haussa les épaules.

— Quel est le problème ? J'en ai marre de tous ces intrus. Cela nous changerait d'avoir un peu de paix et de tranquillité.

La plupart des agitations en ville découlaient directement des actes de la Tante Pearl. La moitié de la ville voulait bannir ma pyromane de Tante, et apparemment notre nouveau shérif avait l'œil sur elle lui aussi.

— Tu n'as rien à me dire avant qu'il arrive ?

— Non.

L'œil droit de la Tante Pearl tressaillit, signe infaillible qu'elle me cachait quelque chose. Sorcière ou non, aucun charme n'aurait suffi à masquer sa tromperie.

— Tu as intérêt à ce que ce panneau autoroutier soit intact, Tante Pearl. Tu avais promis de ne rien faire d'illégal.

— Je n'ai rien promis du tout. En plus, même si c'était vrai, j'ai sûrement dû croiser les doigts à ce moment-là.

Les bras flasques de la Tante Pearl remuèrent légèrement quand elle leva la main en l'air.

Je levai les yeux au ciel.

— On verra plus tard.

— Je vous dérange, peut-être ?

Le Shérif Tyler Gates était arrivé à l'embrasure de la porte. Il était difficile de le manquer, ce dont je n'avais aucune envie de toute façon. Ses cheveux bruns ondulés vinrent frôler le haut du cadre de porte quand il s'arrêta sur le pas de mon bureau. Mon cœur s'arrêta en rencontrant ses yeux brun couleur chocolat. D'un coup, Westwick Corners n'était plus aussi ennuyeuse qu'avant.

Je me paralysai, figée par son sourire contagieux. Et lui tendis la main.

— Shérif, je vous remercie d'être venu vous arrêter ici. Bienvenue à Westwick Corners.

— Appelez-moi Tyler. Cette ville est trop petite pour les formalités, me répondit-il en m'échangeant une poignée de main.

Je sentis ma gorge se nouer en voyant nos regards se croiser.

— J'espère que vous vous plairez ici.

Je sentis mes joues se colorer sous le regard dénué de toute honte que je posais sur le plus bel homme que je n'avais jamais vu de ma vie.

Le shérif vint avec précaution aux côtés de la Tante Pearl.

— En fait, j'avais seulement prévu de venir plus tard dans la semaine, mais quelque chose est arrivé et a changé mes plans.

Il fit un signe de tête vers ma tante.

— Oh ? murmurai-je, admirant son uniforme bien ajusté à son corps partout là où il le fallait. Si c'est de la Tante Pearl dont il s'agit, c'est vrai qu'elle dépasse les bornes parfois.

Je sentis quelqu'un tirer sur ma manche.

— Ne fais pas comme si je n'étais pas là, nous reprocha la Tante Pearl en se penchant vers nous et en s'insérant entre le shérif et moi. C'est de ça dont j'étais venue te parler. Le shérif…

Je toussai en inhalant le parfum « eau de gazoline » de ma Tante.

— Je ne paierai pas ta caution cette fois, Tante Pearl. Si tu as fait quelque chose, assume, déclarai-je avant de me tourner vers Tyler. Je suis certaine qu'on doit pouvoir réparer ce qu'elle a fait, peu importe ce que c'est.

Comme j'étais la seule journaliste de la ville, je tenais à avoir une bonne relation de travail avec la seule force de l'ordre de la ville.

Mais oui bien sûr, on y croit tous.

En plus d'être sacrément canon, Tyler Gates avait l'air en fait plutôt normal. De fait, bien trop normal pour Westwick Corners. Il avait à peu près mon âge, ce qui était inhabituel comparé à ses prédécesseurs d'âges mûrs qui étaient arrivés à Westwick Corners en dernier recours quand personne d'autre ne voulait les embaucher. Mais le simple fait de sa présence ici signifiait que Tyler Gates devait se traîner quelques casseroles. Ses problèmes à lui n'étaient tout simplement pas visibles de l'extérieur. Je me retournai vers ma tante.

— Qu'est-ce que tu as fait que tu refuses à ce point de m'avouer ?

— Et bien, c'est précisément ce que j'essayais de te dire, Cen. Écouter, cela n'a jamais été un de tes points forts, me reprocha-elle avant de se pencher encore plus et de me chuchoter : j'ai dû user d'un peu de mag.

Je la foudroyai du regard.

— Vous avez dû faire quoi ? demanda le Shérif Gates en fronçant les sourcils et en se penchant à son tour. Je n'ai pas entendu.

Mon cœur manqua de s'arrêter. Ça, c'était un secret qu'il fallait bien garder.

— Une hache, dis-je. Elle s'est servie d'une hache pour trancher le panneau. Ce n'est pas ça que tu avais dit, Tante Pearl ?

C'était à coup sûr une histoire sur ce fichu panneau. Elle n'était pas prête à lâcher prise.

Mon incendiaire de tante haussa les épaules. Elle sourit toutefois un peu, amusée de mon pitoyable essai de rime. Le Shérif Gates, lui, avait l'air perturbé.

— Le panneau était en cendres, pas en morceaux. J'ai du mal à suivre.

Je lui fis signe de la main d'oublier tout ça.

— La Tante Pearl perd un peu les pédales parfois.

— Ce n'est pas vrai ! rugit ma tante en écrasant son pied. Je suis tout à fait saine d'esprit.

Je la foudroyai du regard, puis me tournai pour décerner un sourire agréable au shérif.

— Elle ne le refera plus, je vous le promets.

La Tante Pearl claqua des doigts en direction du shérif.

— Refaire quoi ?

Et un dixième de secondes plus tard il se figea comme une vidéo sur laquelle on aurait mis pause.

— Tante Pearl ! Libère-le ! m'écriai-je, horrifiée de son manque de respect flagrant envers notre nouveau shérif. Tu parles d'un tour de magie ! Ce que tu fais là, c'est un abus de pouvoir !

La Tante Pearl me fit un clin d'œil et claqua deux fois des doigts rapidement.

— Trop tard.

Le shérif vacilla légèrement, puis se remit d'aplomb en sentant le sortilège se lever.

— La justice est toujours rendue, tôt ou tard, lança-t-il en lui renvoyant un autre clin d'œil, et en plissant le nez à cause des vapeurs d'essence. Quant à moi, je crois que je vais adorer cet endroit.

— C'est vrai ? nous répondîmes à l'unisson.

— Pour sûr.

Puis il lança la main dans sa poche de chemise et sortit un carnet de notes. Il y écrivit quelque chose à la va-vite au stylo avant de l'arracher et de la tendre à la Tante Pearl.

— Même pas fini mon premier jour de travail que je gagne déjà ma croûte.

Le sourire de la Tante Pearl s'évanouit en lisant le bout de papier. Il atterrit bien vite sur mon bureau. C'était une amende de cinq cents dollars pour troubles à l'ordre public.

Ce shérif ne faisait pas dans la dentelle.

Je l'aimais déjà.

CHAPITRE 2

Une brise fraîche d'après-midi adoucissait la chaleur étouffante ambiante de l'été. Je roulais avec la vitre ouverte pour en profiter.

L'été est ma période favorite de l'année, mais j'affectionne aussi particulièrement la promesse des nouveaux départs qu'apporte l'automne. Ce changement de saison qui se faisait deviner laissait entrevoir un nouveau départ à venir, ou plutôt plusieurs. En effet, ce soir, la grande inauguration de l'Hôtel de Westwick Corners devait marquer l'entrée dans l'histoire de notre nouvelle entreprise familiale, et deux semaines plus tard il y aurait mon mariage, où je débuterai un nouveau chapitre de ma vie.

Mais au lieu d'être excitée, je me sentais plus opprimée physiquement, comme si j'avais la poitrine compressée. Je m'étais imaginé au départ que Brayden et moi serions du style de ceux qui sont heureux pour toujours, comme tout le monde. Mais tout avait changé un peu plus tôt dans l'année quand il était devenu le plus jeune maire de Westwick Corners. Ses ambitions politiques avaient pris le pas, tout du moins en apparence, sur tous les moments que l'on aurait pu passer ensemble. Il passait son temps à annuler nos plans pour assister à tel ou tel événement de son réseau de connaissance. Je n'étais pas faite pour être femme d'homme politique, mais c'était trop tard pour y changer quoi que ce soit, maintenant.

Je n'avais en plus personne à qui en parler. Tous mes amis étaient partis peu après le lycée pour aller à l'université ou travailler à Seattle, voire encore plus loin. De fait, ils auraient préféré faire n'importe quoi plutôt que de rester dans cette ville assommante qu'était Westwick Corners. Brayden et moi avions été les seuls de notre classe à ne pas partir. Tout le reste des gens en ville étaient mariés avec des enfants. Les rares célibataires faisaient pratiquement tous partie de ma famille. Les sorcières ne sont en effet pas vraiment fans de mariages, mais ce n'est pas le sujet.

J'aurais probablement déménagé aussi si je n'avais pas été avec Brayden. C'était vrai que j'avais fait ce choix de mon plein gré, mais cela me manquait quand même de sortir avec mes copines. Au moins, songeai-je, j'en reverrai la plupart au mariage dans quelques semaines.

Je montai le long d'une route sinueuse entourée d'arbre, et atteignis le haut de la colline. Notre propriété rurale était située au-dessus de la ville sur une colline qui surplombait la vallée entière. Le Westwick Corners Hôtel était en réalité notre ancienne maison familiale, un imposant manoir entouré de vignes et d'un jardin à la française. Comme tout le monde en ville, il nous fallait bien un moyen de gagner notre pain, et nous avions donc prévu de nous servir de l'hôtel comme d'une sorte de chambre d'hôtes pour subvenir à nos besoins.

Notre propriété nouvellement rénovée serait aussi l'endroit où nous allions faire notre mariage. Brayden et moi échangerions ainsi nos vœux dans le petit pavillon du jardin. La répétition d'aujourd'hui devait simplement être une répétition rapide, principalement pour satisfaire ma perfectionniste de mère qui tenait à ce que nous puissions tisser nos liens sans accrocs.

Je me garai et jetai un œil vers le Westwick Corners Hôtel en traversant l'allée jusqu'au jardin. Les douze suites de l'Hôtel comportaient également deux suites privées au rez-de-chaussée pour Maman et pour la Tante Pearl. Je vivais quant à moi dans une cabane en bois indépendante et entièrement autonome dans un arbre, loin de tout, à l'arrière de notre propriété.

Ma charmante petite demeure dans les bois avait été construite sur mesure par mon grand-père, pour ma grand-mère, il y avait plus d'un demi-centenaire. Cela a l'air sûrement un peu enfantin dit comme cela, mais ma cachette était bien plus grande que tout ce que l'on pourrait s'imaginer. C'était une maison de quatre-vingt-dix mètres carrés sur deux étages, construite au cœur et autour du chêne massif qui lui servait d'appui. C'était un entre-deux mondes parfait : assez proche, sans trop l'être, de ma famille excentrique. Et cela me rendait triste de devoir la quitter après mon mariage avec Brayden pour aller emménager ensemble.

Ma mine s'assombrit quand j'entrai dans l'aire parking et remarquai que la BMW de Brayden était visiblement absente. La route qui menait en haut de la colline vers notre propriété était elle aussi dénuée de tout trafic. Cela m'agaçait de voir qu'il n'arrivait même pas à arriver à l'heure pour notre répétition de mariage. Ses arrivées tardives ne faisaient que faire perdre du temps aux autres, et cela m'énervait de devoir toujours l'attendre. Maman était sûrement aussi blessée de devoir perturber son planning lors d'une journée si pleine. Cela ne me plaisait vraiment pas non plus de devoir lui trouver des excuses et je craignais même qu'il ne se débrouille pour arriver en retard le jour de notre mariage même.

J'étais un peu en avance de quelques minutes, donc peut-être étais-je juste un peu sévère. Je traversai notre jardin de roses à la française et inspirai leur senteur délicate en me rendant au pavillon. La roseraie était en pleine floraison, un décor parfait pour la cérémonie.

L'extérieur du pavillon était partiellement recouvert de plusieurs variétés de vignes de clématites qui s'enroulaient autour des piliers et offraient une ombre partielle à l'intérieur. Des fleurs blanches s'y entre-laçaient avec d'autres fleurs roses, plus petites, en créant de superbes tapis floraux.

Maman et la Tante Pearl étaient déjà au pavillon ; leurs voix me parvinrent quand je me rapprochai. Elles étaient dehors, où Maman s'attelait à rattacher une vigne qui avait réussi à se défaire, tandis que Tante Pearl la regardait. J'étais un peu surprise de voir ma tante, parce qu'elle n'était pas le genre à se tracasser pour les mariages et ce genre de choses. Maman avait dû probablement la convaincre de venir pour l'empêcher de s'attirer encore plus d'ennuis.

Maman leva les yeux et me fit signe durant mon approche. Elle était petite comme la Tante Pearl, mais c'était là où les similitudes s'arrêtaient. La Tante Pearl était un sac d'os en comparaison de la silhouette bien en chair de Maman, le résultat d'une vie passée à goûter et à regoûter plusieurs fois sa cuisine et ses gâteaux. Aujourd'hui Maman semblait lessivée à force de devoir barrer des choses de sa liste des choses à faire. Ces histoires de grande inauguration de l'hôtel, de mariage à venir, le tout mêlé à ses tendances perfectionnistes, semblaient beaucoup la stresser.

— On te croyait coincée dans les embouteillages.

On n'avait jamais entendu parler d'embouteillages à Westwick Corner. C'était juste une manière pour maman de me reprocher de l'avoir fait attendre, sans aller à la confrontation. Maman ne disait jamais les choses directement, et surtout pas quand c'était négatif. Elle se gardait ses émotions pour elle-même et s'épuisait à force d'inquiétude, au lieu de s'exprimer et peut-être vexer quelqu'un. C'était sa façon de faire pour ne pas créer de vagues. Modus operandi qui n'était pas vraiment efficace parce que cette préservation de paix lui valait juste des migraines.

En me rapprochant, je remarquai des perles de sueur sur le front de la Tante Pearl. Elle devait manigancer quelque chose. Quoi, exactement, ce n'était pas clair, mais j'avais le sentiment que je le découvrirai bientôt. Comme si son spectacle de pyrotechnie sur le panneau de l'autoroute n'avait pas déjà causé assez de problèmes.

Je pris une grande respiration et conjurai un maximum ma paix intérieure. Il ne fallait pas que je réagisse aux actes de la Tante Pearl, peu importe leur nature. Elle n'aimait pas l'idée que j'épouse le maire, même si Brayden était mon amoureux depuis le lycée et qu'elle le connaissait depuis tout ce temps. D'un coup il était devenu l'incarnation du gouvernement, et elle le tenait personnellement responsable de toutes ces lois contre lesquelles elle se battait.

Nos épousailles nous avaient semblé évidentes depuis le début, bien avant qu'il ne finisse par me demander en mariage. Tout le reste de notre promotion était parti dès que possible, et Brayden était resté grosso modo le seul homme célibataire de la ville à ne pas toucher la Sécurité Sociale. Enfin, mis à part notre nouveau shérif, bien sûr. Mais

Tyler Gates ne comptait pas. Il partirait dans quelques mois, comme tous les autres shérifs avant lui.

La Tante Pearl et les forces de l'ordre ne s'entendaient vraiment pas. Elle avait fait partir une demi-douzaine de shérifs à cause des conséquences directes de ses facéties. Son mélange magie-et-problèmes-avec-les-figures-de-l'autorité était une combinaison catastrophique pour l'ordre et la loi. Enfin, jusqu'à aujourd'hui. Je me remémorai en un instant ce moment un peu plus tôt dans la journée où le Shérif Tyler Gates avait collé une amende à la Tante Pearl. Ces yeux bruns chaleureux ne flanchaient jamais. Il n'était pas désagréable à regarder non plus, en plus.

— Cendrine ! m'appela ma tante avec un grognement qui brisa ma rêverie. Fais attention !

Oh oh. Elle était toujours en colère contre moi.

J'accélérai le pas.

— Quoi ?

Je n'avais rien fait d'autre que de me mettre du côté du Shérif Gates quand il lui avait rabattu son caquet pour son spectacle pyrotechnique. Ce n'était pas souvent que j'avais l'occasion de l'énerver. Il me fallait bien admettre que cela me procurait une légère sensation de satisfaction.

— Je n'ai pas toute la journée. Ramène tes fesses ici, siffla la Tante Pearl. Il faut bien que je remplace ton bon à rien de petit ami. Les vrais hommes, ça ne laisse pas poireauter leurs femmes à l'autel. C'est de mauvais augure. Je te le dis tout le temps, mais tu ne m'écoutes jamais. Tu serais bien mieux célibataire.

— Tu ne vois que ses mauvais côtés, pas les bons.

Malgré sa mauvaise humeur, la Tante Pearl ne voulait vraiment que mon bien. Ou en tout cas c'est que je me disais.

Elle haussa les sourcils.

— Je n'aime ni ses bons, ni ses mauvais côtés, et rien en lui d'ailleurs. Personne ne l'aime. Un type qui déserte sa propre répétition de mariage ? Sérieusement, Cen. Quitte-le tant que tu peux encore.

Maman haussa les épaules et leva les mains, installée un peu derrière Tante Pearl.

Ma tante se tourna vers Maman.

— Ruby, ton futur gendre est un bon à rien.

— Allons, Pearl, je suis sûr qu'il doit avoir une bonne raison d'être en retard. En plus, c'est lui que Cen épouse, pas toi, la calma-t-elle en s'interposant entre nous deux, comme un arbitre dans un match de boxe.

Ce n'était pas simple d'officier comme gardienne de la paix dans une famille de sorcières à sang chaud.

— Brayden fait déjà partie de la famille, poursuivit-elle, que tu le veuilles ou non. Et il est plein de qualités merveilleuses.

Comme toujours, les mots de Maman avaient des propriétés calmantes, et nous nous tûmes toutes deux. Je laissai échapper un soupir de soulagement. Même si je faisais à peine neuf kilos de plus que ma tante de quarante, elle était cent fois plus maline, rusée, et douée en magie que moi. Je n'avais pas l'ombre d'une chance.

— Finissons-en. Les premiers invités arrivent dans moins d'une heure, indiqua maman en se tordant les mains comme nous nous avancions vers les marches du pavillon.

— Brayden m'a appelé pour me dire que sa réunion prenait du retard. Il sera là dans quelques minutes.

— Prenons-lui un remplaçant. Il pourra reprendre sa place en arrivant, proposa Maman.

— Mais qui… ? Demandai-je avant de suivre son regard vers ma grincheuse de tante. Ah non. Je ne l'épouse pas.

Maman me fit un geste de la main.

— C'est une répétition, Cen.

— Mais pourquoi répéter sans le marié ? Je ne vois pas l'utilité.

— On n'a pas toute la journée, Cendrine, gronda la Tante Pearl en tapotant du doigt sa montre. Ruby a raison. On a des trucs à faire, des lieux à visiter. Tu veux de mes services, oui ou non ?

Je n'avais aucune envie d'abandonner, mais elles avaient raison. Brayden aurait dû être là mais ce n'était pas le cas. Je me sentais pathétique à devoir lui inventer des excuses, mais je ne voulais pas que la Tante Pearl le déteste encore plus.

Maman s'interposa.

— Arrête de chercher les embrouilles, Pearl. La seule chose que tu as à faire c'est d'être ici avec nous, à soutenir Cen pour sa répétition.

Techniquement ce n'était pas une répétition, parce que l'équipe du mariage et le préfet de police n'étaient pas là. Maman avait insisté sur une répétition de prérépétition. L'absence du gendre ne faisait que blesser sa fierté de perfectionniste.

J'étais moi aussi en colère contre Brayden. Et quoi, peu importe que ce ne soit qu'une répétition d'une répétition. Notre mariage était pour dans quelques semaines. Je n'étais donc pas assez haut placée pour avoir l'honneur de recevoir sa présence physique ? J'en avais assez de passer au second plan derrière ses plannings politiques et sa grimpée de l'échelle sociale.

— Placez-vous, Mesdames, déclarant maman en tapant des mains et en montant sur les marches du pavillon.

Je la suivis et grimpai en haut des escaliers vers le pavillon. Puis elle s'arrêta en haut des marches et nous fit signe d'entrer.

Je fis à peine attention à ce qu'il y avait. Mes yeux restaient figés sur la route toujours vide, en me demandant où était Brayden. Les quelques secondes suivantes furent confuses car mon pied se cogna dans quelque chose de lourd et je glissai pour tomber en arrière.

— C'est quoi ce bordel ? ! S'écria la Tante Pearl en me tombant dessus à son tour.

— Je n'arrive pas à respirer !

Quarante kilos de chair et d'os s'appuyaient sur ma poitrine. Je dégageai mes bras et luttai pour déplacer mon poids. Mais j'étais clouée au sol.

— Oh mon Dieu, il est mort ! Hurla Maman en dégageant la Tante Pearl de moi. Il y a un corps dans le pavillon !

Je fis instinctivement une roulade, pour faire bientôt face à un cadavre ensanglanté. Le corps d'un homme mort était à quelques centimètres du mien.

Je hurlai et roulai du côté opposé aussi vite que possible, ne m'arrêtant que quand je me cognais contre le mur du pavillon. Je me remis à la hâte sur mes pieds et m'enfuis de l'autre côté, là où Maman et la Tante Pearl avaient battu en retraite. Nous restâmes toutes figées à contempler la scène face à nous.

Un homme obèse gisait, étendu sur le dos, sur le sol du pavillon. Son visage était tellement recouvert de sang qu'il en était méconnaissable.

Une mare de sang avait taché ses habits et s'était déversée de sous son corps.

— Oh mon Dieu, s'exclama la Tante Pearl en manquant de s'étouffer puis en se détournant.

Une seconde plus tard elle se retournait de nouveau vers le corps.

— Je ne l'ai jamais vu auparavant. Il ne doit pas être du coin.

Ma mâchoire se décrocha à l'instant où je le reconnus.

— C'est Sébastien Plant, de Travel Unraveled. Notre VIP.

La Tante Pearl s'accroupit à côté de lui et essaya de trouver une trace de respiration ou un pouls.

— Oh oh.

Maman acquiesça lentement, parvenant enfin à comprendre.

— Il ne s'était même pas encore présenté au comptoir d'enregistrement.

— Apparemment il vient de se désister, dis-je en sortant mon téléphone de ma poche pour y pianoter en vitesse le numéro du shérif.

On avait besoin d'aide, et vite.

CHAPITRE 3

*D*ix minutes plus tard nous attendions à l'extérieur du pavillon de jardin en laissant le Shérif Tyler Gates inspecter la scène du crime. Tout en essayant du reste de digérer la mort de Sébastien Plant, je compris brusquement que nous avions toujours des invités dont il faudrait nous occuper et qui n'allaient pas tarder à arriver, en plus de celui qui était parti prématurément. Je baissai les yeux vers ma robe en lin blanc toute neuve, maintenant tachée de sang. Je frémissais encore à l'idée de m'être étalée sur un cadavre quelques minutes auparavant.

Je montai vers le haut de l'escalier et jetai un coup d'œil dans le pavillon. Le Shérif Gates tournait en cercle en rond autour du corps, plongé dans ses pensées. J'ouvris la bouche pour parler mais fus interrompue.

— Vous le connaissiez ? me demanda Tyler Gates en s'accroupissant à côté du corps.

— Pas personnellement. C'est Sébastien Plant, l'un de nos invités, lui expliquai-je, enfin, c'était. Il était supposé séjourner à l'hôtel mais n'a pas eu le temps de s'enregistrer. C'est… Enfin, c'était… Le PDG milliardaire de Travel Unraveled, le grand empire du voyage international. Nous l'avions invité pour l'inauguration.

Je me tournai pour faire face à Maman et la Tante Pearl qui s'était aussi approchée d'un pouce pour mieux voir. Sébastien Plant gisait sur le dos, son large ventre faisant face au ciel comme une baleine échouée.

Maman enfouit son visage dans ses mains.

— Tout est fichu. Plus personne ne viendra jamais voir notre Hôtel. Comment sauver notre business ?

— Calme-toi, lui dit Pearl en détournant rapidement son regard du corps par terre. Il a sûrement juste dû avoir une crise cardiaque. Regarde-le ! De toute évidence il ne prenait pas vraiment soin de lui.

— Avec tout ce sang ? rétorquai-je avant de secouer la tête. Ce n'est pas une crise cardiaque.

Sébastien Plant était peut-être un obèse morbide, mais sa tête en sang m'indiquait que c'était autre chose que ses choix de vie qui l'avaient tué.

— Comment pourrais-je réussir à me calmer ? protesta ma mère d'une voix qui se brisa quand elle dut prendre mon bras pour se soutenir. Pauvre, pauvre homme. Je n'arrive pas à croire qu'il ait pu trouver la mort ici, dans notre jardin.

— On va trouver qui l'a tué, dit la Tante Pearl. Mais tu peux oublier toutes ces histoires de plans de tourisme. Personne ne voudra jamais visiter cet endroit maintenant.

— On ignore toujours comment il a été assassiné.

À part sa tête ensanglantée, il avait des égratignures sur ses bras et sur son visage. Selon ses blessures, il avait reçu plusieurs coups et essayé de se défendre. Je frémis à l'idée qu'un tueur puisse se promener parmi nous.

La mort de Sébastien Plant était vraiment tragique. Et c'était aussi un très mauvais timing pour la grande inauguration du Westwick Corners Hôtel. Je reculai de quelques pas du pavillon.

— Laissons au shérif un peu de calme.

— Comment allons-nous faire pour empêcher les gens de venir ici ? demanda Maman tout haut, dont les yeux allaient de moi au pavillon, en se tordant les mains.

— Le Shérif doit avoir un plan. Je suis sûre qu'il a déjà dû avoir à faire à ce genre de choses.

Ce genre de choses étant une scène de crime cela dit, j'essayai de ne pas laisser transparaître mes propres inquiétudes. S'attirer puis perdre le milliardaire Sébastien Plant, le grand magnat du voyage des globe-trotters, en l'espace d'une semaine, il y avait de quoi me faire atteindre des sommets émotionnels à moi aussi.

— Qui est le tueur ? demanda la Tante Pearl dont les yeux s'étrécirent. Il y a d'autres victimes ?

Le Shérif Gates secoua la tête en sortant du pavillon.

— Je n'ai pas entendu parler d'autre décès. Nous ne saurons pas la cause officielle jusqu'à ce que les brigades criminelles aient pu examiner la scène et le médecin légiste pratiquer son autopsie. J'ai demandé à la police de Shady Creek de venir m'aider.

Shady Creek était à environ une heure d'ici. Une ville qui avait émergé des contreforts du coin il y avait une vingtaine d'années environ et avait gagné en puissance depuis que l'autoroute avait été détournée de Westwick Corners. Le business de Westwick Corners s'étant beaucoup affaibli, nous avions dû devenir incroyablement dépendants de Shady Creek en tout, y compris pour des choses telles que les traitements médicaux, les tribunaux, et tout ce qui dépassait en gros les services de police de base.

— Mais quel expert. Cela se voit que c'est un meurtre, de toute évidence, décréta la Tante Pearl d'une voix neutre, comme si elle avait des infos que personne d'autre n'avait.

Le shérif soupira.

— Je ne peux rien dire sur la cause de la mort, même si cela semble effectivement louche. Enfin, seul le légiste pourra nous dire ce qui s'est réellement passé, donc ne faisons pas de conclusion hâtive.

Tandis que le shérif se chargeait maintenant de consoler ma mère, je passai dans son dos pour jeter un œil au pavillon. Maintenant que j'avais dépassé le choc initial, je voulais jeter un œil plus avisé.

Le corps de Sébastien Plant gisait toujours comme une nature morte au milieu des décorations florales pour le mariage, qui continuaient à s'enrouler en vrille dans tous les sens sur les rambardes et les poteaux avec leurs clématites en fleurs. Sa tête ensanglantée et couverte d'hématomes lui donnait l'air d'avoir eu affaire à une lutte très rude. Peu importe la cause de sa mort, elle n'était pas naturelle.

Ma mâchoire se décrocha et un frisson passa le long de mon échine. La baguette magique de la Tante Pearl gisait sur la poitrine de Sébastien Plant. Elle avait dû la faire tomber là-bas et l'avait oubliée avec toute cette confusion. Pourtant, je savais que la Tante Pearl n'avait jamais été du style à oublier quoi que ce soit, et surtout pas cette baguette qui ne la quittait jamais.

Il ne fallait pas être un génie du reste pour voir que la mort de Sébastien Plant résultait d'un traumatisme crânien brutal. La baguette de la Tante Pearl sur sa poitrine avait certainement l'air louche. Pourquoi ne l'avait-elle pas enlevée ?

La preuve l'incriminait certes, mais restait explicable. Sa baguette avait probablement glissé de sa main quand elle s'était pris les pieds et était tombée. Je ne me souvenais pas de l'avoir vue avec quand j'étais arrivée au pavillon, même si elle avait dû l'avoir en main. Tout s'était passé si vite que c'était un peu flou dans ma tête.

J'étais plus inquiète par le fait que la Tante Pearl se chargerait d'expliquer elle-même ce dont il s'agissait, ce qui était pire. Ce nouveau shérif ne connaissait pas nos tendances surnaturelles. Ce serait mieux pour tout le monde si cela continuait ainsi.

Je jetai un œil à la Tante Pearl qui détourna rapidement le regard. Elle semblait peu préoccupée de savoir sa baguette posée sur la poitrine d'un cadavre. De toute façon, c'était trop tard pour la prendre. Je jetai un autre œil à la baguette et remarquai pour la première fois sa poignée ensanglantée. Le shérif la remarqua à l'instant même où je fis un pas derrière lui.

— Ne vous avancez pas plus, dit le shérif Tyler Gates, il nous faut contenir la scène de crime.

Un carré blanc attira mon regard.

— Qu'est-ce que c'est ? demandai-je en pointant vers un carré de papier bien plié qui était posé à côté de son corps, que je n'avais pas remarqué avant. Le tueur a laissé une note.

Le shérif me dépassa en me frôlant et retourna dans le pavillon. Avant de s'accroupir près du corps. Il souleva la note avec des pinces à épiler, et l'ouvrit avec précaution.

Je le suivis, en montant les escaliers doucement pour ne pas attirer son attention. Je restai à l'entrée pour le regarder déplier précautionneusement le papier avec la gomme d'un crayon. Il prenait soin de ne toucher rien d'autre que les bords, même avec ses gants.

— Peut-être que le tueur voulait seulement lui faire peur, et non le tuer, suggérai-je en me rapprochant et en m'accroupissant à côté du corps pour mieux regarder.

— Vous ne devriez pas faire ça, me déclara le shérif en me faisant signe de partir. Vous risquez de contaminer les preuves.

— Je crois que c'est déjà fait, répondis-je en frémissant à la pensée que je m'étais étalée sur le défunt il y a à peine quelques minutes.

— Vous voulez lire la note ?

Je mourrais d'envie de savoir ce dont il s'agissait. J'inclinai la tête et la lus à voix basse, presque silencieuse.

Les lettres capitales avaient été imprimées par un beau feutre noir. L'écriture était nette et symétrique, comme celle d'un enfant qui s'entraînerait à tracer ses lettres. Le message était aussi clair que son écriture précise :

QUAND BIEN MÊME TU voyages dans le monde entier,
Le mieux pour toi serait de fuir et te cacher.
Le voyage est le fondement de ton affaire,
Mais c'est à cet endroit que tout va se défaire.

TU N'AS aucune raison de rester chez nous,
Notre bière et notre nourriture sont à nous.

LAISSE WESTWICK CORNERS tranquille,
Et pars, tant que c'est possible.

LÂCHE NOTRE VILLE et nos terres,
Si tu refuses,

Aucune excuse,
Ta route s'achèvera bientôt dans un cimetière.

— DES RIMES, pépia Pearl en s'insinuant à côté de moi. Et elles sont sacrément bonnes, en plus.

La Tante Pearl ne complimentait que rarement les gens. Mais même si le ton de la note était plutôt plaisantin, le message ne l'était pas. Ces versets constituaient une menace directe envers Sébastien Plant et sa société, Travel Unraveled.

— Pourquoi menacer une victime déjà morte ? me demandai-je à voix haute, n'arrivant à trouver personne du coin qui soit capable de meurtre, ou en tout cas, à réfléchir à personne en dehors de ma famille immédiate qui soit au courant de nos invités VIP. Il y a d'autres façons de faire fuir les gens.

— C'est bien ce qu'il m'avait semblé à moi aussi, déclara le Shérif Gates qui se remit sur pied et dévisagea avec intensité Tante Pearl qui s'était avancée pour mieux voir. Reculez, toutes. Hors de la scène de crime.

— Il n'y a pas encore le ruban jaune de la police, signala la Tante Pearl.

Il soupira.

— Ce pavillon tout entier est une scène de crime. Maintenant sortez avant de contaminer les preuves.

Il replia avec précaution le papier et le plaça dans un sac en plastique.

— Mais on y était déjà, dit la Tante Pearl en plaçant les mains sur ses hanches. Z'êtes sûr de savoir ce que vous faites, Shérif ?

Je posai une main sur l'épaule de ma tante et l'accompagnai aux escaliers. Je lui agrippai alors l'épaule en lui sifflant à l'oreille :

— Tu ne voudrais pas arrêter un peu ? Tu lui donnes une première impression épouvantable.

— Quelle différence est-ce que cela fait ? Il sera parti dans un mois. Les touristes ne reviendront pas non plus. Au moins ce sera un mal pour un bien, décréta-t-elle avant de murmurer quelque chose d'autre dans sa barbe que je ne parvins pas à entendre.

J'emmenai la Tante Pearl en bas des escaliers, en direction du jardin.

— Tuer un invité, songeai-je à haute voix, ça reste une mesure assez extrême pour empêcher le tourisme, mais Sébastien Plant est très connu. Ça pourrait en fait en attirer encore plus.

— Ne sois pas ridicule, balbutia la Tante Pearl dont les yeux s'écarquillèrent. Personne ne voudra jamais revenir ici. Cela va leur sembler dangereux.

— Le meurtre de Plant va faire plein de publicité, Tante Pearl. Ce pavillon pourrait même finir par devenir une sorte d'autel. Sébastien Plant est... Enfin, c'était... Une star. Ses plus grands fans pourraient même venir faire une sorte de pèlerinage ici vers son dernier lieu de repos.

Plant était incroyablement populaire, avec une série entière qui lui était consacrée, une revue, et des vidéos. Je n'y croyais pas moi-même, mais ça pourrait marcher sur la Tante Pearl. Pour une fois c'était moi qui me servais de la psychologie inversée.

— Cet homme n'est pas encore enterré que tu penses déjà à l'exploiter pour faire de l'argent ? ricana-t-elle. Tu as vraiment un cœur de pierre, mais alors de pierre, Cendrine.

— Westwick Corners ce n'est peut-être pas *Graceland*, mais je peux imaginer une raison pour laquelle notre hôte VIP pourrait nous attirer plus de publicité vivant que mort. D'une façon ou d'une autre, cela pourrait faire de notre Westwick Corners un endroit encore plus visible, dis-je avant de me tourner vers la Tante Pearl. Tu n'aurais pas oublié ta baguette dans le pavillon ?

Elle grimaça mais ne répondit rien. Nos yeux se croisèrent pendant une seconde avant qu'elle ne se détourne et fasse mine de ne pas m'avoir entendue.

Le Shérif Gates descendit les marches et nous rejoignit à l'extérieur.

— Je ne veux plus vous entendre discuter de ce que vous avez vu làdedans, nous ordonna-t-il en montrant le pavillon. Et encore moins de la note ou de l'arme du meurtre.

Le Shérif croyait que la baguette de Tante Pearl était l'arme du meurtre ? Ça ne présageait rien de bon du tout. Son visage de bel homme ne trahissait aucune émotion, ce qui je supposais faisait partie du détachement professionnel du métier de policier. Je ne pus m'empêcher de me demander s'il ne regrettait pas d'être venu à Westwick Corner. En tant que policier, il allait en avoir, du travail.

— Peut-être qu'il a été tué par accident, dit la Tante Pearl. Cela expliquerait la note. On ne menace pas quelqu'un dans une note pour le tuer immédiatement après. Cela n'a pas de sens.

— Peut-être que cette note sert en réalité d'avertissement à sa femme, dit maman. Tonya Plant fait aussi partie de Travel Unraveled. Le tueur voulait sûrement qu'ils s'en aillent tous les deux.

Le Shérif acquiesça.

— Le tueur est peut-être quelqu'un du coin qui ne veut pas des Plants ici. D'ailleurs, où est son épouse ?

Je haussai les épaules.

— Aucune idée. Nous ne savions même pas qu'ils étaient arrivés. Ils ne se sont pas encore présentés à l'enregistrement.

La grande inauguration était supposée être pour aujourd'hui, et nos premiers hôtes devaient commencer à arriver maintenant.

— Mais qui ferait une telle chose ? Demanda Maman dont les yeux s'écarquillèrent en remarquant ma robe maculée de sang pour la première fois.

— La plupart des gens du coin ont donné leur accord aux plans de développement du touriste local, mais pas tous. Cela dit, il n'y a personne qui soit capable de meurtre, dis-je en dévisageant ostensiblement ma tante, qui m'ignora.

— Les gens peuvent avoir recours à des solutions extrêmes quand ils se sentent menacés, observa le Shérif Gates qui se redressa et fit un signe de main en direction de l'Hôtel. Vous devriez toutes rentrer. Toutefois, ne quittez pas la propriété. Je voudrais pouvoir toutes vous interroger dès que j'aurais laissé le pavillon aux brigades criminelles.

— Je ne comprends quand même pas, dit la Tante Pearl. Pourquoi menacer Plant quand il est déjà mort ?

Un frisson courut le long de mon échine. La baguette, la note, tout, tout pointait vers ma grincheuse de tante. Si c'était aussi évident pour moi, ça l'était aussi pour le shérif.

Je me fis mentalement une note pour me souvenir de demander à

Maman où était Pearl avant d'aller au pavillon. Je savais qu'elle était incapable de tuer, mais elle pourrait certainement s'attirer des problèmes. Elle n'avait pas vraiment fait une bonne première impression au shérif, alors plus on en saurait avant son entretien avec le shérif, le mieux ce serait. L'enquête pourrait facilement dévier sur une mauvaise piste à cause de l'une de ses remarques sarcastiques. Nous avions besoin d'une stratégie.

Je suivis Maman et la Tante Pearl. Pendant que nous traversions le jardin, je jetai un œil au parking. Toujours aucun signe des renforts de police que le shérif avait appelé de Shady Creek. Entre le temps où ils arriveraient et auraient examiné la scène, l'heure de dîner serait probablement passée. Comme on était en fin d'après-midi, il fallait trouver un plan pour maintenir la scène de crime hors de vue des invités et garder le secret. Il nous faudrait aussi empêcher nos invités d'aller dans le jardin.

Je me tournai vers Maman.

— De considérer tout simplement que l'on puisse avoir un tueur dans le coin, cela fait vraiment peur. Qui voudrait faire fuir les invités de notre ville ?

La Tante Pearl toussa.

— Il faut que j'y aille.

Elle se détacha de nous et s'en alla d'un bon pas vers l'Hôtel. Elle disparut dans l'entrée du sous-sol.

Les yeux de ma mère s'écarquillèrent et nous nous jetâmes un regard de concert.

— Je ferais mieux de la suivre, suggérai-je.

Je me retournai pour regarder le pavillon où le Shérif Gates se tenait, bras croisés. Son visage se tourna et suivit la route de la Tante Pearl sur le jardin. Il grimaça quand elle accéléra.

Le fait que la Tante Pearl ait laissé sa baguette derrière elle me troublait. Elle ne semblait même pas s'en préoccuper, même si elle n'allait jamais nulle part sans. Elle marchait plus vite que ce qu'on n'avait jamais vu quelqu'un marcher, un signe évident de magie de ce que j'en savais. Elle ne ressemblait plus du tout à la frêle femme âgée qu'elle prétendait être une fois en ville. Ça puait les ennuis.

Je vérifiai ma montre, surprise de voir que près d'une heure était passée depuis que j'étais arrivée au pavillon. Toujours aucun signe de Brayden. Ou il avait d'une façon ou d'une autre entendu parler du meurtre de Plant, ou il avait complètement oublié notre répétition de quinze heures. Peu importe la raison de son absence, il s'avérait que mon futur mari n'avait même pas pris la peine de se montrer ni pour la répétition du mariage, ni pour me réconforter.

CHAPITRE 4

— Attendez... Ne partez pas tout de suite, appela le Shérif Gates, d'une voix grave qui trancha le silence.

Mon cœur s'arrêta quand je levai les yeux vers les siens, doux et bruns. Mon pouls s'accéléra et pendant un dixième de seconde j'oubliai que j'étais sur une scène de crime.

Je rougis en sentant son regard sur moi. Mais qu'est-ce que j'avais en tête ?

Je me retournai et me dirigeai lentement de nouveau vers le pavillon. J'y pénétrai après lui.

Il me montra le corps de Plant.

— Vous avez déjà vu cet objet auparavant, n'est-ce pas ?

Le choc avait dû se peindre sur mon visage. J'acquiesçai lentement, toujours incapable de comprendre pourquoi la baguette magique de la Tante Pearl avait pu se retrouver au pavillon pour commencer. Je savais que ce n'était pas qu'elle l'y avait oubliée, parce qu'elle ne la quittait jamais de vue. Je me remémorai sa sortie hâtive. C'était plus comme si elle fuyait quelque chose.

Mais ce n'était pas ce qui me troublait le plus. Le haut de l'étoile en filigrane à cinq branches était assombri de sang coagulé. Le shérif balança le rayon de sa lampe torche sur la baguette, ce qui était totalement superflu parce que le pavillon était dépourvu d'ombres dans ce brillant soleil de l'après-midi.

Les taches de sang étaient clairement visibles.

— Cela appartient à la Tante Pearl, dis-je en jetant un œil vers l'Hôtel.

— Qu'est-ce que c'est ? On dirait une moitié de tringle à rideaux.

C'était vrai que l'étoile en haut de la baguette ressemblait à certains de ces fleurons fantaisie qu'on trouve à Walmart, mais la baguette de la Tante Pearl était bien plus dangereuse qu'une tringle à rideaux. Surtout maintenant, qu'elle donnait l'air d'avoir été utilisée pour un meurtre.

— C'est sa, euh... Canne.

Les branches de l'étoile étaient pointues, mais pas assez pour infliger le genre de dommages que je voyais en face de moi. La Tante Pearl n'était pas assez puissante physiquement pour commettre un tel acte. Ou en tout cas pas sans magie.

Elle avait aussi peur du sang.

— Je ne savais pas qu'elle en avait besoin d'une.

J'ouvris la bouche mais rien n'en sortit.

Il devait bien y avoir une explication logique, même si la Tante Pearl elle-même défiait la logique. Il fallait que je réussisse à lui parler avant le Shérif. Je savais que ça n'était pas éthique, mais il nous fallait cacher notre magie à tout prix ou bientôt nous verrions un autre shérif quitter la ville. Quelque chose me disait que la Tante Pearl risquait de dépasser une borne qui changerait à jamais le cours des événements par ici.

Notre magie devait rester secrète. C'était une chose essentielle pour la continuité de notre existence à Westwick Corners. La Tante Pearl était bien sûr au courant de cela, mais elle avait tendance à agir d'abord et à masquer ses traces ensuite.

— Elle semble assez agile pourtant, observa-il. Elle n'a de toute évidence pas besoin d'une canne.

Nous observâmes tous deux Tante Pearl et Maman regagner d'un pas rapide la porte de la cuisine de l'Hôtel pour y disparaître.

— Elle faisait preuve aussi d'une sacrée bonne foulée, ce matin sur l'autoroute, commenta-t-il de nouveau en grimaçant. J'ai dû sprinter pour la rattraper. Je n'aurais jamais cru qu'elle avait besoin d'une canne.

— Cela lui arrive d'avoir des rhumatismes.

— Vraiment ? Me questionna-t-il en m'étudiant de ses beaux yeux bruns. Elle m'a l'air plutôt souple pourtant.

J'acquiesçai. Je n'aimais vraiment pas mentir, mais je n'avais le choix avant d'avoir découvert exactement comment la baguette de ma tante avait fait pour la quitter. Elle ne s'en séparait jamais. Aurait-elle pu retourner sur la scène du crime pour la récupérer ? Cela impliquait qu'elle était d'une façon ou d'une autre au courant de ce qu'il s'y était passé. Cela n'en faisait pas une meurtrière, mais ça n'expliquait pas non plus le sang sur sa baguette.

Je me remémorais la scène. La tête de Sébastien Plant et son visage avaient été couverts de tellement de sang qu'il était difficile de déterminer la taille de la blessure. Il était difficile d'imaginer que la baguette de ma Tante aurait pu faire de tels dégâts. Je frémis en repensant à son visage ensanglanté.

— Je ne pense pas que sa bagu… Sa canne, pardon, aurait pu être assez contondante pour faire couler le sang, et encore moins pour tuer quelqu'un.

— Vous seriez surprise de constater ce dont les gens sont capables dans le feu de l'action, me répondit le shérif, qui semblait lui-même douter de ses mots.

— Tante Pearl a certes un sale caractère, mais ce n'est pas une meurtrière. Vous ne croyez quand même pas vraiment que…

— Cela n'a aucune importance ce que je crois ou non. La légiste déterminera la cause de la mort. Il n'y a nul besoin de se perdre en spéculations avant d'avoir sa conclusion.

— Mais il doit y avoir une explication logique à tout ça.

Il fit un vague signe de rejet.

— Je n'ai qu'une question. Pourquoi est-ce qu'il y avait la canne de Pearl sur le corps de Sébastien Plant ?

Je grimaçai.

— Tante Pearl et moi avons trébuché sur son corps tout à l'heure.

Mon commentaire laissait sous-entendre qu'elle tenait sa baguette au moment où nous étions toutes les deux tombées, et je ne fis aucun effort pour me corriger. Il était pratiquement certain qu'elle n'avait pas eu sa baguette en main quand nous étions tombées sur le corps de Plant. Elle se serait amusée à me piquer avec sinon. Je ne voulais pas dériver l'enquête sur une fausse piste, mais je n'allais pas non plus incriminer ma tante.

— Vous ne croyez quand même pas qu'elle puisse avoir quelque chose à voir avec cela ?

— Je vais là où les faits me mènent. Pour le moment ils me mènent vers Pearl. Ou en tout cas jusqu'à ce qu'elle ne réponde à mes questions.

Le visage du Shérif Gates resta dénué d'expression, et je n'aurais su dire s'il était sérieux ou non. Je repensai au commentaire de ce matin de Pearl sur la corruption du shérif. Elle ne m'avait jamais donné de raison, mais je me demandais s'il n'y avait pas une quelconque base de vérité ? S'il voulait résoudre l'affaire si rapidement, c'était peut-être qu'il voulait forcer un suspect ? Nous n'attirions pas vraiment les membres les plus éminents de la police, alors peut-être que c'était cela, son problème. Parce qu'il y avait toujours un problème avec les gens qui venaient s'installer à Westwick Corners. Ou ils fuyaient leur passé, ou ils fuyaient quelqu'un.

Je montrai la baguette de la Tante Pearl.

— Cette extrémité pointue n'est pas assez tranchante pour verser le sang, et encore moins pour tuer quelqu'un. Cela me semble plutôt inoffensif.

C'était exactement l'inverse, en termes de magie. Dans les mauvaises mains, cette baguette serait épouvantablement dangereuse. Mais le shérif ne savait pas que nous étions des sorcières et je n'allais pas le lui dire.

En dévisageant la baguette j'eus soudain une illumination. La Tante Pearl n'aurait vraiment pas pu tuer Sébastien Plant. Je me remémorai un moment datant de quelques mois, où elle s'était ouvert le doigt et s'était évanouie. Ma tante, la dure-à-cuire, avait peur du sang comme de la mort.

Je n'étais certaine que d'une chose. Je ne savais ni comment ni pourquoi, mais c'était quelqu'un d'autre qui était responsable du sang sur la baguette de la Tante Pearl.

Je leur mettrai la main dessus, quoi qu'il advienne.

CHAPITRE 5

Je me dirigeai dans la cuisine, où Maman était en train de contempler ébahie la Tante Pearl très occupée à faire des lancers de salade – oui, la plupart des gens secouent une salade pour l'essorer, elle, non – pour le dîner de ce soir. Au moins pour une fois elle se servait de sa magie de façon constructive, même si j'étais impressionnée par tout le bazar qu'elle avait réussi à mettre en l'espace de quelques pauvres minutes.

J'attrapai une volée de Romaine et la reposai sur le comptoir.

— Il faut qu'on parle.

— Je suis occupée, Cen. Cela va devoir attendre, répondit la Tante en claquant des doigts et en tranchant en julienne un plateau de carotte.

— Il te manque quelque chose ? M'enquis-je.

— Hmmmm, des carottes, des tomates, des concombres… Non, je ne crois pas.

— Je parle de ta baguette. Pourquoi l'avoir laissée au pavillon ?

En considérant le fait que cette baguette ne la quittait jamais habituellement, elle semblait pour le moment effroyablement peu s'en préoccuper.

— Je n'ai pas le temps d'en parler pour l'instant. Il faut qu'on finisse de préparer le dîner pour nos invités.

La Tante Pearl était en train de travailler sur l'îlot du milieu de notre immense cuisine commerciale. L'acier autrefois scintillant, sans tache, était couvert de gouttes gélatineuses et d'épluchures de légumes. Cette cuisine était le seul endroit de l'Hôtel que nous avions fait rénover de façon professionnelle. Nous y avions investi des milliers et c'était la grande fierté et joie de Maman. Même si pour le moment, c'était un désordre royal.

La cuisine habituellement impeccable de maman s'était transformée en décharge épicurienne. Sur le comptoir s'empilaient les plats et dans l'évier les bocaux sales. Une odeur de brûlé imprégnait l'air humide. C'était ça le problème avec la magie. Les catastrophes ne prenaient que quelques minutes à se créer. Ou la magie de la Tante Pearl s'était détraquée, ou elle avait trouvé un endroit où se défouler.

— Il y a quelques minutes à peine tu voulais les faire partir, protestai-je.

— Et bien, maintenant ils sont là. Il faut bien les nourrir, répondit la Tante Pearl en essuyant de la sueur de son front avec un avant-bras plein de farine.

Maman fit un pas en avant et fronça les sourcils.

— J'avais déjà tout de prêt, Pearl. Tu ne fais que me mettre du désordre.

— J'avais peur qu'on manque de nourriture, alors j'en ai fait un peu plus, rétorqua ma tante en boudant comme un enfant qu'on gronde.

Je fis signe de la tête à Maman.

— Occupe-toi de la nourriture, moi, je m'occupe de la Tante Pearl.

— Personne ne 's'occupe' de moi, Cendrine. Surtout pas toi.

— Écoute-moi, Tante Pearl. Sébastien Plant a été assassiné et ta baguette était posée sur sa poitrine. Comment se fait-il qu'elle se soit retrouvée là ?

La Tante Pearl en fit tomber sa mâchoire.

— Alors c'est là qu'elle était.

— Ne joue pas à l'idiote avec moi. Tu l'as aussi bien vue dans le pavillon que moi. Pourquoi tu l'y as laissée ?

— Je n'ai rien fait ! Quelqu'un me l'a volée, protesta-t-elle en levant les mains au ciel. Je n'ai pas le droit de piquer quelque chose sur une scène de crime comme ça au risque d'y mettre de partout mes empreintes. Je pourrais me faire accuser de meurtre !

— Mais c'est ta baguette. Il y a déjà tes empreintes dessus.

— Ne t'imagine pas que je vais rester là à écouter tes accusations, siffla la Tante Pearl en arrachant son tablier et en le jetant en l'air.

Le tablier arriva sur le gril et commença à fumer juste au moment où elle se retournait pour partir en direction de la porte en piétinant.

Je m'emparai du tablier sur le gril et l'y enlevait pour le jeter par terre. Je piétinai les cendres avant de courir après ma tante.

— Attends – Tante Pearl ! Personne ne t'accuse de quoi que ce soit. Nous devons juste savoir ce qui s'est vraiment passé pour ne rien risquer de dévoiler sur notre famille.

Je priai pour qu'elle n'aille pas inventer auprès du shérif encore une de ses histoires farfelues. Je voulais juste la vérité. Pourquoi ne pas juste se contenter de répondre à cette question ?

— Enfin, Cen. Je suis coupable de beaucoup de choses, mais je ne me dévoile pas aux regards du premier venu.

Je fronçai les sourcils.

— Tu vois très bien ce que je veux dire. Les gens ne doivent pas découvrir que nous sommes des sorcières, surtout pas au beau milieu d'une enquête pour meurtre.

— J'ai peine à voir ce que ma baguette peut avoir à faire avec tout ça. Je ne suis pas une tueuse, me répondit-elle en reniflant et en essuyant des larmes imaginaires.

— On sait, Pearl, dit Maman. Mais l'enquête va s'orienter sur une mauvaise piste si nous ne mettons pas tout de suite le shérif sur la bonne voie. Et plus il perdra de temps à te soupçonner, moins il en aura pour trouver le vrai assassin. En attendant, il y a un meurtrier en liberté. Plus vite on l'attrape, mieux ce sera pour tout le monde.

Cela sembla apaiser la Tante Pearl.

— Je sais bien que le Shérif Gates en a après moi. Je n'ai pas envie d'être accusée de quoi que ce soit.

La petite taille de notre ville était pour cette fois un sacré coup de chance, réalisai-je. Le shérif était seul, et il n'aurait pas les moyens de nous séparer pour l'interrogatoire. Nous avions aujourd'hui l'opportunité de trouver une histoire plausible avant que n'arrivent les renforts de Shady Creek. Cela avait un peu l'air criminel dit comme ça, mais il était capital de faire en sorte que personne n'apprenne pour notre magie.

— Alors aide-nous, dit Maman en plaisant ma cause. Dis-nous tout ce que tu sais – tout ce que tu vas dire au Shérif Gates.

— Je n'ai pas grand-chose à raconter, sinon la façon dont nous avons trouvé le corps dans le pavillon, dit la Tante Pearl en croisant mon regard et en faisant un signe de tête à Maman. Ruby et moi nous y dirigions quelques minutes à peine avant que tu n'arrives, Cen. J'ai déjà dit tout ça au shérif.

Je ne l'avais même pas vue parler avec le shérif, mais j'avais sûrement été trop préoccupée pour en prendre compte.

— T'a-t-il demandé quelque chose d'autre ?

La Tante Pearl secoua la tête.

— Il a dit qu'il aurait peut-être d'autres questions plus tard. Tu parles d'un shérif. Il ne m'a même pas demandé mon ADN.

— Oh merci mon Dieu, s'exclama Maman. Je suis sûre qu'il a une piste. Quelle horrible personne pourrait vouloir la mort de l'unique individu capable d'apporter du tourisme ici ?

J'étais pratiquement sûre que le shérif n'avait pour le moment rayé personne de sa liste de suspects potentiels. Pas même les sorcières aux cheveux blancs.

La Tante Pearl s'éclaircit la gorge.

— Je ne vois personne.

Je fis une petite liste mentale des fauteurs de troubles locaux. Nous n'avions pas beaucoup de crimes dans notre petite ville, et encore moins de crimes violents. Toutes les preuves pointaient tout droit vers la personne qui était à côté de moi. La Tante Pearl était en effet la fauteuse de trouble numéro une du coin. Elle était certes capable de bien des choses, mais pas de meurtre.

Ma tante sembla suivre mon raisonnement.

— Et encore moins la petite vieille que je suis en tout cas. Même si je dois admettre que je ne vois pas non plus d'autres moyens de se débarrasser pour l'éternité d'un visiteur qu'en le tuant.

— Pearl ! Protesta Maman en secouant la tête. Ne parle pas comme ça. Cela ne nous arrangerait vraiment pas si quelqu'un t'entendait et comprenait de travers.

— Mais pourquoi est-ce que je me retrouverais dans la liste des suspects ? Je ne connaissais même pas cet homme.

— Les gens tirent parfois directement des conclusions sans réfléchir, fit Maman en haussant les épaules. Tant que tu as un alibi, tu n'as à t'inquiéter de rien. Quelqu'un peut témoigner de l'endroit où tu étais, non ?

Je me retournai vers Maman.

— Elle n'était pas avec toi ? Demandai-je.

La voix de ma mère se brisa.

— Je pense qu'on ferait mieux de laisser Pearl s'exprimer d'elle-même.

Cela sentait mauvais. Maman ne laissait jamais Pearl s'exprimer par elle-même si elle pouvait le faire à sa place.

— Je dois y aller.

La Tante Pearl se tourna et sortit par la porte arrière avant que Maman ou moi ne puissions ajouter un traître mot.

Maman soupira.

— Elle n'est pas elle-même, Cen. J'ai peur de ce qu'elle s'apprête à faire. Une fois qu'elle a une idée, on ne peut plus l'arrêter.

La croisade Anti-touriste de la Tante Pearl me faisait peur à moi aussi. Ou elle avait pris un tournant trop extrême, ou quelqu'un lui faisait porter le chapeau. Mais qui pourrait bien vouloir faire une chose pareille ?

CHAPITRE 6

Tante Pearl revint tout aussi vite qu'elle n'était partie, sans fournir une seule explication. Elle me contempla en silence pendant que je nettoyais les débris de laitue et que Maman transférait la salade dans de grands saladiers. Grâce à la Tante Pearl, nous avions à présent assez de légumes pour alimenter toute une ferme de lapins pendant une année entière.

— Je file en haut pour aller nettoyer un peu les chambres, déclara enfin Tante Pearl en se tournant sur les talons en direction de la porte.

— Maintenant ? Lui demanda Maman, sans la quitter des yeux.

Nous échangeâmes toutes deux des regards inquiets. Tante Pearl préféra ignorer ma mère et claqua la porte derrière elle.

Mon intuition aussi affûtée que celle de Spiderman me tordit les entrailles à la simple pensée de la Tante Pearl montant toute seule à l'étage, alors je me mis à la suivre en quittant doucement la cuisine, et en m'arrangeant pour rester suffisamment loin afin qu'elle ne s'aperçoive pas de ma présence. Elle emprunta les grands escaliers de chêne en direction des chambres d'hôtes du premier et deuxième étage.

J'attendis qu'elle atteigne le palier du premier étage avant de commencer à monter à mon tour les escaliers. Je grimaçai en sentant les marches craquer sous mon poids, mais la Tante Pearl ne parut rien remarquer. J'atteignis le premier étage et continuai à la suivre, à distance raisonnable, à l'autre bout du couloir. Elle s'arrêta à l'autre extrémité de celui-ci, devant la chambre de Tonya Plant, et sortit un trousseau de clés géant de sa poche.

Son chariot à produits d'entretien était déjà garé dans le couloir à l'extérieur de la chambre. Je doutais que ses plans soient réellement de nettoyer quoi que ce soit. Il fallait que je l'arrête avant qu'elle ne se mette encore plus dans le pétrin.

— Mais enfin Tante Pearl – qu'est-ce que tu fabriques ? ! Lui intimai-je de me répondre, dans un chuchotement qui ressemblait plus à une voix éraillée.

— Et bien, je nettoie la chambre de Tonya, bien sûr, soupira-elle en se retournant pour me faire face. Au fait, tu es une détective absolument pourrie. Je te sens m'épier depuis le début.

J'ignorai l'insulte.

— Pourquoi nettoyer la chambre des Plants ? Ils viennent tout juste d'arriver.

Et ce pauvre Sébastien Plant venait tout juste de repartir aussi, du coup.

Tante Pearl me fit un non de la tête.

— Non, je les ai inscrits sur le registre très tôt ce matin.

Ma mâchoire se décrocha sous le choc.

— Mais pourquoi tu n'as rien dit au shérif ? Tu n'as pas corrigé Maman une seule fois quand elle lui a raconté qu'ils n'étaient pas encore venus se présenter au guichet.

Elle haussa les épaules.

— Mais ce n'est pas important, tout ça. Je voulais juste éviter que Ruby ait l'air idiote en face du shérif.

— C'est au contraire très important. Depuis quand est-ce que tu te préoccupes des sentiments des autres ? Sifflai-je en rage, parce qu'elle mentait et que je le savais. Tout ce que tu fais c'est essayer de te couvrir.

— OK, peut-être un peu. J'avais oublié de remplir tous les papiers qu'il fallait et je voulais éviter que Ruby soit en colère contre moi. Les Plants sont arrivés vers une heure du matin. Sébastien était tellement saoul qu'il ne tenait plus qu'à peine debout, alors je leur ai vite donné une chambre. Je les ai inscrits moi-même.

Le trousseau de clé fit un bruit de cliquetis quand elle déverrouilla la chambre des Plants. Elle sortit une paire de gants en latex de son chariot d'entretien et en fit claquer les poignets en les enfilant.

— Tu aurais dû en parler. Si le shérif avait su, je suis sûre qu'il serait déjà venu inspecter cette chambre. C'est une scène de crime potentielle. Contente-toi de rester ici, je vais aller le chercher.

— Oh, relax, Cendrine. Le Shérif Gates n'a pas encore qualifié cet endroit de scène de meurtre, et il ne le fera pas à moins qu'on l'aide à trouver une preuve. Il ne s'en rendra jamais compte tout seul, ce qui veut dire qu'il ne vérifiera jamais cette chambre à temps. C'est à nous de le faire, dit-elle avant de me jeter une paire de gants. Enfile ça. On n'a pas toute la journée.

— Non, attends.

J'en mourrais déjà à moitié de peur rien qu'à l'idée de penser aux mots « Tante Pearl » et « Scène de Crime » dans une seule phrase. Tout pouvait mal se passer.

— C'est de l'idiotie. Tu dois cesser d'essayer de tout vouloir prendre en main toute seule comme ça.

— Arrête de te plaindre et mets-toi au travail. Tu n'auras qu'à vider la poubelle.

La poignée presque vicieuse de la Tante Pearl s'agrippa à mon biceps et me tira dans la chambre. Je gémis de douleur mais m'exécutai toutefois. Les voix de certains hôtes qui commençaient à approcher venaient de se mettre à résonner dans le hall. On ne pouvait pas se permettre de les laisser nous entendre nous disputer.

— C'est une mauvaise idée, protestai-je en enfilant mes gants et en scrutant tout autour de la chambre.

Tout avait l'air tranquille mis à part le lit défait, qui semblait à peine utilisé. Le bagage du couple gisait, encore intact, dans l'armoire. Un verre à demi plein de soda citron-citron vert, des clés de voitures, et un portefeuille gisaient sur la table de nuit et un sac Walmart vide reposait sur le bureau. À part ça, la chambre était propre.

Rien dans la pièce ne laissait à penser que l'un de ses occupants venait de trouver la mort. La seule chose étrange résidait en la présence d'une poubelle pleine, ce qui semblait curieux étant donné l'arrivée récente des Plants. Je soulevai la poubelle et la vidai dans un grand sac noir prévu à cet effet. À part quelques mouchoirs, la poubelle contenait une bouteille de Gatorade à moitié vide et un bidon en plastique. Je fis un nœud au sac, décidant de le garder à l'écart des autres déchets, au cas où le shérif voudrait y jeter un œil plus tard.

Tante Pearl me fit signe d'approcher.

— Viens voir ce que j'ai trouvé.

Elle me montra le bureau, sans voix.

Je fis le tour du lit pour voir ce qu'elle regardait ainsi et manquai d'avoir une attaque cardiaque.

Ce mal-être que j'avais à l'idée de me trouver dans la chambre de Tonya Plant disparut dès que j'aperçus les plans de construction et l'étude de faisabilité étalés sur le bureau. Je reconnus le logo de Centralex Development. Centralex était le plus grand promoteur immobilier commercial de la côte pacifique nord-ouest. À côté des plans se trouvaient des rendus architectes d'un hôtel Resort gigantesque et d'un centre de conférence. Les lettres, en capitales bien nettes, donnaient à ces plans le titre de « Westwick Resort » et ne laissaient aucun doute quant à la localisation prévue de l'endroit.

Les photos aériennes et les schémas étaient en effet clairement ceux de notre propriété. Le rendu architectural montrait un building de vingt étages à peu près avec des piscines, un parcours de golf, et des jardins. On ne voyait nulle part l'Hôtel de Westwick Corners.

— Tu me crois, maintenant ?

J'acquiesçai, paralysée sous le choc. Quelqu'un avait dépensé un temps et des dépenses considérables dans la conception de plans qui prévoyaient apparemment de raser notre Hôtel historique dans sa totalité. Ils étaient si confiants dans leurs projets qu'ils avaient dû embaucher des architectes et des urbanistes qui avaient dû coûter des dizaines de milliers de dollars, et pourtant ne nous en avaient même pas parlé à nous, les propriétaires. Cela me semblait être un pari fort risqué. C'était aussi une manœuvre très sournoise de la part des Plants de venir profiter de notre hospitalité au moment même où ils prévoyaient de nous en arnaquer.

Maintenant je regrettai vraiment de les avoir invités. Feu Sébastien Plant me paraissait désormais plus ennemi qu'ami. Je me demandai à quelle vitesse il avait compté mettre son plan en œuvre. Ce meurtre prenait une toute nouvelle dimension, maintenant que sa véritable raison de venue à Westwick Corners devenait claire. Je frémis à l'idée que nous puissions être responsables, même si c'était à cause d'un lien très ténu, de ses derniers moments sur Terre.

— Le progrès est une épée à double tranchant, philosopha la Tante Pearl. Parfois mieux vaut être invisible, dans le secret.

C'était la première fois aujourd'hui que nous nous mettions d'accord sur quelque chose.

— Allons trouver le shérif, dis-je.

Il y avait quelques semaines nous ne trouvions aucun hôte prêt à payer pour nos prestations. Et maintenant voilà qu'ils s'apprêtaient à nous couper l'herbe sous le pied juste pour récupérer le terrain. Étaient-ils assez déterminés dans leurs plans pour en arriver au meurtre ?

CHAPITRE 7

*L*e Shérif Gates confia la chambre de Tonya aux techniciens de la police scientifique pour qu'ils puissent l'étudier, ce qui ne contenta guère cette dernière. Cela la rendait furieuse de ne pas pouvoir retourner dans sa chambre. L'Hôtel était plein à craquer, et nous ne pouvions ainsi guère lui en offrir une autre pendant les quelques heures que durerait l'investigation. Il ne lui restait plus qu'à aller reposer ses pieds dans la salle à manger.

Je confiai le sac-poubelle de la chambre de Tonya au shérif, qui le donna aux brigades d'investigation.

Je m'en voulais de ne pas avoir ignoré les ordres de la Tante Pearl pour appeler le shérif immédiatement. Mains gantées ou non, le fait d'avoir touché des objets dans la chambre des Plants avait potentiellement souillé des preuves.

Au moins cette histoire de plans de Centralex n'était plus un secret. Tonya ne pouvait plus se contenter de profiter de notre hospitalité tout en prévoyant de raser l'Hôtel. Ses duperies ne semblaient pas la gêner. Apparemment d'ailleurs, rien ne la gênait.

Elle vint s'asseoir dans la salle à manger armée d'une part monumentale de gâteau au chocolat et d'un verre de vin rouge. Elle semblait profiter un peu trop de la vie en considérant la récente perte de son époux.

Le Shérif promit à Tonya qu'elle récupérerait sa chambre peu après le dîner, ce qui pour moi cela n'était pas assez tôt. Au moins alors n'aurais-je plus à devoir les voir, elle et sa fausse politesse. Plus tôt elle partirait mieux ce serait, en ce qui me concernait. Le shérif transforma alors temporairement une petite pièce à proximité du salon de l'Hôtel en salle d'interrogatoire privée. Nous avions transformé ce petit salon frontal en une aire lounge pour que les invités puissent se relaxer, sauf que j'y étais tout sauf calme en y attendant mon tour.

J'étais impatiente de poser des questions au shérif au sujet des plans de promotion immobilière dans la chambre du Tonya, de savoir s'ils entraient oui ou non dans le compte pour le meurtre. Peut-être que Tonya avait déjà mentionné leurs réelles raisons de venir à Westwick Corners, mais j'en doutais quelque peu. Elle n'avait pas l'air d'être du style de ceux qui donnent volontairement des informations.

Ma position près de la fenêtre m'accordait un bon point de vue sur les allées et venues de nos invités. La plupart d'entre eux étaient en train de se relaxer avant le dîner, et quelques autres s'étaient dirigés vers The Witching Post, ou Le Comptoir Ensorceleur, le bar de la maison placé un peu à part dans un autre bâtiment, pour quelques apéritifs. Heureusement le bar était situé de l'autre côté de l'Hôtel, et le pavillon et les jardins restaient ainsi hors de portée de vue. J'espérais juste que la police continuerait à confiner leur secteur d'enquête au jardin.

Mon siège près de la fenêtre me permettait aussi de pouvoir courir rapidement dehors et rediriger tout invité qui irait en direction des jardins ou du pavillon. On ne devait sous aucune circonstance découvrir qu'un meurtre avait eu lieu à quelques pas des clients.

Seulement quelques heures étaient passées depuis notre découverte morbide dans le pavillon, mais elles me paraissaient pourtant une éternité. Le shérif avait réussi à confiner la scène de crime – ou les scènes (puisque cela incluait la chambre de Tonya) – jusqu'à ce que les brigades d'investigations de Shady Creek arrivent enfin. Maintenant qu'il les avait débriefées, il se concentrait à présent sur les interrogatoires des témoins. Ce qui m'incluait moi, bien sûr, ainsi que la Tante Pearl et Maman.

Le Shérif Gates avait interrogé Maman en premier, pour qu'elle soit libre d'aller préparer le dîner pour les hôtes. Ensuite était venue la Tante Pearl. Je fus à la fois surprise et soulagée de voir que l'interrogatoire de ma tante n'avait duré que cinq minutes.

Il s'était ensuite absenté pour passer rapidement un appel, qui je supposais était à destination des enquêteurs du site. Je n'avais pu parler encore ni à Maman ni la Tante Pearl après leur interrogatoire. J'espérais juste que la Tante Pearl n'avait rien dit d'insultant ou de discriminant.

Je souris quand il s'approcha et vint s'asseoir près de moi.

— Je souhaite qu'on puisse résoudre cela rapidement.

— On fera de notre mieux.

— Pourrait-on rester ici ? J'aimerais pouvoir garder un œil sur les invités.

Il acquiesça.

Je jetai un œil par la fenêtre principale et fus brusquement alertée par le camion blanc des enquêteurs de Shady Creek garé près de l'entrée frontale de l'Hôtel. L'emblème de la Police de Shady Creek y était parfaitement visible. Ainsi que les lettres noires en dessous qui indiquaient que cela appartenait au Service Criminalistique. Le van du médecin légiste, blanc lui aussi, était garé à côté.

Qu'allais-je bien pouvoir répondre si un invité se mettait à les remarquer et à me poser des questions ? On n'avait vraiment pas besoin d'un scandale. Au moins il n'y avait pas les médias sur le site, ce qui était principalement parce que mon journal constituait l'unique média de toute la ville. La mort de Plant était toutefois assez importante pour finir par attirer l'attention des reporters de Shady Creek, mais j'espérais au moins qu'entre la tombée de la nuit et le début du week-end, le temps pourrait délayer toute couverture médiatique jusqu'à ce que nous ayons plus de réponses.

Tyler suivit mon regard.

— Ils ont dû se rapprocher pour leur équipement. Vous n'aurez qu'à raconter qu'ils se sont arrêtés pour dîner au Comptoir Ensorcelé si quelqu'un vous pose la question.

— Bonne idée.

Ce que je risquais de devoir faire, parce qu'une berline noire rutilante venait d'entrer dans le parking. Un couple en sortit et descendit des bagages du coffre. En traînant leurs affaires, ils dépassèrent les véhicules des enquêteurs et du médecin légiste pour venir vers l'hôtel, sans apparemment réaliser quoi que ce soit. Voilà qui était au moins bon signe.

— Bon, à présent, faites-moi un descriptif pas à pas de tout ce qui s'est passé, jusqu'à la découverte du corps.

Il était si facile de se perdre dans les yeux couleur chocolat chaud de Tyler Gates. Un peu trop facile, même. Je me forçai à me concentrer sur ce que j'avais à faire main.

Je racontai de nouveau tous les événements, en omettant ma dispute avec la Tante Pearl.

— Nous allions tout juste prendre nos places au moment où nous avons trouvé le corps.

J'avais l'impression qu'il n'avait de cesse de me demander toujours les mêmes choses, encore et encore. Ce qui, je le réalisai bientôt, était probablement une tactique d'interrogatoire.

Je frémis en comprenant que c'était sûrement la vérité. Ici, je baignais au centre du plus gros scandale à avoir jamais avoir frappé Westwick Corners et au lieu d'un scoop, j'étais soumise à interrogatoire en tant que suspecte. Je n'étais plus sûre d'être considérée seulement comme témoin et pas comme suspecte, ou peut-être même d'être les deux à la fois. Tout ce que je savais c'était que le fait d'être impliquée dans l'affaire m'empêchait sérieusement de prendre du recul.

— Avez-vous une idée de la raison pour laquelle les Plants sont allés choisir Westwick Corners comme destination de voyage ? Ici, ce n'est pas vraiment la Côte d'Azur.

Ce commentaire de Tyler Gates aurait normalement dû me mettre en colère, mais il avait en même temps réussi à me donner l'impression de sous-entendre que ce n'était pas de notre faute si nous étions un patelin de ploucs.

— On les avait invités il y a six mois, dis-je. Comme ils ne nous avaient jamais recontactés, j'avais cru que cela ne les intéressait pas. Jamais de la vie je n'aurais pensé qu'ils accepteraient un jour notre invitation. Mais ils l'ont fait. On ne sait pas pourquoi, il y a deux semaines, et ce sans nous expliquer la raison pour laquelle cela leur a pris si longtemps.

— Je vois, dit-il avec un petit sourire sur son visage en griffonnant d'autres notes. Racontez-moi tout ce que vous savez au sujet de Sébastien Plant.

— Pas plus que la moyenne. Il a créé Travel Unraveled, donc c'est un milliardaire qui a dû se construire tout seul. Nous avions espéré qu'il finisse par déceler un certain potentiel dans l'Hôtel de Westwick Corners et peut-être même qu'il nous invite dans son show télévisé, avouai-je, avant de lui mentionner ce que nous avions trouvé dans la chambre des Plants. Ce n'est pas vraiment qu'on était en train de fureter, mais on n'a pas pu s'empêcher de voir les plans, ils étaient en plein milieu du bureau. Tout ce dont on voulait c'était un peu de publicité, pas nous faire racheter les lieux.

— Vous êtes sûre que personne dans votre famille n'a pu leur adresser la parole ? Quelqu'un leur avait peut-être fait une proposition ?

Je secouai la tête.

— Impossible. Nous avons passé des mois entiers à rénover. Nous n'avons pas investi et argent et labeur pour ensuite faire détruire cet endroit et le faire remplacer par une de ces monstruosités de béton, répondis-je, avant de sursauter en voyant deux hommes habillés en Tyvek sortir un brancard du van du médecin légiste. J'espère qu'ils ne vont pas devoir transporter le corps sur la pelouse et sur le parking au vu des gens.

— J'ai peur qu'il n'y ait pas d'autre solution, me fit Tyler en me faisant signe de me rasseoir. Continuez sur votre lancée.

J'obéis.

— Il n'y a pas grand-chose d'autre à dire. La raison pour laquelle les Plants ont accepté notre invitation devient évidente maintenant. Ils avaient des vues sur la propriété.

— Vous avaient-ils fait une offre ?

— Non, non pas encore. J'imagine que le meurtre de Sébastien a dû changer leurs plans. En tout cas, on ne vend pas.

— Hmmm.

— Vous pensez que les plans sont liés au meurtre ?

— Possible.

— Quelle horreur, murmurai-je en faisant courir mes doigts dans mes cheveux. On va avoir plein de publicité maintenant, mais pas de la bonne. Qui aurait envie de partir en vacances sur les lieux d'un meurtre ?

— Les gens finissent par oublier.

— Pas dans le coin, ce n'est pas le style de la maison.

Entre les incendies de Tante Pearl et le meurtre de Sébastien, le taux de criminalité de Westwick Corners avait grimpé en flèche en moins d'une journée. Notre ville se transformait petit à petit en zone hors-la-loi, et je craignais la prochaine étape.

Je racontai au shérif tout ce que je savais, en incluant toutes mes allées et venues en commençant du matin jusqu'à mon arrivée au pavillon plus tôt dans l'après-midi.

— Je ne peux rien vous dire d'autre, à part que nous sommes littéralement tombées sur le corps de Sébastien Plant.

Je tremblai de nouveau en me rappelant mon atterrissage sur son corps doux, mais étrangement dur.

Il resta silencieux pendant encore quelques longues minutes et continua à griffonner dans son calepin.

Plus il faudrait passer de temps au Shérif Gates sur notre enquête et à l'Hôtel, et plus il deviendrait probable qu'il découvre le secret de notre famille. Mais pour le moment il ne se rendait pas compte que nous étions des sorcières, et je comptais bien m'assurer que cela reste ainsi. Ce qui ne me donnait pas d'autre chose que de me joindre dans l'enquête pour résoudre l'enquête dès que possible.

— Sébastien Plant et son épouse Tonya étaient supposés arriver aujourd'hui, à cette heure-ci environ. Mais, comme ma Tante Pearl a déjà dû vous le dire, ils sont en fait arrivés plus vers une heure du matin, et elle les a donc inscrits elle-même.

Tyler Gates étrécit les yeux.

— Elle n'a jamais fait mention de cela. Autre chose ?

J'enlevai une mèche folle de cheveux de mes yeux.

— Depuis combien de temps est-il mort ?

Il haussa les épaules.

— Le légiste le déterminera, mais cela doit dater de quelques heures avant votre découverte. Cela a probablement dû se produire ce matin, avant midi.

— Quelqu'un l'aurait sûrement vu aux alentours.

Je regrettai ces mots dès leur sortie de ma bouche. Nous n'avions personne pour confirmer les allées et venues de ma tante ce matin-là, et elle semblait la seule à savoir que les Plants s'étaient inscrits. Je suggérai :

— D'autres pistes ?

— Nous ne pouvons divulguer aucune information pour le moment, me dit-il avant que ses yeux ne se refroidissent brusquement. Je sais que vous voudriez pouvoir faire un article, mais je ne peux vous donner aucun détail pour le moment.

— Rien du tout ?

Le meurtre de Sébastien Plant était le second meurtre de toute l'histoire de Westwick Corners, et le premier de toute ma vie. Voilà le scoop que j'attendais depuis toujours, le plus gros événement de l'histoire récente. C'était aussi bien plus qu'un fait divers, puisque la victime était un magnat célèbre du business et une star. Je voulais avoir le scoop avant le Shady Creek Tattler.

Il fit non de la tête.

— Pas encore.

— D'accord. Dites-moi si je peux me rendre utile d'une quelconque façon.

Je n'avais nulle intention de rester sur la touche. Tandis qu'il conduisait son enquête officielle, je ferai la mienne, moins officielle. J'étais épouvantée à la pensée qu'un meurtre avait eu lieu chez nous et je voulais vite résoudre l'affaire.

Il rangea son carnet dans sa veste et se leva.

— Je reviendrais vous voir si j'ai des questions.

— Par contre, à un moment donné, j'aimerais bien pouvoir à mon tour vous interviewer pour le journal.

— Vous savez où me trouver.

Il m'adressa un sourire et malgré moi, je le lui rendis.

CHAPITRE 8

Après avoir fini d'aider Maman à nettoyer le désordre qu'avait créé Tante Pearl dans la cuisine, je retournai à la salle à manger, qui avait commencé à se remplir. Le Shérif Tyler Gates était toujours là, avec son carnet et ses papiers étendus sur une table à côté d'une tasse de café.

Je craignais que nos invités ne se posent des questions sur la présence du shérif. La baie vitrée derrière lui dévoilait une vue panoramique du parking, où les véhicules de la police de Shady Creek étaient toujours stationnés. J'avais prié pour que les techniciens de la scène de crime puissent se montrer rapides et discrets, mais cela ne semblait pas être dans leurs intentions.

Nos regards se croisèrent et il me fit un petit signe.

Je sentis une pointe de culpabilité monter en moi. Ce que je considérais comme un désordre et une gêne était également la mort de ce pauvre Sébastien Plant. Je ne l'avais jamais rencontré en personne, et me demandai brusquement d'ailleurs où était Tonya Plant. La table à laquelle elle s'était assise plus tôt était vide, mais je doutais que la police ait déjà pu finir de vérifier sa chambre. Le Shérif Gates avait juste dû déjà l'interroger. Je me demandais s'il était au courant de l'endroit où elle était allée.

Je jetai un rapide coup d'œil à l'extérieur et il me fit signe de m'asseoir. Toujours aucun signe de la voiture de Brayden dans le parking. Je m'inquiétais, parce qu'il ne m'avait même pas appelée. Et si quelque chose lui était arrivé ? Dès que j'en aurais fini avec le shérif, je comptais bien partir à sa recherche.

Je retournai mon attention vers Tyler Gates. Même s'il faisait de son mieux pour garder un visage dénué expression, je crus y déceler une trace d'inquiétude.

— Rappelez-moi ce qui s'est passé. Pourquoi, exactement, étiez-vous dans le pavillon ?

— Pour faire une répétition de mariage.

Mes yeux se plongèrent dans l'océan chocolat qu'étaient les siens. J'essayai de m'en dépêtrer, mais j'étais inexorablement attirée vers les yeux bruns les plus chaleureux qu'il ne m'ait jamais été donné de rencontrer. J'étais incapable de m'en empêcher. Comme prise au piège, sauf que c'était pour le moment un interrogatoire.

Je ressentis une pointe de culpabilité à éprouver tant de désir pour un homme qui n'était pas mon fiancé.

Ma gorge se noua.

— La répétition de mon mariage.

— D'ac...cord, murmura le shérif Tyler Gates en gribouillant sur son carnet. Très bien, donc Pearl, Ruby, Brayden et vous deviez être dans le pavillon. Y avait-il quelqu'un d'autre ?

— Ah, non, vous vous trompez, protestai-je, sentant mon visage s'empourprer. Brayden n'était pas là.

La mâchoire de Tyler Gates se décrocha.

— Votre futur époux a loupé sa propre répétition de mariage ?

— Il était en retard.

— Je vois, fit-il avant de noter quelque chose dans son calepin. À quelle heure est-il arrivé au pavillon ?

— Il n'est jamais venu.

Je réalisai pour la première fois que, en tant que maire, Brayden était aussi le patron de Tyler Gates. Le shérif devait forcément être au courant que Brayden n'était pas là. Brayden n'était pas là lors de la scène du pavillon, et sa voiture n'était pas non plus dans le parking.

Tyler Gates haussa les sourcils.

— Il n'est donc jamais venu pour la répétition.

Je ne compris pas pourquoi, mais de façon certaine et assez étrange, je devins vindicative. Je n'étais pas la seule à remettre en cause le curieux sens des priorités de Brayden. Cela ne m'empêchait pas d'avoir le moral dans les chaussettes, cependant. Aux yeux de mon fiancé, j'avais moins d'importance qu'une réunion à l'hôtel de ville.

— Intéressant, commenta-t-il avant d'écrire quelque chose sur son carnet.

D'autres qualificatifs me vinrent à l'esprit, mais ils étaient loin d'être aussi polis.

— Je sais que ça doit vous sembler bizarre, Shérif Gates. Mais sa réunion s'éternisait, et…

Ma gorge retint la moitié de mes sons quand je réalisai l'énormité de la situation.

—… C'est le maire. Cela ferait mauvais effet s'il partait en avance d'une réunion.

Il leva les yeux de son carnet et m'étudia, sans dire un mot. Pour une technique d'interrogatoire c'était sacrément efficace, au moins sur moi.

— À quelle réunion était-il ?

— Ce devait être la réunion hebdomadaire concernant la surveillance de la ville, je pense, dis-je, avant de rougir de plus belle.

Le Shérif Gates inscrivit d'autres notes puis esquissa un léger sourire.

— Vous voulez parler de la réunion hebdomadaire sur la surveillance et la prévention criminelle ? Elle a été annulée aujourd'hui.

— Oh.

Il me parut d'un coup évident que Tyler Gates devait obligatoirement être au courant, surtout quand il s'agit d'une réunion à laquelle maire et shérif à la fois se doivent de participer. Brayden m'avait menti. Mon visage s'empourpra de colère et de honte.

Mais si la réunion avait été annulée, alors pourquoi m'avait-il fait faux bond ?

L'ombre d'un sourire se joua sur les lèvres de Tyler Gates. Même le shérif ne me prenait pas au sérieux. Je devais admettre qu'à moi aussi cela me semblait stupide. J'avais vraiment envie de passer un savon à Brayden.

Son expression s'adoucit légèrement.

— À mon avis, il a dû avoir un imprévu. Mais appelez-moi Tyler. Cette ville est trop petite pour les noms de famille.

Je n'avais aucune envie d'inventer des excuses à Brayden, mais selon moi il fallait tout de même un minimum de justification à mes paroles. Je ne désirais quand même pas que le shérif aille s'imaginer que mon fiancé m'avait mis un vent.

— Ce n'était pas vraiment la répétition finale. Ma mère, Ruby, est un poil perfectionniste. La répétition d'aujourd'hui, ce devait être une prérépétition de répétition.

Cela ne justifiait pas l'absence de Brayden, mais c'était une distinction importante à ajouter.

— Je vois.

Il ne m'en donnait pas vraiment l'impression.

— Maman est une angoissée de la vie. Cette prérépétition, c'est juste pour s'assurer que les choses puissent se faire sans anicroches.

— Ce qui n'est pas le cas ici. Quand doit être le mariage ?

— Dans deux semaines, dis-je avant de vérifier ma montre. Shérif... Excusez-moi, Tyler... La grande inauguration officielle de l'Hôtel doit se faire dans une heure, juste au moment de servir le dîner. Je sais que c'est une scène de crime et tout, mais n'auriez-vous pas par hasard une idée du moment où ils auront fini ?

Tyler mordilla sa lèvre inférieure tout en passant en revue la situation.

— Assurez-vous juste d'empêcher vos invités de se rendre au jardin durant les quelques prochaines heures. Le médecin légiste et les techniciens devraient bientôt avoir fini. Je leur ai déjà demandé de faire dans la discrétion.

Puis il se leva, et termina :

— Encore une chose. À la suite de mon débriefing avec les enquêteurs de Shady Creek, j'aurai encore des questions pour votre famille. Il faudra que je m'entretienne à nouveau avec chacune d'entre vous, Pearl, Ruby et vous, comme c'est vous qui avez découvert le corps. Je vous appellerai plus tard.

Cela me donnait le temps de faire regagner un peu ses esprits à la Tante Pearl. Que le shérif ne la confine pas m'indiquait qu'il ne la considérait pas vraiment comme un suspect. Mais c'était Pearl, cela dit, et elle allait forcément s'incriminer encore plus.

CHAPITRE 9

près le dîner nous conduisîmes nos invités au Witching Post pour un digestif. Cela devait, nous l'espérions, les occuper jusqu'à la tombée de la nuit le temps que les policiers en aient fini au pavillon. Plus tôt la police aurait fini de récolter leurs preuves, mieux ce serait. Je m'inquiétais que les invités aillent s'amuser à se promener dans jardins étant donné qu'il n'y avait plus grand-chose à faire en ville quand il faisait nuit. Cela aurait été une vraie catastrophe si l'un d'entre eux en était venu à tomber sur la scène de crime.

Il était sept heures du soir quand nous eûmes terminé de nettoyer les tables et de laver les plats. Je sortis et me sentis soudainement soulagée de remarquer que les places de parking où s'étaient trouvés auparavant les vans du médecin légiste et des véhicules de la police de Shady Creek étaient désormais vides. Le SUV du Shérif Gates était parti aussi, et sa place maintenant occupée par la berline BMW noire rutilante de Brayden.

J'étais soulagée et furieuse à la fois. Brayden avait dû entendre parler du meurtre à l'heure qu'il était, et pourtant il ne m'avait même pas appelée ou cherché à savoir si j'allais bien. Même ses devoirs de barman à temps partiel avaient plus d'importance pour lui que ma sécurité et mon bien-être.

Mon cœur s'arrêta quand, en jetant un œil vers les jardins, j'aperçus le scotch jaune de police toujours enroulé autour du pavillon. Je me notai mentalement d'appeler le shérif pour savoir si le ruban de la scène de crime pourrait être enlevé avant le matin.

En une seule journée il me semblait que ma vie tout entière s'était retrouvée chamboulée. Nous avions ouvert notre propre Hôtel après des mois de dur labeur et tout ça pour se retrouver avec un meurtre tragique d'un de nos hôtes et au bord de la ruine financière potentielle. Le futur marié ne s'était pas donné la peine de se présenter à sa propre répétition de mariage, et d'avoir dû expliquer son absence au Shérif Gates m'avait fait reconsidérer notre mariage ainsi que notre relation. Le mariage aurait dû constituer sa priorité numéro un, et pourtant j'avais l'impression d'être toujours le numéro deux de Brayden. Jamais le numéro un.

Et puis il y avait Tyler Gates. Mon attirance envers lui m'avait conféré des œillères. En plus de son apparence, je ressentais aussi entre nous une alchimie mutuelle très puissante, chose que je n'avais eue avec Brayden. Ce qui était stupide parce que je le connaissais à peine.

Je me retrouvais à espérer que le shérif reste ici pendant encore un moment, et pas juste pour maintenir la loi et l'ordre. Mais, et quand bien même ce serait le cas ?

La Tante Pearl avait raison sur une chose. À moins que je ne m'applique assez pour changer les choses, rien ne se produirait. Elle voulait parler de mon utilisation de la magie, mais cela s'appliquait à tous les étages de ma vie, en incluant ma vie amoureuse. J'étais responsable de mon propre bonheur, et c'était à moi qu'il incombait de changer ma vie. Je me déplaçai vers The Witching Post, perdue dans mes pensées.

Le bar était ouvert depuis plusieurs années, mais n'avait jamais eu beaucoup de clients. Bien sûr je voulais m'assurer que nos invités s'amusaient bien, mais j'avais aussi envie de passer un savon à Brayden. Est-ce que je n'étais vraiment qu'une arrière-pensée dans le recoin de sa tête ? Plus j'y pensais, plus cela me mettait en colère.

Le bar était logé dans un bâtiment séparé à l'écart de l'allée principale circulaire de l'Hôtel. Je la franchis et savourai l'air froid de la nuit. Une légère brise soufflait depuis les pieds des collines et une crique gargouillait à une trentaine de mètres de là. Mère Nature ne prêtait nulle attention aux événements tragiques survenus quelques heures plus tôt.

D'être à l'extérieur sembla me revigorer et me souffler un nouvel angle de vue sur le comportement de Tante Pearl. Elle n'était peut-être pas ravie d'avoir des intrus dans sa ville mais elle finirait par s'y faire. Il fallait juste qu'on arrive à plus l'impliquer, d'une façon qui ne dérangerait pas trop nos visiteurs. Nous pourrions par exemple utiliser discrètement nos talents afin d'aider le shérif à résoudre le meurtre de Sébastien Plant. Tant que je gardais la Tante Pearl à portée de vue, elle ne risquerait pas d'empirer les choses.

Elle avait paru intriguée par la note ; peut-être qu'elle pourrait m'aider à la déchiffrer. Cette note m'était restée comme gravée dans la mémoire car elle avait paru être écrite par quelqu'un du coin, ou en tout cas, quelqu'un qui voulait avoir l'air d'être du coin. Ma gorge se noua quand les vers me revinrent en tête. Je les revoyais clairement dans mon esprit, et me remémorais à quel point cela avait décrit avec précision les sentiments de la Tante Pearl :

QUAND BIEN MÊME TU voyages dans le monde entier,
    Le mieux pour toi serait de fuir et te cacher.
    Le voyage est le fondement de ton affaire,
    Mais c'est à cet endroit que tout va se défaire.

TU N'AS aucune raison de rester chez nous,
    Notre bière et notre nourriture sont à nous.

LAISSE WESTWICK CORNERS tranquille,
    Et pars, tant que c'est possible.

LÂCHE NOTRE VILLE et nos terres,
    Si tu refuses,
    Aucune excuse,

Ta route s'achèvera bientôt dans un cimetière.

Cette menace semblait adressée à Sébastien Plant, mais comme la Tante Pearl l'avait fait remarquer plus tôt, cela ne servait à rien de menacer quelqu'un qui était déjà mort, en présumant bien sûr que le meurtre ait été prémédité. La note était-elle destinée à faire peur à Tonya Plant ? Et si c'est vrai, cela désignait comme coupable quelqu'un qui s'opposait aux plans de développement de Westwick Corners.

Sauf que personne à part la Tante Pearl et moi ne savait pour les plans secrets des Plants. Je ne les avais vus qu'après le meurtre. Et la Tante Pearl aussi, très certainement.

Peut-être qu'au lieu d'être un indice, cette note avait été laissée en réalité pour détourner l'enquête.

Je m'arrêtai sur place en me revisualisant le papier sous sa forme originale, en langue anglaise. Je n'avais pas remarqué avant que le mot « Unravelled », celui qui correspondait à « défaire » et qui renvoyait également à la société des Plants, y était écrit avec deux L – ce qui était soit une erreur, soit l'œuvre d'un anglophone de Grande-Bretagne. Ce qui était une preuve suffisante que cette note avait été laissée par quelqu'un de l'extérieur, donc quelqu'un de non américain – car un Américain l'aurait écrit avec un seul L, afin de faire porter le chapeau à un local, comme Tante Pearl. Cette même personne était aussi responsable sans l'ombre d'un doute des salissures de sang sur sa baguette. Je n'avais aucune preuve cependant, et sans preuve, ma théorie semblait juste tirée par les cheveux, comme si je cherchais un moyen de libérer ma tante des soupçons qui pesaient sur elle. Mais comment pouvoir explorer à fond les pistes si elle se refusait à coopérer ?

Je secouai la tête et me dirigeai vers le bar. Des voix en sortaient en me remontant alors le moral. Je priais pour que la grande inauguration de l'Hôtel de Westwick Corner apporte plein de travail au Grill et au Witching Post.

Je ne fus pas déçue. Non seulement le bar fourmillait d'activité, mais il n'y avait plus de place assise. Quelques locaux s'étaient même aventurés à escalader la colline pour venir se mêler à la foule. Officiellement ils venaient soutenir notre nouvelle entreprise, mais en réalité ils étaient là pour vérifier l'identité de nos invités d'en dehors de la ville et récupérer de quoi lancer des rumeurs.

Il n'y avait pas grand-chose qui se déroulait aux Westwick Corners même lors de la pleine saison, mais les gens du coin semblaient étrangement ne rien savoir du meurtre. Je fus reconnaissante au Shérif Gates et à la police de Shady Creek pour leur discrétion. À part la police, seule Maman, la Tante Pearl et moi étions au courant. J'aurais souhaité que cela reste ainsi, au moins pour ce soir pendant que les locaux se mêlaient aux invités payants.

Je voulais aussi dévoiler le scoop dans The Westwick Corners Weekly. Ce n'était pas souvent que je récupérais un scoop avant l'opinion publique. D'ici demain il y aurait encore plus de détails et avec de la chance plus de pistes. Toute fuite d'information avant ce délai ne ferait que faire partir les invités et ruiner la réputation de l'Hôtel.

Comme le Witching Post était l'un des seuls deux restaurants du coin ainsi que l'unique bar de la ville, nous avions en général un public assez décent pendant les week-ends. Mais je n'avais jamais vu autant de monde y rassembler, on faisait maison comble. Les recettes suffiraient probablement à payer nos factures pendant un mois voire plus.

Je repérai Brayden derrière le bar. La plupart des locaux avaient besoin d'occuper plusieurs emplois pour garnir les fins de mois et Brayden ne faisait pas exception. Il travaillait au bar les week-ends. Cela me soulageait d'enfin le revoir, tandis qu'il était occupé à préparer les commandes des clients, mais déçue qu'il prenne son travail à temps partiel plus au sérieux que moi. J'étais toujours furieuse de son absence plus tôt, mais au moins je n'avais cette fois à lui trouver des excuses en tant que barman.

— Cen ! M'appela Brayden en me faisant un grand signe de la main et en m'adressant son sourire étincelant. Il faut qu'on parle.

Oui effectivement, même si je nous soupçonnais de ne pas avoir exactement la même chose en tête.

— Tu as été aux abonnés absents à ta propre répétition de mariage, Brayden. Comment as-tu pu ?

— Ah, Cen, fiche-moi la paix. Il y a eu un gros événement qui s'est produit et je n'ai pas pu quitter la mairie, me répondit-il avant de hausser les épaules. Ce n'est pas important, si ? La vraie répétition est dans quelques jours.

Il se tourna et fit signe à deux fermiers qui venaient s'asseoir à l'opposé du bar.

— Tu te fiches de tout ça, hein ?

Mon visage s'empourpra et je dus lutter pour rester calme.

— Bien sûr que non, me répondit-il avant de tendre un bras pour le passer autour de moi. C'est juste que ta mère et toi avez tendance à surplanifier les choses.

— J'ai tendance à surplanifier les choses ?

Si je ne m'en occupais pas, rien ne risquait de se produire, puisque Brayden ne planifiait jamais rien. Je devais toujours tout faire. Sûrement le faisais-je pour compenser la spontanéité de Brayden parce que ses plans ne parvenaient jamais à leurs fins. C'était un rêveur, pas un acteur.

— Tu n'avais rien à faire à part à venir. Est-ce que tu sais combien de temps ça prend pour planifier un mariage ?

— Relax, Cen. J'apprécie tout ce que tu fais, mais deux répétitions ça fait un peu beaucoup. Je pensais juste que ce n'était pas très important cette prérépétition.

— C'était très important. Notre invité VIP, Sébastien Plant, a été assassiné à l'intérieur du pavillon. Ta présence il y a quelques heures aurait pu nous aider.

Grâce au ciel c'était nous qui avions découvert le corps nous-mêmes, pas un des invités.

— Ce n'est pas comme si j'aurais pu empêcher le meurtre, Cen. Le Shérif Gates m'a tout dit. Il est arrivé très rapidement, hein ?

Brayden me déposa un sous-verre et un verre de vin du Witching Hour Red en face de moi.

Je contemplai fixement le verre, en me rendant compte que Brayden essayait de s'excuser. D'habitude il préférait que je ne boive pas d'alcool, vu qu'il était maire. Je préférai le vin. Il essayait de me faire avaler la pilule pour éviter un affrontement.

— Oui, mais on aurait eu besoin de ton aide pour gérer la situation. Un cadavre, ce n'est pas la meilleure chose pour notre inauguration.

Je repensai à ma rencontre avec le Shérif Tyler Gates et sentis des papillons dans mon estomac. Sa taille haute, mince, ses muscles et ses yeux bruns à en faire fondre plus d'une…

— Cen ?

— Hein ?

— Je suis arrivé aussi vite que possible.

— Tu avais plus de trois heures de retard. Depuis quand les réunions à l'hôtel de ville durent jusqu'à sept heures et demie ? Sifflai-je, sans attendre sa réponse. Et qu'est-ce qu'il peut bien y avoir de plus important qu'un meurtre chez ta fiancée ?

Il haussa les épaules.

— Il y avait des embouteillages à l'heure de pointe.

— Quel embouteillage ? Toute la ville était déjà ici. Sauf toi.

Le trafic de Westwick Corners était inexistant, surtout depuis que le spectacle de pyrotechnie de la Tante Pearl sur le panneau d'autoroute nous rendait invisibles aux yeux des motards du coin. L'absence de Brayden n'avait fait que renforcer ma nervosité au sujet de ce mariage et m'avait fait réévaluer notre relation. Pour la première fois je me rendis compte que, même si Brayden m'aimait, je passerai toujours au second plan derrière ses plans et ses ambitions. J'étais plus un acolyte qu'un partenaire. Ce que je n'avais pas réalisé maintenant.

— Allez, Cen. Je ne peux pas m'absenter de mon job dès que ta mère le décide.

— Mais elle nous l'avait demandé il y avait des semaines. Tu nous avais promis d'être là.

Les invitations pour le mariage avaient été envoyées, le menu préparé et la cérémonie organisée. Annuler ou reporter le mariage signifierait la ruine de Brayden. Il était aussi extrêmement populaire en tant que maire, donc tout le monde en ville se retournerait contre moi. D'un autre côté, je ne pouvais plus vivre dans le mensonge. Comment un homme que j'avais rencontré moins d'il y a vingt-quatre heures pouvait m'inspirer de tels doutes sur le futur ?

— J'ai eu un rendez-vous à Shady Creek, d'accord ? Le trafic ça n'allait pas sur l'autoroute, mais je suis là maintenant, me répondit-il avant de sourire et de remplir deux pintes. Être maire ce n'est pas un travail avec des horaires de bureau Cen. Je suis arrivé dès que possible.

— OK.

Mon travail n'était pas non plus un travail à horaire de bureau, mais je ne m'en servais pas comme excuse. C'était bien du Brayden que de faire l'impasse sur mes sentiments, et de sous-entendre que d'une certaine façon les choses étaient ma faute, que son travail était plus important que le mien.

Brayden était le seul garçon avec qui j'étais sortie, de fait, et pourtant j'avais l'impression de ne plus le connaître du tout. J'avais toujours cru que Brayden et moi étions faits pour aller ensemble et ne m'étais jamais posée de questions auparavant sur les autres hommes.

Correction. Bien sûr que j'y pensais. Parfois j'étais même attirée par eux. Mais aujourd'hui c'était plus qu'une attraction physique. J'étais attirée vers Tyler Gates d'une façon que je n'avais jamais connue auparavant. Je ne pouvais mettre le doigt dessus, mais c'était là.

Comme tous les shérifs avant lui, Tyler Gates était de toute évidence un raté ou il aurait trouvé un meilleur job mieux payé dans une ville plus grande. Je le trouvai intéressant seulement parce qu'il manquait quelque chose entre Brayden et moi.

Et me voilà, sur le point de faire la plus grosse bêtise de ma vie en pensant à un homme que je ne connaissais même pas. À part Brayden, Tyler Gates était le seul homme en ville à ne pas toucher la Sécurité Sociale. Il avait bonne allure à mes yeux, mais c'était uniquement parce que Brayden avait perdu toute la sienne.

— Tu aurais dû venir plus tôt. J'en ai marre que tu me considères comme déjà toute acquise.

Brayden fit courir une main dans ses cheveux parfaitement peignés.

— Le Service Public inclut certains sacrifices personnels, Cen. Le travail passe d'abord. On en a discuté quand je me suis présenté comme maire.

Je ne me souvenais pas d'avoir discuté avec lui de quoi que ce soit.

— Et qu'est-ce qui, exactement, a plus d'importance que moi ?

Brayden leva les mains d'exaspération.

— Ce n'est pas si simple, Cen. Tu sais bien que je ne peux pas te parler des affaires confidentielles de la ville.

En plus d'être la petite amie de Brayden, j'étais surtout la presse. Brayden avait raison : rien ne restait très longtemps secret à Westwick Corners.

— Le travail passe aussi avant ton mariage ? Tu seras aussi aux abonnés absents pour la cérémonie ?

Brayden leva les yeux au ciel.

— Bien sûr que non, mais il faut faire des choix difficiles parfois.

— Il y a eu un meurtre et tu n'as pas été pas fichu de venir ?

— Je ne pouvais pas être au courant, rétorqua-t-il en posant deux pintes d'une bière pâle glacée en face des deux fermiers aux cheveux d'argents, avant de se tourner vers moi de nouveau. Tu m'as dit tout à l'heure que le shérif t'avait tout dit.

Qu'est-ce qu'il pouvait y avoir de plus important qu'un meurtre survenant lors du premier jour de travail du shérif ? Quelque chose dans la liste des priorités de Brayden lui semblait prendre le pas sur les crimes.

Il y avait une première fois pour tout.

Je n'avais jamais reconsidéré mon mariage avec Brayden jusqu'à cet après-midi et maintenant j'avais l'impression de ne plus avoir la tête bien vissée sur les épaules.

— On n'a discuté de rien du tout. Tu as décidé de faire comme tu en avais envie, comme toujours. Mais pour une fois, j'aurais bien voulu en faire partie.

Ma voix transparut au-dessus de la musique et toutes les têtes se tournèrent vers moi.

— On en parlera plus tard, siffla Brayden avant de laisser tomber les yeux et de se concentrer sur la création d'un martini.

Je fulminais intérieurement. Brayden avait été élu maire il y avait quelques mois à peine, alors j'aurais dû être plus clémente. D'un autre côté, maire avait toujours été un temps partiel.

Westwick Corners avait moins d'un millier de personnes, et pourtant Brayden avait adopté son nouveau rôle avec gusto parce qu'il le voyait comme un marchepied vers de nouveaux échelons sur l'échelle sociale. Être maire lui ouvrait bien des portes et lui permettait d'aller se faire bien voir des riches et des politiques fédéraux.

Mais je n'allais pas le laisser me congédier. Il devait ici répondre de ses électeurs, et j'en faisais partie.

— Non, je veux en parler tout de suite.

Mais Brayden était déjà hors de portée d'oreille, à l'autre côté du bar en train de remplir des verres.

Tante Pearl avait raison. Brayden me prenait vraiment pour acquise, et j'en avais assez. Nous nous connaissions depuis pratiquement toute notre vie, et pourtant je ne m'étais jamais sentie aussi distante de lui. Ses ambitions politiques étaient plus importantes que notre relation, et même que les besoins de cette petite ville qu'il était pourtant supposé représenter.

Je plaçai mon verre à moitié rempli sur le comptoir et me levai. Le bar était comble, et une demi-douzaine d'invités dansaient au rythme d'une musique country qui passait dans les haut-parleurs.

Mes pensées revinrent sur le meurtre de Plant et mon article. Il m'apparut qu'il me serait presque impossible de rapporter objectivement un crime qui s'était passé sur notre propriété. Peut-être que c'était un signe annonciateur des choses à venir, puisque toute indépendance journalistique devenait presque impossible dès lors qu'on épousait un maire.

Super.

Il me faudrait donc abandonner le journal et mon job.

La dernière chose dont j'avais envie était bien de devenir l'épouse d'un homme politique, à devoir soutenir mon mari sans avoir de vie propre à moi-même. Est-ce que j'aimais vraiment Brayden, ou est-ce que j'étais juste bien avec lui ? Je m'étais retrouvée tellement bousculée par toutes les attentes que les gens avaient placées en moi que je n'en connaissais pas la réponse.

Mon attirance envers Tyler Gates n'était rien de plus que quelque chose de physique. Mais c'était une attirance que je n'avais jamais ressentie envers Brayden, et j'aimais bien ce sentiment, que j'aurais bien aimé continuer à ressentir.

Peu importe ce que c'était, il fallait que je m'arrête pour décider des choses. J'allais décevoir tout le monde, mais j'avais déjà perdu assez de temps à tous les satisfaire à part moi. Je me levai et me déplaçai vers Brayden au bout du bar. Il avait fini de faire ses cocktails et essuyait le bar.

Je pris une grande respiration.

— Au sujet du mariage, je…

Il m'embrassa sur la joue.

— Tu lis dans mon esprit, dis-moi. On aurait encore de la place sur la liste des invités pour le gouverneur et sa femme ? Ce serait une super opportunité pour apprendre à mieux les connaître.

Cela ne fit que confirmer mes soupçons comme quoi mes rêves s'effaceraient toujours devant l'ascension sociale et les ambitions politiques de Brayden. Je devrais entraver ma magie. Une sorcière serait le pire bagage qui soit pour une carrière politique, et Brayden aspirait à bien plus qu'à Westwick Corners. Il aspirait à être gouverneur d'État un jour.

Ni article, ni magie, ni amour.

Ni de futur ensemble. Pourquoi cela m'avait-il pris si longtemps avant de m'en rendre compte ?

— Non.

Je n'avais pas le temps de débattre de cela. Je devais aller travailler à l'Hôtel.

— Comment ça, non ? On ne peut vraiment pas faire de place pour deux personnes de plus ?

Je soupirai. Brayden voyait toujours les choses de son point de vue – pas du nôtre. Je repoussai l'idée de lui dire que j'annulai le mariage jusqu'au matin.

— Pas maintenant.

J'aperçus la Tante Pearl du coin de l'œil. Elle portait son survêt gris Adidas des années 70, celui qui était supposé être fait pour l'effort en extérieurs. J'ignorai les objections de Brayden et la suivis dehors. Elle allait vers le pavillon et, sans aucun doute, vers les problèmes.

— Tante Pearl, Maman a besoin de toi à l'intérieur.

Ma tante se retourna et me dévisagea. Elle plissa les yeux et murmura quelque chose que je n'entendis pas bien.

— Tu pourrais répéter ? Demandai-je.

Elle fit une mine offusquée et changea de direction. Je la suivis vers les marches de l'Hôtel. Je sentis quelqu'un tirer sur mon bras et me retournai pour voir Brayden à côté de moi. Je n'étais pas tranquille à l'idée de voir qu'il m'avait suivie dehors. Cela signifiait que personne ne s'occupait du bar.

— Qu'est-ce qui te prends ces derniers temps, me demanda-t-il en me prenant l'autre bras pour plonger ses yeux dans les miens. Tu n'es plus la même.

— Moi je n'ai pas changé, toi si. Si tu n'as pas de temps à m'accorder maintenant, qu'est-ce que cela sera quand nous serons mariés ?

Je me libérai de son étreinte et scrutai le jardin à la recherche de ma tante. Elle avait disparu de ma vue.

— Ce n'est pas ça, c'est juste que les choses sont plutôt compliquées pour le moment et…

— Cela suffit les excuses, Brayden.

Je me tournai vers le jardin.

— Cen, allez.

Brayden était comme paralysé, les bras croisés.

À attendre que je fasse le premier pas vers lui.

— On en parlera demain.

J'espérais à moitié qu'il vienne me suivre, mais il valait probablement mieux que non. Je ne savais quand et comment le lui dire, mais tout d'un coup, tout m'était devenu clair comme de l'eau de roche. Je n'épouserai pas Brayden Banks.

Et il n'aimerait pas ça du tout.

CHAPITRE 10

*J*e suivis la Tante Pearl au travers la pelouse et l'allée dans le jardin de roses. Comme je le craignais, elle fila en ligne droite vers le pavillon. Je frémis. Ses plans incluaient certainement d'aller encore repousser les touristes, mais elle ne ferait que s'incriminer encore plus de la sorte. C'était déjà une catastrophe d'avoir une scène de crime sur notre propriété, mais une scène de crime compromise ce serait bien pire. Surtout par une sorcière.

— Tante Pearl, attends !

Son allure était bien plus vive que celle qu'un corps de soixante-dix ans aurait jamais pu adopter, et je savais sans l'ombre d'un doute qu'il y avait de la magie dedans. Même dans la faible lumière du crépuscule, j'aperçus un bidon d'essence dans sa main. Je piquai un sprint et raccourcis totalement la distance entre nous à quelques pas du scotch jaune.

— Repose ce bidon.

— Compte là-dessus, me répondit-elle avec un sourire moqueur, avant de reposer son bidon, et de remonter les manches de son jogging.

Je n'eus d'autre choix que de contrer avec ma propre magie. Nous étions à deux pas des marches du pavillon et à une milliseconde d'un cataclysme.

Que ce soit par chance ou par instinct, je n'en sus strictement rien, mais je l'arrêtai sur place et désintégrai le bidon.

Tante Pearl poussa un cri de surprise.

Nous fixâmes du regard, en silence, le résidu d'un petit nuage de fumée. Cataclysme prévenu, en tout cas pour le moment.

— Tu ne peux pas détruire une scène de crime, Tante Pearl. C'est trop tard pour se débarrasser de quoi que ce soit. La police a déjà réuni toutes les preuves qu'il lui fallait.

Elle fit volte-face et me fit face.

— Sauf que tu n'as aucun droit de t'amuser à détruire la propriété d'autrui, Cendrine, fit-elle avant de baisser fixement le regard vers ses mains vides.

Nulle trace du bidon d'essence.

— Tu ne m'as pas laissé d'autre choix.

Mon cœur bondissait dans ma poitrine. J'attendais qu'elle me contre avec un autre acte vengeur, cette fois envers moi.

Mais au lieu de cela, elle sourit.

— Pas mal, en considérant à quel point tu as peu d'entraînement. Il semble que tu sois vraiment capable de lancer des sorts quand tu t'y mets.

Pour une fois mes talents me parurent plus être une bénédiction qu'une malédiction. Je ne pus m'empêcher de me sentir fière en dépit des circonstances. Tante Pearl ne faisait que rarement des compliments, surtout quand il s'agissait de magie.

J'évitais en général d'utiliser des charmes parce que la magie pour moi c'était un peu tricher. Je trouvais que, cela me donnait un avantage injuste sur le reste du monde et j'étais fermement contre l'idée de lancer des sorts pour me tirer des problèmes. J'avais peut-être utilisé l'un des tours de Tante Pearl, mais au moins ce n'était pas pour détruire scène de crime.

— Seulement par nécessité. Retournons à la maison.

La Tante Pearl ignora ma requête et se retourna vers le pavillon.

— Tout ce dont tu as besoin c'est de plus t'appliquer, Cen. Pourquoi ne pas commencer tout de suite ? Suggéra-t-elle, avant que mon incendiaire de tante ne claque des doigts et qu'un bâton de flammes ne se matérialise dans ses mains.

Je claquai des doigts à mon tour et conjurai un seau d'eau, mais il était un peu trop tard. Je jetai le seau dans sa direction, mais elle avait déjà atteint les marches du pavillon. Je décidai alors de l'attraper et nous roulâmes en bas des marches, dans l'herbe. Nous nous arrêtâmes à peine à quelques centimètres du scotch de crime.

— C'était un piège ! M'exclamai-je en me dégageant d'elle pour bientôt m'asseoir en apercevant Tyler Gates arriver.

— Mais nom d'un chien qu'est-ce qui se passe ici ? Protesta le shérif en étouffant le feu avec son pied.

Son sourire termina de s'effacer en reconnaissant Pearl.

Ce qui était exactement la question que j'allais poser à ma tante. Pourquoi était-elle aussi déterminée à détruire ce pavillon ? Avait-elle quelque chose à voir là-dedans ?

— Pour l'amour de dieu, merci, vous êtes là, Shérif, pleurnicha la Tante Pearl. Elle est venue m'attaquer sans prévenir.

Les coins de la bouche de Tyler Gates se relevèrent quelque peu.

— Est-ce vrai ?

— Elle m'a provoqué.

Et, en entendant ces mots sortir de ma bouche, je compris d'un seul coup que nous ressemblions plus à deux gamines en train de se disputer qu'autre chose.

Ce qui était assez gênant.

— Elle, c'est une vraie source d'ennuis, décréta la Tante Pearl en pointant un doigt accusateur vers moi.

Je levai les yeux au ciel et enlevai un peu d'herbe et de la poussière de mes vêtements en me relevant.

— Je ferais attention si j'étais vous, lança-t-il. Le pavillon est toujours interdit au public et je n'ai encore rayé le nom d'aucune de vous de ma liste des suspects potentiels.

Je supposai que son commentaire était adressé de la Tante Pearl, puisqu'il avait déjà vérifié mon alibi. J'étais au journal toute la matinée, ce qui avait été confirmé par les caméras de sécurité de mon immeuble et les quelques autres lève-tôt du bâtiment. Je n'avais pas quitté le bureau avant de retourner à la maison à quinze heures et d'aller au pavillon.

Les déplacements de la Tante Pearl en revanche étaient inconnus au bataillon de neuf heures du matin jusqu'à un peu avant midi, au moment où elle était arrivée à mon bureau après son passage enflammé sur l'autoroute. Elle disait être allée directement à l'Hôtel après avoir quitté mon bureau. Maman pourrait facilement vérifier les dires de la Tante Pearl sur ses soi-disant activités comme quoi elle était allée préparer les chambres avant de faire son incendie. Je connaissais assez bien ma tante pour savoir qu'il ne fallait pas prendre ses racontars au pied de la lettre, mais dans mon cœur je savais aussi qu'elle n'était pas une tueuse. Mais la loi opérait à partir de faits et gestes durs et insensibles, pas à partir de sentiments.

La Tante Pearl posa les mains sur la rambarde, se redressa de toute la hauteur de son un mètre cinquante et grimaça au shérif.

— Vous ne comprendrez jamais tout seul cette affaire. Si vous me le demandez poliment, j'essaierai peut-être de vous aider.

— Commencez par me dire où vous étiez ce matin, déclara le Shérif Gates en croisant les bras.

— Comme si vous n'étiez pas déjà au courant, le nargua Pearl.

— Elle a raison, dis-je. Elle n'était pas en train de brûler le panneau de l'autoroute ?

— C'était le matin. Je ne sais toujours pas ce qu'il en est de l'après-midi, dit Tyler. J'aurais besoin d'une explication complète de vos activités, Pearl. Une petite coopération serait appréciée.

Tante Pearl qui collabore avec vous, c'était comme avoir une avance en cash de la Mafia. Vous obteniez ce que vous vouliez, mais vous allez le payer cher.

La Tante Pearl laissa échapper un petit ricanement.

— Voyons… Je suis allée à la station essence aux alentours de onze heures. Je pense que vous savez tous ce qui s'est passé ensuite.

Tyler sortit son bloc-notes.

— Vous avez un reçu pour l'essence ? Cela établirait l'heure de l'achat.

— Ma parole ne suffit pas ?

Je savais, sans l'ombre d'un doute, que Pearl n'avait pas acheté cette essence ; elle l'avait invoquée à partir de rien. Elle ne pouvait toutefois l'avouer au shérif. Je m'inquiétais toutefois qu'elle se montre de plus en plus évasive et n'ait toujours aucun alibi.

Tyler ignora sa question et contra avec l'une des siennes.

— Où étiez-vous avant d'aller à la station essence ?

— Je vous le dirai si vous annulez mon amende, rétorqua la Tante Pearl en croisant les bras et en renâclant.

— Je ne peux pas. L'amende vous a déjà été délivrée, et je ne pourrais plus rien y faire même si j'en avais envie. Vous devrez vous défendre au tribunal.

— Vous avez eu votre chance, Shérif, dit Pearl. La vie dans cette ville peut être ou simple ou compliquée. Il faut bien choisir son camp.

— Tante Pearl !

J'agrippai une main autour de l'épaule de ma tante. La dernière chose dont nous avions besoin était bien d'un duel contre la loi.

— Réponds donc à la question du shérif pour qu'on puisse partir et le laisser retourner au travail.

Tante Pearl marqua une hésitation à quelques centimètres du scotch de la scène de crime, mais elle ne le franchit pas. Elle jeta un regard noir au Shérif Gates.

— Je travaillais à l'Hôtel avec Ruby avant de me rendre à la station essence. Cela devient une vraie chasse aux sorcières cette histoire, protesta Pearl avant de croiser les bras. Je peux y aller maintenant ?

Je jetai un regard noir à ma tante. Ses références à peine voilées aux sorcières m'énervaient. Ce qui était bien sûr précisément son intention.

Tyler Gates acquiesça.

— Je vérifierai votre alibi avec Ruby, bien sûr, déclara-t-il, et le shérif acquiesça encore. Ne songez même pas à quitter la ville. Je vous surveille.

Il fit un signe rapide en pointant deux doigts vers ses yeux, puis vers ceux de Pearl.

— Allez-y, fit Pearl qui chassa ensuite ma main de son épaule et partit en trombes vers l'Hôtel.

Au moins notre nouveau shérif avait le sens de l'humour. La Tante Pearl ne quitterait pas la ville ; ce qu'elle voulait c'était que le reste du monde le fasse. En tout cas, les mots du shérif avaient eu leur effet. Pearl avançait doucement du jardin vers la maison en adoptant la démarche d'une petite vieille atteinte par l'arthrose, de façon totalement exagérée. Je jetai un nouvel œil vers le pavillon.

— Est-ce que le corps… Y est toujours ?

— Le médecin légiste l'a enlevé il y a une heure.

Tyler envoya sa lampe vers l'intérieur du pavillon.

Je sentis ses yeux se poser sur moi alors que je me tournai lentement vers le pavillon. Maintenant que le corps avait disparu, la seule trace subsistante et témoignant de cet acte horrible consistait en quelques taches de sang sur le plancher de bois. Je réprimai un sursaut de surprise en apercevant la baguette de Tante Pearl posée sur l'entrée, enfermée dans un sachet en guise de preuve. Savait-elle que sa baguette se trouvait dans le pavillon, à l'instant où elle était venue avec l'intention de l'incendier ? Il y avait quelque chose qu'elle ne me disait pas, et je n'aimais pas ça.

CHAPITRE 11

Il était neuf heures passées quand je retournai à l'Hôtel et les ténèbres s'étaient alors déjà abattues sur le monde. Ces quelques dernières heures avaient été un véritable déluge d'activités entre l'enquête liée au meurtre, les tentatives visant à garder la Tante Pearl à l'œil, et celles pour s'assurer que tout se déroule bien avec nos hôtes.

Je n'avais pas parlé à Maman depuis un moment et j'étais inquiète pour elle, je voulais savoir comment elle s'en sortait. Je la trouvai dans la cuisine occupée à laver des plats. Elle continuait à laver toujours les plats à la main malgré notre nouveau lave-vaisselle de classe commerciale. Eh, bon sang, en tant que sorcière, elle aurait même pu utiliser un sort pour les laver et terminer sa liste de tâches à faire en un dixième de seconde. Mais la perfectionniste qui était en elle insistait pour faire les choses à la dure. Entre le moment qu'elle passait à vérifier ses sorts puis à les revérifier, cela devenait bien plus rapide de faire les choses façon mortel, manuellement. Maman et moi étions pareilles là-dessus. Nous n'avions pas confiance en nos talents naturels. La magie nous semblait être un avantage injuste parfois.

— Oh Cen, je n'arrive toujours pas à me faire à l'idée que l'on puisse se retrouver avec un meurtre sur le dos.

Ses yeux étaient gonflés et injectés de sang, comme si elle avait pleuré. Ses vêtements étaient défaits et son tablier de travers, à l'inverse total de son apparence normalement impeccable.

— Quelles étaient les chances pour qu'une telle chose produise lors du jour même de notre inauguration ?

— Elles étaient assez grandes, en fait, si on y réfléchit bien. La méthode idéale pour se débarrasser du tourisme, c'est encore de l'étouffer.

— Je ne parviens pas à me représenter qui que ce soit en ville qui soit capable d'aller à de telles extrémités. Quel est le fou qui serait prêt à tuer juste pour mettre un terme au progrès ? Se demanda Maman en s'essuyant les mains sur son tablier. Cette note me fait peur.

Je me rappelai mes soupçons sur l'auteur de la note et son étrange façon d'avoir écrit Unraveled.

— Tante Pearl n'utilise pas une orthographe anglaise. En revanche, il est évident que celui qui a écrit la note voulait lui faire porter le chapeau.

— Ne sois pas ridicule, Cen. Pearl ne ferait jamais de mal à qui que ce soit. Comment peux-tu ne serait-ce que t'imaginer qu'elle puisse être la coupable ?

— Je pense que c'est comme ça que le shérif doit voir les choses. Beaucoup de preuves tendent à pointer la Tante Pearl comme responsable, et le shérif se doit d'enquêter sur toutes les pistes. Je sais que ce n'est pas elle, mais il y a de toute évidence quelque chose qu'elle se refuse à nous dire, réfléchis-je à voix haute en m'emparant d'une serviette pour m'attaquer aux plats sur le séchoir. Elle a toujours sa baguette sur elle. Pourquoi ne pas l'avoir récupérée quand nous étions dans le pavillon ? De ce que je sais cela n'a jamais été son genre de la laisser quelque part sans surveillance. Elle aurait pu la récupérer avant l'arrivée du shérif, sauf qu'elle ne l'a pas fait.

Maman haussa les épaules.

— Elle a dû oublier, peut-être qu'elle ne voulait pas déranger la scène de crime.

— Depuis quand est-ce qu'elle se soucie de ne pas déranger les choses ? Selon elle, sa baguette ne faisait pas partie de la scène du crime. Elle m'a dit qu'elle l'avait fait tomber quand on s'est bousculées.

Maman grimaça mais ne répondit rien.

— Elle avait bien sa baguette avec elle quand vous êtes parties au pavillon tout à l'heure ?

— Je ne m'en souviens pas. J'étais tellement occupée à préparer les choses pour l'inauguration de l'Hôtel que je n'ai pas fait attention.

Le fait-tout que Maman était en train de laver lui glissa des doigts. Il tomba dans l'évier avec un grand bruit mécanique. Je ressentis une pointe de culpabilité de ne pas avoir été présente à l'Hôtel pour aider.

— Il y a tellement à faire ici, on en étouffe. Comme Pearl était partie toute la matinée, j'ai dû tout faire moi-même.

Sauf que maintenant c'était moi qui étais en état de choc.

— Attends une seconde… Tante Pearl a dit au shérif qu'elle était restée ici avec toi avant onze heures et que tu répondrais d'elle.

Maman soupira et leva une main à son front.

— Je ne vais tout de même pas mentir pour la couvrir. Elle est sortie tôt ce matin et je ne l'ai pas revue avant l'après-midi. Dans quoi est-ce qu'elle nous a mises ?

— Je ne sais pas, mais à moins qu'elle n'explique où elle était et ce qu'elle faisait, on ne pourra pas l'aider. Je suis quasiment certaine que le Shérif Gates la soupçonne de meurtre ou de quelque chose du genre.

Cela ne me plaisait pas du tout de devoir imaginer la Tante Pearl accusée à tort. Pour une raison que je n'aurais su expliquer, je voulais aussi faire bonne impression à Tyler Gates.

— Ce qu'elle veut nous dissimuler, cela ne peut être aussi horrible qu'un meurtre.

— Elle est plutôt têtue, Cen, fit Maman en secouant la tête. Le monde pourrait s'effondrer qu'elle tiendrait quand même à garder ses secrets. Elle se cause beaucoup de problèmes en agissant ainsi.

— Et bien, si toutefois elle veut récupérer sa baguette, il faudra qu'elle aille s'expliquer. Le shérif l'a prise comme preuve. Mais il croit que c'est sa canne.

Maman se décrocha la mâchoire.

— Pearl serait vraiment suspectée du meurtre alors ?

— Il n'a pas dit cela en ces termes précis, mais sa haine des touristes lui procurerait un mobile, et cette note lui sied comme un gant. Ajoute à cela sa baguette sur la scène de crime et elle en devient tout naturellement suspecte. Je suis sûre que le shérif aussi s'en rend compte.

— Mais nous étions aussi au pavillon, protesta Maman. Pourquoi ne sommes-nous pas nous aussi parmi les suspects ?

— J'ai un alibi. Je travaillais toute la journée jusqu'à trois heures de l'après-midi. Les enquêteurs pourront sûrement estimer l'heure de la mort à l'état du corps.

Je frémis en repensant à ma chute sur le cadavre de Plant.

— Et j'étais en ville la plupart de la matinée, à récupérer des choses de dernière minute pour le dîner. Il y a beaucoup de gens qui m'ont vue. Je suis même tombée sur le shérif, remarqua Maman.

— Tu vois ? Si Tante Pearl a menti c'est parce qu'elle n'a pas d'alibi.

Était-ce vraiment un mensonge ou une omission ?

— Peut-être qu'elle s'est emmêlé les pinceaux ? Suggéra Maman, mais son expression indiquait qu'elle-même ne croyait pas aux mots qui sortaient de sa bouche.

— On sait toutes les deux que c'est impossible. Elle est trop vive d'esprit pour ça.

— C'est vrai, acquiesça Maman. Mais elle pense probablement que ses allées et venues ne sont pas les affaires du shérif. Elle devient vraiment mauvaise dès qu'on se targue de la garder à l'œil.

— Ce qui ne pose pas de problèmes la plupart du temps, mais plus dès qu'il y a eu un meurtre dans les parages. Tout pointe vers elle, sauf une chose, dis-je. Le tueur connaissait sa victime.

— Oh ? Fit tout haut Maman en plongeant ses mains dans l'eau savonneuse. C'est le shérif qui t'a dit ça ?

Je fis non de la tête.

— Attaquer une victime au visage cela sous-entend qu'on a une relation personnelle avec elle. Que ce soit qu'on la massacre jusqu'à la mort ou qu'on lui a couvert le visage après le fait et geste. Sébastien Plant connaissait son tueur. De ce que je sais, il n'a jamais rencontré la Tante Pearl.

La série de documentaires Forensic Files m'avait appris à chercher des indices bien visibles lors des scènes de crime, et les blessures à la tête et au visage de Plant parlaient d'elles-mêmes.

— Tu regardes trop d'émissions criminelles, Cen.

— Peut-être, mais c'est la seule preuve qu'on ait pour le moment. C'est un indice important. Il faut capturer celui qui a fait cela.

Maman détacha ses mains de la cuvette et les leva brusquement en l'air, en éclaboussant de l'eau mousseuse de partout.

— Pearl est bien des choses, mais ce n'est pas une tueuse. Cela dit je suis d'accord qu'elle nous cache quelque chose. Je ne crois par contre pas être en mesure de lui tirer les vers du nez. Elle ne parlera pas.

— Il le faudra bien, soupirai-je. À moins qu'elle ne crache le morceau et n'explique tout, elle risque d'être accusée de meurtre.

La Tante Pearl n'était pas du genre à la boucler à tel ou tel sujet. Une simple explication aurait suffi à l'enlever de la liste des suspects, et pourtant elle se refusait toujours à en fournir.

Son silence résonnait également comme le glas pour la ville entière, parce que les touristes ne nous rendraient pas visite tant qu'on soupçonnait un tueur d'être des nôtres. Mais Westwick Corners s'était débrouillée pour poursuivre son existence paisible depuis plus d'une centaine d'années. Je me moquais de ce qui pouvait bien se passer, et la prolongerait au moins d'un autre centenaire quitte à me battre.

CHAPITRE 12

Rien de ce que la Tante Pearl n'aurait pu faire ou n'admettait avoir fait tout court n'expliquait le sang sur sa baguette. Soit quelqu'un lui avait volé sa baguette et l'avait utilisée, soit elle s'en était elle-même servie. Je me représentai la baguette de nouveau. Le sang qui avait taché son extrémité était déjà sec. Cela avait certes été une journée bien chaude, mais le pavillon était à l'ombre. Le sang aurait mis au moins quinze minutes voire plus pour sécher.

Je frémis en me rappelant la rigidité du corps de Plant que j'avais sentie quand j'étais tombée dessus. J'étais bien persuadée qu'il avait dû mourir depuis bien plus longtemps qu'une vulgaire quinzaine de minutes. Plutôt des heures auparavant.

— La baguette de Tante Pearl n'a de valeur pour personne d'autre. Pourquoi la voler pour commencer ?

— Elle aurait de la valeur pour une autre sorcière, suggéra Maman en mettant le dernier des plats dans l'étendoir puis en enlevant l'eau de l'évier.

Cela ne m'était pas venu à l'esprit.

— Mais seule Pearl est capable de déverrouiller sa baguette.

Les baguettes modernes étaient high-tech, surtout celle de Pearl. Celle-ci en particulier demandait pour son utilisation une combinaison empreinte + mot de passe. Même la magie utilisait la technologie biométrique de nos jours.

— Une sorcière n'aurait pas vraiment eu besoin de la déverrouiller et de l'utiliser, suggéra Maman. Elle aurait juste à l'éloigner de Pearl. Pearl sans sa baguette deviendrait impuissante et ne pourrait plus lancer de sorts.

— Mais pourquoi quelqu'un voudrait l'empêcher de se servir de sa magie ?

Je me rappelai le bâton enflammé de la Tante Pearl au pavillon. Elle avait réussi à le conjurer, c'est donc qu'elle ne nous disait pas toute la vérité. Il y avait quelque chose d'autre qu'elle nous cachait, et ce n'était pas bon.

— Je n'en ai aucune idée, mais à part une sorcière je ne vois personne d'autre de capable de voler et saboter sa baguette, répondit Maman en s'essuyant le front. Celui qui a fait cela voulait faire de Pearl un bouc émissaire, mais qui ?

— Pour se tirer de meurtre en toute impunité. La Tante Pearl irait alors en prison et le meurtrier ne serait pas inquiété par la justice.

La liste que j'avais constituée des personnes qui haïssaient Pearl incluait la moitié de la ville, mais je n'osais formuler mes craintes à voix haute. Maman restait aveugle aux méfaits commis par sa sœur et à sa longue liste d'ennemis. La plupart restaient des gens de la ville, cela dit, sans pouvoirs spéciaux. Et il n'y avait aucun tueur de sang-froid parmi eux.

— Le tueur a compté toutefois deux personnes de moins, grimaça Maman. Je persiste à croire que cela doit être l'œuvre d'une autre sorcière.

— Nous sommes les seules sorcières en ville, observai-je. Peut-être qu'on devrait faire une liste de toutes celles qui pourraient du mal à la Tante Pearl.

— Hazel et Pearl sont en guerre l'une contre l'autre, m'informa Maman.

— Tu ne crois quand même pas…

— Non, même la Sorcière Hazel n'irait pas jusque-là, soupira-t-elle avant de défaire son tablier et de le jeter sur le comptoir. Mais si le tueur est une autre sorcière, Pearl a de gros problèmes. Elle ne pourra jamais absolument tout expliquer et se laver de tout soupçon.

Cela semblait évident.

Les sorcières pouvaient facilement altérer les indices, y compris les preuves. La Tante Pearl n'était pas la seule qui avait besoin d'aide. Le Shérif Gates aussi. S'il s'était figuré que ce séjour à Westwick Corners ne serait qu'une planque dans une petite ville tranquille, il allait sérieusement déchanter et de façon fantastique. Je n'avais pas d'autre choix que d'au moins aller enquêter sur la piste « Sorcière Hazel » que notre Shérif ne risquait pas d'emprunter.

— Est-ce qu'on aurait un moyen de savoir où était Hazel ?

Hazel Black avait été la meilleure amie de Pearl pendant de longues années avant leur grande rupture il y avait de cela un an. En plus d'être une sorcière accomplie, elle était aussi la présidente de la WICCA, la Witches International Community Craft Association, ou l'Association Internationale de la Communauté des Artisanes de la Magie, le corps gouvernant mondial des sorcières.

Je ne voyais pas Hazel assez déterminée pour aller jusqu'au meurtre d'un innocent pour faire porter le chapeau à ma Tante Pearl. D'un autre côté, Hazel avait aussi collé une malédiction à mon frère Alan et l'avait métamorphosé en border collie. Ce que je n'aurais jamais vu venir non plus.

Les sourcils de maman se rejoignirent.

— Je suppose qu'on pourrait demander à Amber.

La Tante Amber était la vice-présidente de la WICCA et voyait Hazel tout le temps. Si elle pouvait témoigner de l'alibi de Hazel, nous pourrions vite l'éliminer de la liste des suspects. La Tante Pearl n'aurait certainement pas aimé qu'on implique sa sœur Amber dans toute cette histoire, mais nous n'avions pas tellement le choix.

— Mais qu'est-ce qu'on fera si elle en parle à Hazel ? Elle risque de ne pas comprendre pourquoi on lui a posé la question.

— À ce stade, je crois qu'on n'a pas d'autre choix, soupira Maman avant de se sécher les mains et de claquer des doigts.

Une image holographique se solidifia en face de nous. La Tante Amber était en train de lisser ses cheveux roux et de replacer une mèche derrière son oreille. Elle était aussi superbe que jamais et sur son trente et un, mais distraite, comme si nous l'avions interrompue.

— Cela a intérêt à être important. Vous m'avez interrompue en plein milieu d'un sort.

Amber, comme Hazel, vivait à Londres, en Angleterre. Westwick Corners ne lui suffisait pas.

— Désolée. Mais c'est vraiment important, répondit Maman.

— Il est à peine plus de six heures du matin ici, Ruby. Tu sais que je ne suis pas du matin. Tu as intérêt à ne pas m'appeler pour rien.

On était toujours vendredi soir ici, mais Londres avait un décalage de neuf heures avec les États-Unis. La chronologie qu'avait émise le shérif en guise de supposition serait confirmée ou infirmée par le légiste, toutefois, le meurtre avait probablement eu lieu entre midi et trois heures de l'après-midi, heure à laquelle nous avions découvert le corps.

— J'ai peur que ce ne soit vraiment pas le cas.

Je lui résumais rapidement les événements de la journée, entre le meurtre, et les preuves qui semblaient vouloir incriminer Pearl.

— Pearl et Hazel sont toujours en guerre. Hazel aurait-elle pu la piéger et laisser sa baguette sur la scène du crime ?

En tant que sorcière, Hazel était capable de voyager d'ici à Londres et revenir en moins d'une heure. En l'absence d'autres pistes, il nous revenait d'éliminer de prime abord tout suspect surnaturel. Ceux-ci ne seraient jamais étudiés par le Shérif Gates.

— Je ne dis pas que la Sorcière Hazel n'est pas revancharde, dit Tante Amber. Mais je ne me l'imagine pas assassiner un étranger innocent pour inculper Pearl.

— Ce n'est pas que nous accusons Hazel, toutefois nous ne pouvons l'éliminer de la liste non plus, expliquai-je. Tu ne saurais pas où elle était la nuit dernière ?

La Tante Amber haussa les épaules, paumes vers le ciel.

— Elle dormait, Cen, comme tout le monde j'imagine. Je ne l'ai plus vue depuis qu'elle a quitté le travail vendredi, et ne la reverrai pas avant lundi matin au bureau. Je ne la surveille pas en dehors du travail.

— Y a-t-il quelqu'un d'autre que Penny qui puisse nous dire où elle était ?

Penny Black était la fille de Hazel. Elle était également l'ex-petite-amie d'Alan et la raison pour laquelle Hazel avait lancé cette malédiction du Border Collie. Mais Hazel Black vivait seule. Et Pearl était… Ou en tout cas, avait été… Sa seule amie proche.

— Vous avez essayé de demander au petit ami de Hazel ? Suggéra la Tante Amber en portant à ses lèvres un ongle couleur magenta de la même couleur que ces dernières. Il doit sûrement être au courant.

— La Sorcière Hazel a un petit ami ?

Je n'arrivais pas à croire qu'on puisse avoir envie de sortir avec Hazel. En plus de sa personnalité de dominatrice, elle était à fond dans le travail. En plus de son rôle en tant que présidente de la WICCA, c'était une entrepreneuse très vicieuse.

— Cela m'avait étonnée moi aussi. Ils se voient depuis quelques mois. J'essaie de me souvenir de son nom. C'était Séb quelque chose ?

— Sébastien Plant ?

Maman s'en décrocha la mâchoire et parut brusquement au bord de l'évanouissement.

— C'est son nom. Tu le connais ? Demanda la Tante Amber, dont l'image se mit bientôt à trembler. Il faut que j'y aille – mes herbes sont en train de cramer !

— Attends ! Protestai-je, mais c'était trop tard.

La Tante Amber était partie. Je me tournai vers Maman.

— Le tueur de Sébastien Plant nous a laissé une note avec une orthographe à l'anglaise. Hazel est anglaise. Tu crois que c'est elle la coupable ?

Maman fit non de la tête avec insistance.

— Ni Hazel ni Pearl ne sont capables de faire une chose pareille, Cen. Il vaudrait mieux leur en parler à toutes les deux tout de suite.

Le visage ensanglanté de Sébastien Plant réapparut dans mon esprit. Hazel et Tonya le connaissaient toutes deux très proche, mais seule Hazel était anglaise.

Même si Hazel et Pearl ne se parlaient plus, elles avaient été les meilleures amies du monde pendant des décennies. Pearl pouvait-elle être en train d'essayer en réalité de couvrir son amie ?

<h1 style="text-align:center">CHAPITRE 13</h1>

Les informations de la Tante Amber n'avaient pas permis d'éclaircir quoi que ce soit, sinon nous assener un coup de canon avec cette histoire de liaison entre Hazel et Sébastien Plant. Et cela ne résolvait pas non plus notre problème immédiat.

Pearl était de nouveau aux abonnés absents. Je devais la retrouver et vite, parce qu'on ignorait de quoi elle aurait été capable pour récupérer sa baguette. Maman était déjà au bord de la crise de nerfs et une ânerie de plus de Pearl l'y plongerait facilement.

— Il faut que tu ailles la surveiller, Cen. Je ne peux pas quitter l'Hôtel mais j'ai peur qu'elle fasse quelque chose d'idiot. Nous avons tous trop investi dans le succès de cet établissement. Pearl pourrait tout ruiner d'un claquement de doigts.

Et cette fois Maman n'en faisait pas des tonnes.

— Je la retrouverai.

Je sortis par l'avant de l'Hôtel et franchis l'allée principale en direction du Witching Post. Brayden était bien la dernière personne que j'avais envie de voir, mais il était probablement trop occupé à jouer au barman pour me remarquer de toute façon.

Je n'avais qu'à vérifier au bar pour voir si j'y trouvais la Tante Pearl puis sortir rapidement. En ouvrant la porte d'entrée, je manquai de me cogner contre une blonde à forte poitrine engoncée dans une robe de soirée chatoyante dorée en lamé. Sa robe vintage semblait complètement démodée mais aussi étrangement familière.

Je n'aperçus que le dos de la robe à la coupe si basse, toutefois je reconnus sans l'ombre d'un doute le bracelet talisman de la Tante Pearl quand il laissa échapper à son petit grelot à son poignet tandis qu'elle me passait devant. Carolyn Conroe, l'alter ego façon Marylin Monroe de la Tante Pearl, fonçait tout droit vers le bar.

Mon cœur s'assombrit. Les heures s'écoulaient, et pourtant je ne pourrais discuter avec la Tante Pearl ni de Sébastien Plant ni de Hazel jusqu'à ce qu'elle ne soit revenue à sa forme normale. Ce qui pouvait prendre un moment, selon les ennuis dans lesquels elle allait se fourrer.

— Où est-ce qu'on peut se procurer un cocktail dans ce bistrot ? Demanda la voix de Carolyn qui s'éleva au-dessus de tout le tintouin ambiant, en faisant tout d'un coup cesser toutes les conversations.

Brayden lui fit un mouvement de refus.

— Pourriez-vous attendre ? La Happy Hour commence dans une quinzaine de minutes.

Brayden n'avait jamais compris l'idée d'une Happy Hour. Au lieu d'attirer les clients tôt dans la journée, il donnait en gros à tous ceux qui attendaient suffisamment un demi-prix. Tous les locaux profitaient de cet étrange timing et ne se dérangeaient jamais pour venir avant qu'il ne soit plus tard.

Le seul avantage de ces promos étranges que faisait Brayden, c'était que Carolyn n'avait pas encore de verre en main. Il connaissait lui aussi cette histoire d'alter ego de la Tante Pearl, même s'il croyait que Carolyn Conroe était en réalité le résultat d'un mélange entre trouble de la personnalité et trop de maquillage. La magie de la Tante Pearl était vraiment incroyable. Malheureusement ses décisions n'étaient jamais aussi incroyables que ses talents, alors je priais pour que Brayden ait assez de sens moral pour calmer son débit de boissons. Une Carolyn saoule était bien, bien pire qu'une Pearl sobre. Elle devenait complètement imprévisible.

Carolyn rejeta sa tête en arrière et éclata d'un rire guttural.

— Je reviendrai te voir tout à l'heure alors, chéri.

Le visage de Brayden s'empourpra. Pearl venait de le mettre dans l'embarras pour une simple histoire de vengeance.

Tout le monde nous dévisagea fixement au moment même où un souffle de vent sortit d'on ne savait où fit voler la robe de Carolyn vers l'avant. Un sourire malicieux se répandit sur son visage. Elle la fit redescendre lentement avec des petites tapes, mais non avant d'avoir offert un beau spectacle à pratiquement tous les mâles à sang chaud de Westwick Corners.

Une foule se rassembla autour de Carolyn. Elle se délectait visiblement de chaque seconde qu'elle passait au cœur des attentions.

J'ignorais les sifflements de loup et scrutais le bar du regard. Les tabourets étaient tous occupés par nos hôtes auxquels se mêlaient des locaux. Je notais avec satisfaction que pratiquement tous les invités étaient présents. Tant qu'ils restaient dans le bar, ils ne risquaient pas de remarquer le scotch jaune qui entourait toujours le pavillon.

Je m'avisai également de Tonya Plant qui était seule à une table qui faisait l'angle. Elle était presque aussi connue mondialement que Sébastien. Ils faisaient vraiment un couple étrange, toutefois. Tonya était au début de la trentaine, d'au moins vingt ans plus jeune que Sébastien. Elle semblait minuscule, comparée à son mari morbidement obèse et même encore plus petite vue en personne. Elle portait une chevelure blonde avec une coupe pixie, habillée comme une princesse avec une robe d'un grand couturier à petites rosettes brodées. L'un de ses mini-talons tapotait distraitement sur le sol, en faisant tournoyer dans sa main un verre de vin rouge. Elle admirait les âneries de Carolyn, bouche bée.

Carolyn la remarqua immédiatement et fonça vers la table de Tonya. Génial.

Je jetai un œil vers l'entrée, à quelques pieds de l'endroit où Maman se trouvait maintenant, juste devant la porte. Elle avait dû d'une façon ou d'une autre entendre parler des plans de Pearl. Un seul regard sur son visage m'indiqua toute son inquiétude.

Je revins vers elle et la fis sortir.

— Il faut qu'on neutralise la Tante Pearl.

Elle était déjà suspectée de meurtre, et voilà qu'en plus elle essayait de provoquer une bagarre de bar. Ce n'était vraiment pas le moment pour sortir cette allumeuse de Carolyn.

— Tu ne peux pas la ramener à la raison ?

Maman fit non de la tête.

— Elle ne m'écoutera pas. Cela dit si elle est ici cela veut dire qu'elle n'est pas en train d'espionner les chambres.

Ce travail de femme de ménage était supposé l'occuper pour l'empêcher d'aller se fourrer dans les ennuis, et cela n'aurait pas été si dur que cela puisqu'elle pouvait se servir de sa magie pour automatiser les tâches. Notre idée s'était retournée contre nous une fois qu'elle s'était servie de sa position pour fouiner dans la chambre de Tonya. Je réfléchis une seconde fois à cette histoire de plans et craignis le pire.

Maman tira sur mon bras.

— Est-ce que tu crois que Pearl sait pour Sébastien et Hazel ?

— Je ne sais pas. Hazel et Pearl ne se sont plus parlé depuis des mois. Si elle sait pour Sébastien et qu'elle n'en a rien dit au shérif, elle a l'air encore plus louche.

Si je ne connaissais pas non plus la Tante Pearl je l'aurais moi aussi soupçonnée. Tout ce qu'elle faisait, cela semblait suspect. Tante Pearl aimait faire sensation. Si elle savait pour Hazel et Sébastien, je ne doutais pas que Tonya le découvre vite aussi, si elle n'était pas déjà au courant.

Nous traquâmes Carolyn du regard comme elle traversait la piste de danse en se dandinant d'une manière provocante vers la table de Tonya. Mon pouls s'accéléra quand je mis Maman au courant de la tentative d'incendie de Pearl sur le pavillon.

— Cela me semble étrange qu'elle se soit rendue au pavillon pour récupérer sa baguette. Si quelqu'un la lui avait volée, comment aurait-elle pu savoir qu'elle s'y trouvait ? Elle devait savoir qu'elle lui serait confisquée comme preuve.

Une ampoule s'éclaira subitement au-dessus de ma tête. La Carolyn Conroe de la Tante Pearl était aussi un sort, et bien plus difficile à effectuer que sa conjuration de bâton de feu au pavillon.

— Comment la Tante Pearl se débrouille-t-elle pour se servir de ses sorts sans baguette ?

— Elle doit utiliser quelque chose, grommela ma mère dont le visage s'assombrit. Quoi, je ne sais pas encore. J'aimerais juste qu'elle pense à nous de temps en temps. Je dois retourner à l'Hôtel. Surveille-la, Cen.

Maman partit et Carolyn s'assit à quelques tables de Tonya.

J'étais tellement perdue dans mes pensées que j'étais allée au bar sans même m'en rendre compte.

— Comme d'habitude ? Me demanda Brayden avec un clin d'œil et en me mettant un soda cranberry et un sous-verre en face de moi.

J'aurais préféré quelque chose de tassé plutôt, mais j'imaginai qu'on était revenus aux bonnes vieilles habitudes. Les apparences faisaient et défaisaient des carrières politiques, et comme j'étais sa future épouse, tout ce que je faisais se reflétait sur lui. En tout cas c'était comme cela que Brayden voyait les choses.

Je sirotais mon soda tandis qu'il s'occupait des autres clients. Au vu des circonstances, peut-être que son choix de boisson n'était pas plus idiot. Même un œillet d'alcool baissait sérieusement mes inhibitions et ma volonté quand il y avait du Brayden dans le coin. L'alcool interférait aussi avec mes pouvoirs, et une analyse rapide de la pièce m'indiqua que j'aurais peut-être besoin de magie pour intervenir sur ma tante. La Tante Pearl – alias Carolyn – avait de nouveau déserté son siège et s'était maintenant assise au coin de la table de Tonya. Elle chantait Diamonds are A Girl's Best Friend d'une voix profonde et rauque. En rejetant sa tête en arrière, façon diva.

Carolyn se pencha encore plus jusqu'à ce que ses cheveux ne pendent juste au-dessus du cocktail de Tonya. Tonya retira sa chaise face à l'avancée de Carolyn. Cette dernière fit un clin d'œil séducteur à ses admirateurs masculins juste au moment où sa main glissait de la table. Elle perdit l'équilibre et bascula directement sur les genoux de Tonya Plant.

Tonya hurla.

Je bondis de mon tabouret et m'élançai entre les deux femmes plus vite qu'on ne peut dire « certains l'aiment chaud ».

Je remis Carolyn d'aplomb et l'enlevai de Tonya. Cette dernière s'en était décroché la mâchoire sous le choc. Il y avait sur son visage une expression de furie absolue, et un verre de vin sur sa robe haute couture.

— Non mais qu'est-ce que vous fabriquez nom d'un chien ?

Je fusillai ma tante du regard avant de me retourner vers Tonya Plant. J'ignorai à dessein la tache rouge qui se répandait sur sa robe jaune pâle. Heureusement elle était si occupée à maudire Carolyn qu'elle ne l'avait pas encore remarquée. Ce qui me donna l'opportunité de la défaire. Une seule chance de lancer un sort que je n'avais plus utilisé depuis des années.

Un, deux, trois, faites que ce ne soit pas…

Je claquai des doigts, retins ma respiration et priai pour le meilleur.

Je venais de remonter le temps d'une dizaine de minutes. En tout cas c'était ce que j'avais essayé de faire avec ma magie rouillée. Cela avait paru fonctionner, puisqu'il n'y avait ni tache de vin rouge, ni table renversée, ni Carolyn. Nous étions de retour dans le temps, une minute en gros avant le début de la catastrophe.

Maintenant je devais juste arranger les choses. Je claquai deux fois des doigts et lançai un sort d'amitié.

Cela fonctionna.

Les deux femmes étaient maintenant devenues copines comme cochon. Carolyn Conroe était en train de chanter River of No Return, et s'appuya contre la table de Tonya.

— Bravo, riait Tonya, clairement ravie d'être remarquée ainsi.

La seule tache rouge de sa robe jaune, désormais, se représentait sous la forme de petites rosettes pâles. Tonya termina de siroter son vin en profitant de la sérénade de Carolyn.

Carolyn leva les bras et tint la note finale.

Le bar se tut pendant quelques secondes jusqu'à ce que Tonya n'applaudisse. Carolyn s'inclina et les autres clients se joignirent aux applaudissements.

J'étais très satisfaite de cette fin alternative, même si Carolyn ne l'était clairement pas. Elle me fit un doigt d'honneur et me fusilla du regard de l'autre bout de la pièce.

Je souris et lui envoyai un petit coucou. C'était l'une des rares fois où je m'en voulais de n'avoir pas plus pratiqué mes talents de sorcière. Si ça avait été le cas, la Tante Pearl ne se serait jamais rendu compte de mon manège. Peu importe, elle ne pouvait plus y changer grand-chose maintenant.

Épuisée, je retournai à mon siège au bar. Les sorts avaient épuisé toute l'énergie qui me restait.

CHAPITRE 14

— Tu as besoin d'un vrai verre.

Brayden nous observa toutes deux et posa une bouteille de vin rouge et un verre sur le bar. C'était une bouteille du Witching Hour Red, notre meilleur cru. Il me versa un verre et le posa en face de moi.

— Fais comme si elle n'était pas là, me suggéra-t-il.

Je dévisageai fixement mon verre d'alcool, momentanément inquiète d'avoir peut-être aussi fait par inadvertance oublier à Brayden qu'il était maire, avec ce sort de rembobinage. Je l'étudiai un instant avant de conclure que ce n'était pas le cas du tout. Il était plutôt inquiet que je fasse une scène avec Carolyn. L'alcool me détendrait.

Soit.

Je descendis la moitié du verre.

— Je ne peux faire ça. Je suis inquiète de ce qu'elle risque de faire.

Brayden savait que nous étions des sorcières – enfin, il en était vaguement conscient. Il pensait que c'était juste un côté un peu bizarre de notre héritage familial. Oh, il devait être grosso modo au courant pour l'École de Charme de la Tante Pearl et pour les potions aux herbes de Maman, mais il ne prenait pas ça au sérieux. Il croyait que c'était l'équivalent des charlataneries comme l'astrologie et la lecture des lignes de la main. Il pensait juste qu'on avait des hobbies bizarres en commun. De toute façon, nous faisions toujours très attention à ne pas pratiquer notre magie en face de lui.

Il était complètement inconscient du fait que je venais de rembobiner sa vie de quelques minutes. Dommage qu'il ne puisse pas aussi oublier nos fiançailles. J'agonisai déjà à l'avance en essayant de trouver une façon de pouvoir lui annoncer les nouvelles, surtout quand je le voyais à cet instant même si gentil avec moi.

— Je garderai un œil sur Pearl. Relaxe-toi, Cen.

Peu d'hommes entraient facilement dans des familles de sorcières, et à sa manière, Brayden avait conscience de la galère dans laquelle il s'embarquait. Je n'aurais jamais pu expliquer cette situation à quelqu'un qui n'avait jamais grandi avec nous à Westwick Corners. Cela nous semblait juste logique. La logique me déprimait. Le fait que ce soit logique de se marier ne devait pas dire que j'étais obligée.

Je sirotai mon vin, écrasée par ma culpabilité envers ces âmes innocentes dans le bar qui n'avaient aucune idée du fait que je venais d'effacer les dernières minutes de leurs vies pour les remplacer par une version alternative. Si seulement j'avais pu retourner entièrement le sablier pour aller prévenir le meurtre de Plant. Il était trop tard pour cela. Le mieux que je pouvais faire était d'aider le Shérif Gates à traquer le tueur et servir la justice.

La Tante Pearl, ou plutôt Carolyn, me suivit au bar. Elle jura sous sa barbe en soulevant son verre de vin.

— Tu oses te plaindre de ma magie, grommela-t-elle en titubant sur ses talons aiguilles, sur le point de renverser un second verre de vin. Mais tu dépasses les bornes, Cendrine West.

— Va te changer, Tante Pearl.

Je ne me servais de ma magie qu'en dernier recours, mais si une occasion avait jamais garant une telle nécessité, c'était bien celle-ci. Le futur de la ville tout entière reposait sur la civilité de la Tante Pearl. Mais je devais être précautionneuse, parce que défaire la magie d'une autre sorcière créerait toute sorte de problèmes, même si c'était ma tante.

Surtout quand c'était une sorcière bien plus puissante que moi.

— Shhhhh, me fit-elle en posant un doigt sur ses lèvres. Tu vas démolir ma couverture.

— Tu es saoule ?

J'avais du mal à deviner si son manque d'équilibre venait de ses talons de dix centimètres ou du trop d'alcool.

Elle m'ignora.

— Pourquoi, tu n'aimes pas cette nouvelle robe, Cen ? Je viens de l'avoir.

Tante Pearl secoua la tête en rythme et remonta sa robe en haut de sa cuisse, en exposant toute sa chair. Elle continuait à se balancer de façon précaire sur son tabouret. Son verre de vin plein se balançait dangereusement, en menaçant de se répandre une seconde fois.

— Je ne parle pas juste de sa garde-robe. Laisse tomber Carolyn.

— Mais je viens juste de commencer, bouda la Tante Pearl. C'est une de mes préférées.

— S'il te plaît, Tante Pearl. Il faut qu'on parle. Tu comprends que tu es le seul suspect du meurtre de Sébastien Plant ?

— Tu m'accuses de meurtre ? Rugit la Tante Pearl en écrasant son verre de vin sur le bar, en répandant du vin partout.

— Bien sûr que non, répondis-je en enlevant des gouttelettes de vin de mon visage. Mais toutes les preuves pointent vers toi et vers personne d'autre. Il faut aussi que je te parle de Hazel.

— Qu'est-ce qu'elle a, Hazel ? Me demanda-t-elle en me dévisageant avec suspicion.

— Pas ici.

Je craignais de devoir lui mentionner la liaison supposée entre Hazel et Sébastien, mais je n'avais nul autre endroit vers où aller. Cela créerait à coup sûr la catastrophe, parce que la Tante Pearl ne gardait pas très bien les secrets.

— Il faut qu'on trouve un endroit privé où parler.

Son visage s'illumina instantanément.

— Allons à l'École de Charme de Pearl. Mais seulement si tu acceptes d'assister à mes cours de magie.

— Tu te débarrasseras de cette tenue ridicule et reviendras à la normale ?

Ou en tout cas, aussi « normale » que la Tante Pearl pouvait l'être. Ma tante acquiesça.

— Et je veux récupérer ma baguette, aussi.

— Commençons par le commencement, d'abord.

Je ne pouvais pas faire grand-chose pour récupérer sa baguette, mais je n'allais certainement pas lui dire ça. Ma priorité immédiate était de neutraliser la Tante Pearl avant qu'elle ne fasse encore plus de dommages.

— Je m'inscrirai à ta stupide école de magie, mais seulement si tu arrêtes de faire tes petits tours pendant le reste du week-end.

Son expression s'illumina immédiatement.

— C'est vrai ?

— Oui, dis-je et regrettai déjà ma promesse. Mais seulement aussi si tu remets l'inauguration de l'Hôtel en marche et que tu réponds aux questions du shérif sur le meurtre.

L'École de Charme de Pearl était spécialisée dans les charmes et les sorts, deux domaines dans lesquels j'étais lamentablement pitoyable. Je n'avais aucun désir de m'améliorer, mais j'étais prête à me sacrifier pour calmer la Tante Pearl et arrêter le carnage.

— Je te retrouve à l'École de Charmes de Pearl dans une demi-heure.

J'avais à peine fini ma phrase que la Tante Pearl fonçait vers la sortie et disparaissait. J'analysai le bar et notai avec satisfaction que les clients du bar avaient recommencé à jouer au billard, aux fléchettes, ou en tout cas étaient retournés à leurs activités d'avant l'arrivée du Carolyn Conroe show. Certains des gens du coin étaient même partis. Le Witching Post reprenait progressivement son train-train, à moitié vide.

Tonya Plant sirotait son vin dans son coin. Les enquêteurs avaient fini avec sa chambre, mais elle ne semblait pas pressée d'y retourner. Elle avait l'air plus contente qu'accablée de chagrin.

Je l'observai et me posai des questions sur sa relation avec Sébastien Plant. On aurait pourtant dit un heureux couple, mais personne ne savait vraiment comment tournaient les mariages à part les deux personnes concernées. Ce qui était particulièrement le cas pour les personnages publics comme les Plants.

Je doutais que Tonya ait eu la force physique nécessaire pour parvenir à le blesser. Il aurait pu facilement la désarmer. La même chose était vraie pour la Tante Pearl, même si ma tante était une sorcière et pouvait invoquer des forces surnaturelles d'un coup de baguette. Elle n'aurait eu aucune raison de le faire, cela dit.

Seul un homme de taille similaire à celle de Sébastien Plant aurait pu commettre ce crime, puisque certaines des blessures de Plant étaient en haut de son crâne.

Je savais d'expérience, après avoir regardé beaucoup de séries et documentaires télévisés, que quatre-vingts pour cent des victimes étaient assassinées par leur époux. Tonya aurait pu engager quelqu'un pour tuer son mari. Si elle était au courant pour la liaison entre Sébastien et Hazel, cela lui faisait un excellent mobile. En tant qu'épouse de Sébastien elle était naturellement suspecte, mais je n'étais pas sûre que le shérif soit au courant de cet adultère ou pas.

La seule chose dont j'étais certaine était que Tonya n'était pas une épouse en deuil, et j'avais l'intention de le prouver.

CHAPITRE 15

Il était presque dix heures du soir quand j'arrivais enfin à l'École de Charmes de Pearl. Mon humeur s'apaisa quand j'y vis des lumières. La Tante Pearl était donc bien arrivée saine et sauve et sans ennui, enfin pour le moment. En me rapprochant, je remarquai un néon en forme de balai sur la vitre avant. En dessous de ce néon brillait le signal Ouvert-Ouvert-Ouvert en blanc fluo.

La haine de la Tante Pearl pour les panneaux autoroutiers ne semblait pas concerner son propre toit en bardeau. Elle était tout sauf subtile. Je n'aimais pas vraiment qu'on dévoile aussi visiblement l'existence de l'école de sorcellerie de la Tante Pearl, mais cela faisait plaisir de voir la vieille école utilisée à bon escient.

À l'instant où j'ouvris la porte, une clochette résonna pour annoncer mon arrivée. La vieille école était restée pratiquement identique à celle dont je me souvenais lors de mes cours élémentaires. Même la peinture et le lino étaient restés intacts.

— Par ici.

La voix de ma tante provenait en écho du fond du couloir que je suivis jusqu'à la première salle de classe. L'école avait été construite au début des années 1900 et équipée de deux salles de classe, ce qui suffisait bien à la population de ces temps-là. Elle avait fermé il y avait quelques années quand nous étions devenus incapables de payer notre propre personnel écolier. De nos jours les enfants du coin étaient transportés par bus à la grande école de Shady Creek, malheureux témoignage de cette sinistre ère.

La Tante Pearl était occupée à allumer des bougies votives sur le rebord de fenêtre.

— Mais enfin qu'est-ce que tu as avec le feu ?

Je m'avançai vers l'avant de la classe et pris note des alentours. Je devais admettre que la lumière des chandelles conférait à la pièce une certaine ambiance. Elle était, en un mot, charmante.

Ce que je n'aurais jamais avoué à la Tante Pearl, en revanche.

— Oh, Cen, relax. Tu es obligée d'être sérieuse tout le temps ?

— Peut-être que je le serais moins si je n'avais pas constamment à te sortir du pétrin.

Honnêtement, s'occuper de Tante Pearl équivalait parfois à un véritable travail à plein temps. Et j'avais déjà assez de problèmes personnellement pour le moment.

— Je ne suis pas dans le pétrin, et je suis assez grande pour prendre soin de moi. Cesse donc de t'inquiéter pour moi, dit la Tante Pearl.

— Tu es dans le pétrin jusqu'au cou. Si je ne fais pas attention à toi, tu vas nous détruire notre business avant même qu'elle ne décolle, dis-je. Pourquoi as-tu menti et raconté que tu étais avec Maman ? Elle a dit que ce n'était pas le cas. Tu n'as aucun alibi, hein ?

La Tante Pearl leva les yeux au ciel et laissa échapper un soupir exagéré.

— Tu n'abandonnes jamais, Cen.

— C'est important, Tante Pearl. Si on n'arrive pas à dévier l'enquête vers une autre piste, tu risques de te retrouver accusée de meurtre.

— Bien, fit-elle avant de croiser les bras et de me foudroyer du regard. J'étais avec Hazel. Elle est arrivée ce matin.

— Je ne te crois pas. Vous ne vous parlez même plus.

Je soupirai en pensant à mon frère. Pauvre Alan.

— On a fait une trêve, Cen. À situation désespérée, mesures désespérées.

— Situation désespérée ? Répétai-je, troublée, mais aussi ressentant un regain d'espoir. Hazel est toujours là ? Peut-être qu'elle pourrait ramener Alan à sa forme normale.

La Tante Pearl fit non de la tête.

— Non, les choses ne sont pas aussi simples que ça. Il y a quelque chose de très grave qui se déroule en ce moment, et Travel Unraveled en est au cœur même. Nous avons dû leur couper l'herbe sous le pied.

— Mais Alan, je sais qu'il est inquiet...

— Pas maintenant, Cen, dit-elle en levant la main, paume ouverte, comme un officier de la circulation. On est en guerre.

— On a un business à faire marcher ici, Tante Pearl, protestai-je. Sébastien Plant aurait pu nous apporter une grosse publicité. Maintenant cet endroit sera surtout connu au travers du monde comme la ville où il a été assassiné. À quel moment est-ce que Hazel est arrivée ?

Deux sorcières très déterminées étaient bien pires, de façon exponentielle, qu'une. Ma tante haussa les épaules.

— Autour des neuf heures du matin, je pense.

— Pile au moment du meurtre, murmurai-je avant d'analyser la chambre sans voir un seul signe de Hazel. Où est-elle ?

— Elle est partie pour Londres il y a une heure.

Mes épaules s'affaissèrent en signe de défaite. On était presque retournées au point de départ pour l'enquête et mes espoirs de voir Alan revenir à sa forme originale s'étaient évanouis.

En tant qu'amante de Sébastien, Hazel aurait elle aussi eu un mobile important. L'alibi de la Tante Pearl ne comptait pas vraiment pour beaucoup, en considérant qu'il venait d'un autre suspect potentiel.

— Est-ce que quelqu'un d'autre vous a vues ensemble ?

— Non, fit la Tante Pearl en opinant du chef. Nous sommes restées ici à boire du café, à rattraper le temps perdu.

— C'est le mensonge le plus ridicule que j'ai entendu de ma vie, fis-je en croisant les bras et en haussant les sourcils. Vous n'êtes pas du style à rester assises bien sagement quelque part. Hazel ne traverserait pas la moitié du monde juste pour venir papoter.

— D'accord, bon peut-être qu'on en a profité pour visiter le pavillon. Hazel et moi avons suivi Sébastien Plant au pavillon, avec l'intention de l'humilier et de lui faire assez peur pour qu'il quitte la ville. C'est là qu'on a vu son agresseur, le type avec le capuchon noir. On n'a rien à voir avec le meurtre, je te le jure. Hazel était tellement bouleversée qu'elle a immédiatement quitté la ville. Dis-le au shérif.

— Pourquoi ne pas aller lui raconter tout ça toi-même ? Non, en fait, n'en fais rien. Si on mentionne Hazel cela va soulever tout un tas de questions qui finira par nous révéler en tant que sorcières. Et lui expliquer qu'elle est capable en gros de se téléporter ici en quelques minutes ne fera que compliquer les choses.

Comme sa liaison avec Sébastien Plant, mais je banquais là aussi sur son innocence. Cela semblait plus facile de trouver le vrai tueur que de prouver la non-culpabilité de Hazel et de Pearl.

— Raconte-moi tout ce que tu sais sur le type à la capuche noire. C'est lui notre seule piste jusqu'ici.

— La journée a été longue, Cen. Fermons un peu les yeux toutes les deux, fit la Tante Pearl en se levant avant de me conduire vers le couloir. Je vais nous élaborer un plan pour nous sortir de ce désastre.

Je levai les bras pour protester. Toute machination de la Tante Pearl ne ferait qu'inviter encore un peu plus de désordre. D'un autre côté, toute nouvelle objection de ma part ne ferait que la rendre encore un peu moins coopérative.

— D'accord, très bien. Mais je veux parler à Hazel pour corroborer ton histoire.

Je jetai un dernier œil aux alentours et me rendis compte que ma tante avait travaillé sur cette vieille école à peu près en même temps que nous retapions l'Hôtel. Elle avait causé beaucoup d'ennuis, mais elle faisait les choses comme personne. L'École de Charme de Pearl ressemblait et donnait l'air d'être une vraie école. Les pupitres des élèves avaient été revernis et il y avait de nouveaux matériels d'écoles dans les étagères qui s'alignaient contre les murs. La seule différence résidait en une boule de cristal sur le bureau et un tableau noir empli de sortilèges magiques plutôt que d'arithmétique.

— Est-ce que c'est ce que je crois ? M'étonnai-je en m'avançant vers le tableau pour étudier un objet familier dans la traînée de craie. Je ne savais pas que tu avais une seconde baguette.

— Ce n'est pas le cas.

— Mais ta baguette a été saisie comme preuve. Elle est sous verrou au commissariat, observai-je, avant que ma mâchoire ne se décroche. Ne me dis pas que tu es allée la piquer.

— D'accord, je ne te le dirai pas. C'est l'heure de se dire bonne nuit.

Elle m'adressa un grand sourire et me dirigea vers la porte.

— Mais, et si ta baguette avait les empreintes du tueur ? Tu as peut-être détruit la seule preuve qui t'aurait éliminée de la liste des suspects.

Je priais juste que la police ait déjà utilisé la poudre à empreinte digitale sur cette fameuse baguette avant que la Tante Pearl ne la récupère.

Elle rejeta la tête en arrière et éclata de rire.

— Ce n'est pas une preuve, puisque je n'ai rien à faire avec le meurtre de cet homme. Tout le monde se concentre sur le meurtre, mais il y a eu un autre crime sérieux de commis. Comme tout le monde se fiche du vol de ma baguette, j'ai décidé de prendre le taureau par les cornes et d'aller la reprendre.

— Tu veux dire que tu es allée la voler. Cela s'appelle comme ça, le fait d'aller enlever un élément des casiers de preuves de la police, fis-je en secouant la tête. Comment veux-tu que je t'aide si tu ne t'aides pas déjà toi-même ?

La falsification de preuves était un acte avec de lourdes conséquences qui allaient très loin. La tante Pearl m'ignora.

— J'ai un droit de regard envers ma propre propriété.

— C'est un peu tard pour ça, mais je ne suis pas ici pour te critiquer, murmurai-je en faisant les cent pas en face du tableau. Il y a encore une chose que je dois te demander. Est-ce que tu savais pour la liaison de Sébastien Plant avec Hazel ?

La Tante Pearl s'en décrocha la mâchoire en feignant une surprise exagérée.

— C'est vrai ?

— Ne joue pas à ça avec moi. Tu t'amuses peut-être à couvrir Hazel, mais la Tante Amber m'a tout dit.

J'exagérai un peu, mais si Amber savait pour cette liaison, la meilleure amie de Hazel, Pearl, devait être encore plus au courant.

— C'est pour ça que vous étiez toutes les deux dans le pavillon, n'est-ce pas ?

La Tante Pearl pinça les lèvres et ne répondit pas tout de suite.

— D'accord, bon je savais pour leur liaison. Je ne suis pas d'accord avec son sens des moralités, mais elle n'aurait jamais tué Seb, alors je n'ai pas jugé utile de le mentionner. Je ne voulais pas compliquer les choses.

— L'amant de Hazel est assassiné sur notre propriété et tu ne penses pas que c'est utile de le mentionner ? M'ébahis-je en me répétant les quelques détails obtenus par la Tante Amber. Qu'est-ce que tu sais d'autre sur Sébastien Plant que tu as négligé de nous dire ?

— Il avait prévu de divorcer de Tonya et d'épouser Hazel, hésita-t-elle en tripotant l'étoile de filigrane sur sa baguette. Hazel était inquiète pour la sécurité de Seb, alors elle m'avait demandé de l'aider à garder un œil dessus.

— Très efficace. Je ne te crois pas.

Hazel et Sébastien, comme couple, étaient aussi improbables que celui de Tonya et Sébastien. Hazel avait dans les soixante-dix ans, et Sébastien en avait à peu près cinquante, avec une jeune épouse séduisante de trente et quelques.

— Hazel a quarante ans de plus que Tonya au bas mot.

— Ne sois pas aussi naïve, Cen. Hazel se transforme comme moi je le fais avec ma Carolyn Conroe. Tonya aussi, dit la Tante Pearl avant de laisser échapper un petit rire nasal. Les hommes sont si naïfs.

Ma mâchoire se décrocha.

— Tonya est une sorcière ?

Je me rappelai ce que Maman avait mentionné sur l'intérêt qu'aurait la baguette de la Tante Pearl pour une autre sorcière. Tonya aurait-elle réellement pu s'emparer afin d'éviter toutes représailles de la part de la Tante Pearl ?

Tante Pearl acquiesça.

— C'est impossible. Une sorcière t'aurait percé à jour tout de suite avec cette histoire de Carolyn Conroe.

— Oh, Tonya savait très bien ce que je faisais. Elle a fait comme si de rien n'était pour le bien des apparences. C'est déjà assez dur pour elle de jouer à la veuve éplorée, commenta la Tante Pearl avant d'arborer un sourire sardonique. C'est une sorcière médiocre, et sa magie ne risque pas de casser trois pattes à un canard. Mais elle a énormément de talent en ce qui concerne une chose bien particulière.

— Et c'est ?

— Ensorceler les hommes, répondit la Tante Pearl avant de taper sa baguette contre le tableau noir. Tu pourrais être douée pour ça, toi aussi, si tu y mettais du tien.

— Comme toi avec ta fougueuse Carolyn Conroe ?

La Tante Pearl leva les yeux au ciel.

— Si tu passais plus de temps à la WICCA ou dans le monde de la magie je n'aurais pas à t'expliquer chaque petit détail. Cela dit tu commences enfin à comprendre. Non seulement c'est une sorcière, mais elle en a après quelque chose que nous possédons.

— Veux-tu bien me dire ce que c'est ou il faudra moi aussi que je le devine ?

— Tonya veut la ville, Cen. C'est la vraie raison pour laquelle j'ai voulu brûler le panneau sur l'autoroute, dit-elle avant d'essuyer une petite larme imaginaire de sa joue. J'ai échoué misérablement.

— Pourquoi diable voudrait-elle Westwick Corners ? Les Plants sont milliardaires. Ils sont quasiment maîtres de l'industrie du voyage entre toutes leurs émissions, leurs livres et leurs hôtels. Il y a des tonnes d'endroits mieux faits pour y accueillir des hôtels que notre pratiquement ville fantôme.

En prononçant ces mots, je me rendis compte subitement que, même moi, je ne croyais pas en l'avenir de notre ville.

Triste.

La Tante Pearl soupira.

— J'espère que cela ne va pas prendre toute la nuit. Westwick Corners est assise sur l'un des vortex énergiques de la Terre. Notre vortex n'est pas aussi célèbre que d'autres, comme celui de Stonehenge ou de Sédona, en Arizona. On cherche à le garder secret. En fait, c'est pour cette raison que la famille West était venue s'installer ici à l'origine. Cela magnifie nos pouvoirs. Tu me suis ?

J'acquiesçai. Je connaissais vaguement cette histoire de vortex d'énergie, mais cette histoire ancestrale sur nos pouvoirs spéciaux et des portes menant vers d'autres mondes ou dimensions frisait le ridicule selon moi.

— Je ne vois pas comment la destruction d'un panneau autoroutier aurait pu l'en empêcher. N'importe quelle sorcière décente serait attirée de la sorte vers un vortex d'énergie.

— Seulement si elle est assez proche pour ressentir son énergie. C'est pour ça que je suis contre le tourisme, Cen. J'ai fait de mon mieux pour l'empêcher de venir, mais ça n'a pas suffi. Maintenant, il est trop tard.

Les larmes de la Tante Pearl, cette fois, étaient réelles. Le super hôtel du Travel Unraveled de Tonya transformerait Westwick Corners en Las Vegas du monde spirituel, un arrêt de vacances sur la super-autoroute surnaturelle.

— Tout ce qui existe aujourd'hui serait réduit en poussière, recouvert de béton et de pavés. J'aime cet endroit, Cen. Je préfère mourir que de voir ce petit coin de paradis ruiné.

Je n'avais jamais vu la Tante Pearl si émotionnelle auparavant, mais elle semblait avoir sombré dans la folie.

— Tu te trompes, Travel Unraveled aurait revitalisé cette ville tout entière. Ils auraient attiré encore plus de monde afin de faire la publicité du vortex. On s'en sortirait tous mieux.

— Cela serait devenu un hôtel pour sorcière, Cen. Le monde surnaturel tout entier convergera vers nous. Notre ville est trop fragile pour être dirigée par des êtres surnaturels. Cela serait un cauchemar. Tu n'as pas idée.

— Mais les autres hôtels destination de Travel Unraveled ne sont pas faits pour les sorcières, pourtant.

La Tante Pearl se contenta de me dévisager et de secouer la tête.

— Tu as tellement à apprendre, Cen. J'espère juste qu'il n'est pas trop tard.

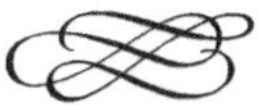

CHAPITRE 16

Je tins la promesse que j'avais faite à Maman et ramenai d'abord la Tante Pearl à l'Hôtel avant de rentrer chez moi. Je n'avais aucun moyen de m'assurer qu'elle reste à l'Hôtel, mais c'était le mieux que je pouvais faire. Après tout ce qu'elle m'avait raconté, je m'attendais à ce qu'encore plus de problèmes ne surviennent, surtout avec la Tante Pearl et Tonya sous le même toit. Quelque chose d'horrible ne tarderait pas à se produire, et ce sans l'ombre d'un doute.

Je me déplaçai vers le jardin en direction de la maison d'un pas lourd. J'avais toujours aimé la solitude de ma cabane à l'arrière de la propriété, mais ce soir cette isolation me mettait mal à l'aise. Après tout, un meurtrier était en liberté.

J'étais soulagée que Hazel et Pearl se soient réconciliées, mais je craignais également que toutes les deux n'aient mis le doigt dans un engrenage dont personne ne pourrait se défaire. J'avais prévu d'appeler Hazel dès la première heure demain, pour avoir sa version de sa visite et de cette rencontre avec un homme étrange qu'elles auraient fait au pavillon. Soit elle corroborerait les dires de la Tante Pearl, soit je les pinçais toutes les deux en train de mentir. L'assaillant en capuche noire qui courrait sur la pelouse était peut-être juste une fabrication de leur part, mais je n'avais rien d'autre pour continuer mon investigation.

Dès que j'atteignis ma demeure, cela dit, je me transformai en véritable somnambule. Cela avait été une longue journée. Je montai d'un pas lourd les escaliers en bois qui s'élevaient en spirale vers la maison. La cabane en bois était nichée en haut d'un chêne massif. Au fur et à mesure des années, la structure originelle de la cabane avait été modifiée et des pièces s'y étaient ajoutées selon ce que permettaient les branches de l'arbre. L'arbre avait également continué à pousser, et l'une de ses branches avait fini par se transformer en salon.

Je me remémorai les commentaires que la Tante Pearl avait faits au sujet du divorce que voulait demander Sébastien Plant. Cela aurait fourni à Tonya un mobile assez solide pour la pousser au meurtre. Toutefois si c'était elle qui l'avait commis, elle n'aurait certainement pas pu le faire seule. D'abord, Sébastien faisait deux fois sa taille.

Je me remémorai la note laissée sur la scène de crime. Je pouvais revoir son écriture en lettres capitales aussi clairement que si j'avais eu le modèle original en face de moi. Je murmurai de nouveau les premières lignes à voix basse en arrivant en haut de l'escalier :

Quand bien même tu voyages dans le monde entier,
Le mieux pour toi serait de fuir et te cacher.
Le voyage est le fondement de ton affaire,
Mais c'est à cet endroit que tout va se défaire.

JE ME FIGEAI sur le porche quand une question survint en moi au sujet de cette orthographe anglaise, ce « défaire » qui correspondait dans la langue anglaise à « Unravelled ».

Hazel était anglaise.

La Tante Pearl, non.

La visite de Hazel coïncidait avec le meurtre. Même si elle ne me paraissait pas capable de tuer, je ne la connaissais pas si bien que ça. Peut-être que c'était vraiment elle, après tout.

Je frémis et poussai la porte boisée lourde. Après avoir enfin franchi ce palier, je décidai d'oublier tout et d'aller dormir. J'étais crevée et il était tard. Au moins durant les prochaines heures, je pourrais enfin m'échapper dans mon château de contes de fées rustiques et tout oublier du monde. Je n'avais plus que deux envies : retrouver mon lit confortable et fermer les yeux. Tous ces problèmes m'attendraient toujours le lendemain à mon réveil.

Je vis un éclair noir et blanc tandis qu'Alan s'élançait au galop vers la porte, en agitant sa petite queue de border collie. Au moins il y avait quelqu'un qui était content de me voir. Je ressentis toutefois une pointe de culpabilité quand il me mena comme un berger à la cuisine et tapota son plat avec sa patte.

J'avais laissé un peu de nourriture supplémentaire quand j'étais partie plus tôt ce matin, mais je ne m'étais pas attendue à être absence aussi longtemps. Pauvre Alan. Je remplis son plat et son bol d'eau et le contemplai en train d'engloutir son dîner comme un loup, pendant que je pensais à Hazel. La dernière fois que je l'avais vue c'était il y avait un mois, quand Pearl et elle avaient eu leur désaccord.

Alan m'avait donné l'excuse parfaite pour contacter Hazel. Je pourrais ainsi la supplier de changer de nouveau Alan en sa forme humaine, et en chemin, en découvrir un peu plus sur son alibi au moment du meurtre.

— Merci mon Dieu tu es enfin de retour !

Une apparition spectrale flottait sur le palier de la cuisine.

Mon cœur se figea quand je me souvins que la Grand-Mère Vi, alias Violet West, était venue la veille emménager chez moi pendant l'après-midi, malgré de grosses protestations. Son ancienne suite à l'Hôtel était maintenant devenue chambre d'hôte. Nous étions supposées devenir temporairement colocataires jusqu'à ce que je ne déménage de la cabane avec Brayden dans quelques mois. Nous n'aimions ni l'une ni l'autre cet arrangement, mais il n'y avait tout simplement pas d'autre choix.

— Tu m'attendais ?

Je sentis une montée d'affection à cette pensée.

— Ne sois pas idiote, Cen. Les fantômes ne dorment pas, renifla la Grand-Mère Vi. Où sont tes serviettes ? Je ne retrouve plus rien dans tout ce bazar. Tu es vraiment désordonnée.

— Tu es un fantôme. Pourquoi aurais-tu besoin d'une serviette ?

La Grand-Mère Vi était morte voilà de cela deux ans, et était aussitôt revenue pour nous hanter. Depuis tout ce temps elle n'avait jamais demandé de serviette. Je la soupçonnai de tout simplement vouloir une excuse pour fouiner dans mes affaires sans que cela ne soit trop clair. Non que les fantômes soient très clairs de toute façon.

Grand-Mère soupira et secoua la tête.

— Tu ne comprendrais pas. Ton esprit bouché est comme cette maison, plein de choses inutiles. Rien n'est là où ce devrait être.

— Les serviettes sont dans le placard à linge.

— Je n'irais pas là-dedans, décréta la Grand-Mère en flottant en face de moi et en bloquant mon chemin.

Pourquoi un fantôme qui pouvait traverser les murs avait si peur des tiroirs, voilà qui me dépassait.

— Comme tu veux. Il te faut autre chose ?

Tout ce qu'il me fallait à moi c'était quelques minutes de paix et de silence pour me détendre avant le lit.

La Grand-Mère Vi leva ses bras fantomatiques au ciel.

— Ce placard est un tel désordre. Peut-être que tu as choisi la bonne profession, au final.

— Qu'est-ce que tu veux dire, exactement ?

Après une journée aussi frustrante entre la répétition du mariage, les âneries de Pearl pour l'Inauguration de l'Hôtel, et bien sûr, le meurtre de Plant, tout ce qu'il me tardait de faire était de me laisser tomber au lit et dormir. Je me tournai pour me glisser sur le côté de la Grand-Mère Vi.

La Grand-Mère Vi refusa de me laisser passer, même si techniquement j'aurais pu passer au travers d'elle. Toutefois, moi, je respectais mes aînés, même si ce n'était pas réciproque.

— Tu as plein de questions mais jamais de réponses. Les journalistes ne sont-ils pas supposés avoir les deux ? Demanda-t-elle avant de baisser les bras et de se décaler pour me laisser passer. Ooh… Mais tu penses à un homme, et ce n'est pas Brayden.

La Grand-Mère Vi était – ou en tout cas avait été – une sorcière tout comme nous, mais depuis qu'elle était devenue fantôme elle pouvait aussi lire les esprits. Dans mon état d'épuisement j'avais baissé ma garde et oublié de bloquer mes pensées. Je ne m'étais même pas rendue compte que je pensais à lui.

Il était difficile de ne pas essayer de se représenter le corps finement musclé de Tyler Gates en dessous de son uniforme.

— Je pensais juste au nouveau shérif. Il a commencé aujourd'hui, dis-je de ma voix la plus innocente.

Je ne savais pas ce que la Grand-Mère Vi pouvait voir dans mes pensées, que ce soit des images ou des mots, mais cela restait quelque peu flippant de savoir qu'elle pouvait lire dans mes songes les plus profonds.

— On a un meurtre sur les mains.

Je racontai la rencontre que nous avions faite au Pavillon, et je décidai aussi d'inclure l'histoire de la baguette magique de Pearl. J'omis toutefois les commentaires de la Tante Pearl sur Tonya et sur les plans de l'hôtel parce que je ne voulais pas la mettre en colère. Grand-Mère me suivit en flottant pendant que j'enlevais mes chaussures et descendis du couloir jusqu'au salon.

— Je ferai mieux d'aller faire un peu de reconnaissance.

Elle semblait impatiente de faire quelque chose.

— Non, Grand-Mère. Laisse ça à la police, dis-je avant de changer de sujet. Maman s'inquiète de l'impact que cette histoire risque d'avoir sur notre business. La Grand-Mère sourit.

— Peut-être que je vais récupérer mon ancienne chambre après tout.

— J'en doute.

Ce meurtre étoufferait notre entreprise avant même qu'elle n'ait jamais commencé. Nous ne récupérerions jamais les dépenses que nous avions dû sortir pour la rénovation. La seule façon pour laisser la Grand-Mère Vi rester à l'Hôtel aurait été de faire chambre commune avec la Tante Pearl. Leurs disputes n'auraient fait que nous attirer des regards indiscrets et la Grand-Mère serait forcément allée se promener partout pour effrayer les invités.

Je changeai à nouveau de sujet.

— L'Hôtel est absolument magnifique, observai-je, songeant au grand soin que nous avions donné à la restauration pour qu'elle soit aussi authentique que possible, en réparant même les vitraux et les planchers en bois de sapin. On dirait du neuf.

— Comment pourrais-je le savoir, renifla-t-elle. Je suis bannie, retenue captive dans ce stupide arbre. C'est de la persécution, pour moi.

— C'est pour la bonne cause, Grand-Mère. Il faut bien qu'on trouve de quoi vivre, et c'est tout ce qu'on a. Tu es libre de venir dès que les invités partent. On dirait que c'est comme avant, à l'époque où tu y vivais encore.

— Mais quel âge me prêtes-tu, exactement ? Cet endroit était déjà vieux quand j'y ai grandi, moi aussi.

Même après sa mort, la Grand-Mère Vi restait susceptible sur son âge.

— Tu n'es pas vieille. Plus âgée que moi, c'est tout, dis-je en me dirigeant dans le salon vers le canapé.

— Assez bavardé sur les âges. Revenons au meurtre. C'est trop dangereux d'y faire ton mariage, Cen. Tu devrais l'annuler.

Grand-Mère et Brayden ne s'entendaient pas. Mais Grand-Mère Vi était morte à ses yeux, puisqu'il ne pouvait pas voir les fantômes. Donc en fait il n'y avait que la Grand-Mère qui ne s'entendait pas avec lui.

— Je n'annulerai pas mon mariage. Pourquoi faire une chose pareille ?

Au moins Grand-Mère n'avait pas encore lu mes pensées là-dessus. Je me laissai tomber sur le canapé, épuisée. Elle haussa les épaules.

— On peut toujours rêver.

Sa forme se solidifia graduellement au gré de ses errances flottantes dans la maison, puis elle vint s'arrêter au-dessus de moi.

Je lui racontai le reste des événements de la journée, en incluant la démonstration pyrotechnique autoroutière de Pearl et sa Carolyn Conroe.

— Il faut qu'elle se calme avant qu'elle ne fasse partir encore un shérif. On ne peut pas se permettre de ne pas avoir de services de lois dans la ville. Tu ne pourrais pas aller lui en toucher deux mots ?

— Je verrai ce que je peux faire. Maintenant parle-moi de ce nouveau shérif.

Je décrivis leur rencontre dans mon bureau et la façon dont Tante Pearl avait accepté à contrecœur son amende.

— Il tenait bien tête à Pearl, pourtant. Elle n'a pas le droit d'incendier les choses dès qu'elles ne lui plaisent pas.

Tyler Gates était le premier shérif à avoir vraiment su faire face à la Tante Pearl. Peut-être qu'il durerait, au final.

La Grand-Mère Vi soupira.

— Dis-lui de venir me voir.

CHAPITRE 17

*J*e venais à peine de plonger dans le sommeil que je me réveillai en entendant aboyer au dehors de ma fenêtre.

— Réveille-toi, Cen !

La Grand-Mère était en train de flotter au-dessus de moi. Elle agitait ses bras transparents dans tous les sens.

— Ouvre la fenêtre. Alan est dehors.

Je m'exécutai et regardai hors de la fenêtre de la cabane pour voir Alan qui courrait en cercles en couinant en contrebas. Je ne me souvenais pas de l'avoir fait sortir.

Alan grogna et courut sur quelques mètres vers les vignes, avant de revenir en arrière et de foncer en dessous de la fenêtre. Il nous regardait avec des yeux suppliants.

— Je n'y vois rien dans le noir. Une seconde.

Je me précipitai hors du lit et attrapai une lampe de poche dans ma table de nuit avant de me diriger vers la porte d'entrée. Grand-Mère Vi me suivit en flottant à quelques mètres derrière moi. Alan entra comme un bolide dès que j'ouvris la porte.

— J'aurais tellement aimé que tu puisses parler.

Alan secoua son corps de canin à fourrure et couina en me regardant fixement.

— Qu'est-ce qu'il y a ? Demandai-je d'une voix qui se brisa quand je songeai au fait que j'avais raté Hazel, ainsi que la chance de ramener Alan par la normale, d'à peine quelques heures.

J'avais de la peine pour mon frère. Alan décrivit un cercle avant de se diriger vers le salon.

— Il te dit d'aller à la fenêtre.

Apparemment la Grand-Mère Vi pouvait lire les esprits canins aussi, ou en tout cas les esprits humains piégés dans un corps canin.

Je le suivis au salon avec la Grand-Mère Vi qui continuait à flotter derrière nous. Je me dirigeai vers la fenêtre et retirai les rideaux. La fenêtre offrait une vue directe des vignes. Des nuages obscurcissaient partiellement la lune, en donnant au ciel nocturne un halo vaporeux. Il y avait assez de lumière pour illuminer la silhouette du vignoble, mais pas grand-chose d'autre.

— Je n'y vois rien.

Alan sauta dans le salon et donna un coup à mon bras avec son nez.

— Par là-bas ?

Je me tournai vers la droite où deux ombres étaient debout près de la bordure du vignoble, à plusieurs mètres de là. Il faisait trop sombre pour déterminer leurs traits, mis à part qu'il s'agissait de deux hommes de corpulence mince.

— C'est Brayden ! S'exclama la Grand-Mère en secouant la tête. Mais qu'est-ce qu'il fabrique dans notre vignoble, au nom du ciel ? Je n'ai jamais fait confiance à ce jeune homme. Il ne projette rien de bon.

— Tu ne peux pas le reconnaître d'ici, protestai-je en plissant les yeux, sans que cela ne change quoi que ce soit.

— Il faut que tu ailles voir un ophtalmologiste, Cen. Ou peut-être que tu refuses tout simplement de voir la vérité sur ton jules.

— Quelle vérité ?

Brayden n'avait jamais rien dit d'autre que de gentilles choses envers la Grand-Mère Vi. Je ne savais absolument pas pourquoi elle le haïssait autant.

La Grand-Mère Vi m'ignora.

— Qu'est-ce que Brayden fabrique avec ce type ? Se questionna Grand-Mère en flottant à côté de nous à la fenêtre.

— Ils font les cent pas, on dirait un duel dans un western.

L'idée de surprendre Brayden en plein duel de cowboy en beau milieu de la nuit dans notre vignoble m'était absolument ridicule, mais maintenant que mes yeux s'étaient habitués aux ténèbres, je m'aperçus que Grand-Mère avait raison. Je reconnus son pas lent et résolu. Il était en train de décrire une ligne droite, en comptant avec précaution chaque pas.

— Ils sont en train de mesurer des mètres carrés, Cen. Ce que font les gens quand ils prévoient de construire un terrain.

— C'est vrai ?

Cela me semblait quand même être une méthode assez peu fiable pour tester un terrain de nos jours.

— De toute façon, tant qu'ils ne font pas une vingtaine de pas avant de se retourner comme pour un duel, moi, ça me va.

Je me souvins en un éclair des plans de développement de Centralex dans la chambre de Tonya et eus un mauvais pressentiment. Je n'étais toutefois pas prête à me confier à la Grand-Mère Vi. Je me détournai de la fenêtre pour me retourner en direction de ma chambre, là où mon doux lit m'attendait.

— Attends, Cen. J'espère que tu ne prévois pas d'ajouter encore plus de boutiques par ici sans me le dire d'abord, gronda-t-elle avant de renifler bruyamment. C'est déjà assez douloureux de m'être fait mettre hors de ma propre maison pour m'exiler dans cette cabane si pleine de désordre. Je suppose qu'ils prévoient de couper cet arbre, lui, aussi, pour leur jungle d'asphalte. Je vais me retrouver à la rue.

Son apparition semblait trembler, comme cela le faisait toujours quand elle était vraiment bouleversée.

— Rien de la sorte n'est en train de se produire, la rassurai-je. Ils ont dû sortir pour prendre un peu d'air frais.

Mais cette promenade nocturne de Brayden soulevait mes soupçons à moi aussi. Il évitait de faire de l'exercice dès que possible, et rechignait aux plus tranquilles des promenades. Tout devait avoir un but chez lui. Grand-Mère Vi avait raison. Quelque chose de louche se passait.

— Et voilà l'autre gars.

La Grand-Mère me montra un homme à environ quinze mètres de

Brayden. Il était en train de faire marche arrière et commença à revenir vers mon fiancé. Une fois qu'il l'atteignit il devint clair que c'était un homme un peu plus grand, avec des cheveux plus longs qui lui arrivaient à l'épaule. Ce n'était ni quelqu'un du coin ni quiconque de ma connaissance.

— Ils sont vraiment en train de mesurer quelque chose. Je n'aime pas ça non plus, dis-je.

Il n'y avait aucune raison pour que Brayden montre notre propriété à un étranger. Alan grogna pour signifier son accord, puis se coucha par terre.

Grand-Mère l'observa avec sympathie.

— Mon pauvre, tu dois être épuisé.

J'avançais à pas feutrés vers la cuisine et fouillai dans mon frigo. J'y trouvai un os pour le donner à ronger à Alan.

— Je demanderai à Brayden demain.

Juste avant de lui briser le cœur. Cette pensée me ramena à ma mauvaise humeur. D'un coup, je n'avais plus sommeil du tout.

— Encore une chose, Cen.

— Quoi encore ?

— Je sais ce que c'est ton secret, me taquina la Grand-Mère, comme une élève de CE2 le jour de la Saint Valentin. Tu étais en train de rêver de lui.

— Tu te balades dans mes rêves ?

Ma nouvelle colocataire dépassait les bornes, et je n'aimais pas ça du tout. Ce serait tolérable pendant quelques semaines, mais si j'annulais le mariage, ce pourrait être permanent.

— Tu as le béguin pour quelqu'un, et ce n'est pas Brayden.

Elle gloussait comme une écolière.

— Je ne sais pas de quoi tu parles, protestai-je avant de fermer les yeux et d'essayer de l'ignorer.

— C'est sûr qu'il est mignon ce nouveau shérif. Pourquoi tu ne sortirais pas avec lui après tout ça ? Demanda-t-elle en m'adressant un sourire spectral.

Je sentis mon visage rougir. Je ne sortais avec personne, et encore moins Tyler Gates. Mon attraction physique envers lui était naturelle pour tout Américaine à sang chaud qui se respectait, non ? Je me répétai que c'était tout, mais je n'arrivais pas à me le sortir de l'esprit. Et quand le sommeil me prit, mes pensées dérivèrent de nouveau vers mon mariage. Sauf que cette fois, le marié n'était plus Brayden Banks.

CHAPITRE 18

Je me réveillai juste avant sept heures, épuisée après une nuit principalement sans sommeil. J'ouvris une boîte de la nourriture pour chien préférée d'Alan et en sortis une double dose pour me faire pardonner d'être rentrée aussi tard la nuit dernière. Je jurai, d'une façon ou d'une autre, de convaincre Hazel de revenir pour arranger mon frère.

Mon estomac gronda sous la puanteur de cette nourriture canine. J'avais désespérément besoin de caféine, d'œufs, et de toasts. En tant que fantôme, la Grand-Mère Vi ne mangeait pas, et je décidai donc de me diriger vers l'Hôtel pour le petit-déjeuner. Un copieux repas était précisément ce dont j'avais besoin pour mettre en branle mes instincts d'investigatrice.

Je jetai un œil à Alan qui avait déjà dévoré sa nourriture et attendait avec impatience près de la porte. Je le fis sortir en me rappelant les événements de la nuit dernière.

La visite secrète de Brayden me troublait, et cela me rappela ce qu'avait dit Tante Pearl sur Tonya. Je ne pensais pas que lui et Tonya se connaissaient, mais l'intérêt qu'ils partageaient pour notre propriété ressemblait trop à une heureuse coïncidence. J'avais intention d'arriver au fin mot de l'histoire.

Je laissai la Grand-Mère Vi et Alan au poste et promis de revenir dans quelques heures. Ni la Grand-Mère ni Alan ne pouvant décrocher de téléphone, cela ne me laissait d'autre choix que de me replier à la cabane plus tard dans la matinée. C'était le seul moyen de la convaincre d'y rester. Avec tout ce qui se passait, cela démangeait la Grand-Mère d'aller rendre une visite à l'Hôtel, mais cela n'aurait fait que compliquer les choses.

Je passai le vignoble et traversai le jardin en direction de l'Hôtel. Mon cœur fit un bond dans ma poitrine en apercevant le SUV de Tyler Gates garé sur le parking. Je lissai mes cheveux, regrettai d'avoir choisi pour toute garde-robe un t-shirt baggy, un short et des sneakers, le tout sans maquillage. J'avais d'étranges sensations dans mon estomac, comme des papillonnements, et ressentis que je ne me rappelai pas avoir jamais expérimenté auparavant.

Je ralentis le pas et revis mes objectifs de la journée. J'avais beaucoup à faire sur ma liste. Le premier point était d'enquêter sur Tonya pour valider les dires de la Tante Pearl sur le vortex, pour confirmer qu'elle était une sorcière. Les plans du développement prouvaient qu'elle avait un œil sur notre propriété, mais cela n'en faisait pas pour autant une tueuse.

En second, mais très proche, il y avait aussi de parler à Hazel. Sa visite coïncidait exactement avec celle de Sébastien et de Tonya, ce qui était encore plus louche en considérant leur triangle amoureux. Hazel agissait-elle vraiment en tant que représentante du WICCA comme le clamait Pearl, ou était-elle venue aux Westwick Corners pour des raisons plus personnelles ? Je pariai plutôt sur la deuxième option. J'étais aussi furieuse contre elle. Si elle s'était véritablement réconciliée avec la Tante Pearl, le moins qu'elle aurait pu faire aurait été d'enlever immédiatement la malédiction d'Alan.

En gros, je conduirais ma propre investigation en parallèle de celle du shérif. Seulement je me concentrerai personnellement sur les éléments surnaturels pendant que le shérif s'attaquerait aux faits normaux. Il n'en savait rien, bien sûr.

La clé de ces deux enquêtes était de retrouver d'abord l'homme à la capuche noire. Je n'avais aucun point de départ, mais il me fallait bien débuter quelque part. Peut-être que je pourrais presser le shérif à la recherche de plus d'informations en me servant de mes articles pour prétextes. J'espérai juste qu'il suivrait cette piste.

Pendant ce temps la Tante Pearl continuait à se donner l'air encore un peu plus coupable. En plus de cela, il fallait que je dégage le suspect numéro un de tout soupçon, donc la Tante Pearl. Tant que son alibi avec Hazel se vérifiait, je savais que je pourrais diriger l'enquête sur la bonne piste. Hazel était moins évasive que ma tante, et si elle coopérait, je pourrais probablement les innocenter toutes deux.

Si elles étaient innocentes.

Les perles d'informations que la Tante Pearl me fournissait me menaient à croire qu'elle n'était pas impliquée, mais la seule façon de mettre l'enquête officielle sur la piste du vrai tueur aurait été de trouver une piste, peu importe que ce soit vers soit Tonya, l'homme à la capuche noire, ou quelqu'un d'autre. Une bonne piste laverait ma tante de soupçons et s'assurerait aussi que justice serait rendue correctement.

Enfin, en dernier, sans être des moindres, il me fallait faire tout ce que je pouvais pour m'assurer que Tyler Gates reste. Je ne voulais pas que le shérif quitte notre ville, mais ces éléments surnaturels pourraient faire un peu trop pour lui.

Les révélations de la Tante Pearl conféraient à cette affaire un tout nouvel angle. Le monde de la magie était petit, et pourtant je n'avais jamais ni rencontré, et encore moins entendu parler de Tonya. Je devrais creuser un peu son passé.

J'étais tant perdue dans mes pensées que je me cognais contre la Tante Pearl en traversant l'allée.

— Hey ! Protesta la Tante Pearl en se balançant sur une jambe avant de regagner son équilibre. Fais attention à là où tu vas.

— Pardon.

Je jetai un œil vers les fenêtres de la salle à manger de l'Hôtel, en espérant que personne, et surtout pas le Shérif Gates, avait remarqué le balancier agile de la Tante Pearl et sa récupération après le choc. Cela aurait été encore plus difficile de faire passer la baguette pour une canne s'il avait assisté à notre bousculade et aux mouvements de yoga avancés de ma tante.

— C'est l'heure des cours, me lança la Tante Pearl en me faisant signe de la suivre.

— Cela ne peut pas attendre après le petit-déjeuner ?

Je regrettai la promesse faite la nuit dernière, mais il n'y avait pas grand-chose que je puisse y changer désormais. J'étais piégée. Elle m'avait de toute évidence attendue, parce qu'elle n'était pas du genre à se lever tôt.

La Tante Pearl fit non de la tête.

— Il faut que ce soit maintenant. J'ai quelques infos sur Tonya.

Mon cœur se mit à battre à toute vitesse en imaginant le pire.

— Ne me dis pas que tu es retournée à sa chambre.

— Pas vraiment, non.

— Tu pourrais être plus spécifique ?

La Tante Pearl regarda aux alentours pour s'assurer que personne n'était à portée.

— Pas ici. Suis-moi.

CHAPITRE 19

Une heure plus tard je me retrouvais en train de gigoter dans mon siège au premier rang de la classe à l'École de Charmes de Magie. Je luttais à la fois pour rester consciente et garder mon calme. Je manquais de sommeil, avais épouvantablement faim, et mon manque (involontaire) de caféine me donnait la migraine.

Je n'étais pas non plus prête à obtenir plus de révélations sur Tonya de la part de la Tante Pearl. Elle refusait de divulguer quoi que ce soit avant que j'aie terminé ma première leçon de magie. Encore un autre de ses tours.

La Tante Pearl tapota sa baguette sur le tableau noir.

— Et c'est comme ça qu'on fait un sort de renversement. Tu as compris ?

J'acquiesçai, même si j'étais si distraite que j'avais raté quelques étapes de ma liste des tâches, à force de la voir s'agrandir.

— Fais-nous voir cela.

Je grimaçai.

— On ne pourrait pas faire ça plus tard ? Il faudrait plutôt se concentrer sur la résolution du meurtre de Plant.

— Non-non, Mademoiselle. C'est maintenant ou jamais.

Elle tapota fermement le bout de sa baguette contre sa paume.

— Il faut absolument que tu ailles rendre cette baguette Tante Pearl, c'est une preuve.

— Absolument pas, c'est ma baguette de rechange.

— Mais la nuit dernière tu m'as dit que tu l'avais récupérée dans le casier des preuves.

— Je n'ai pas dit cela du tout. C'est ce que tu es allée t'imaginer et je n'ai pas pris la peine de te corriger. Toute bonne sorcière a une baguette de rechange, Cendrine. Il faut toujours avoir un plan de rechange.

— C'est surtout que tu inventes au fur à mesure pour que j'arrête de t'ennuyer à ce sujet. Il faut que tu la rendes au shérif.

— Je ne sais pas de quoi tu parles, protesta la Tante Pearl en battant des cils. Cette baguette était ici depuis le début.

— Je sais très bien que tu n'as pas deux baguettes. Ce que je ne comprends pas, c'est la raison pour laquelle tu t'amuses à inventer des histoires pareilles.

La Tante Pearl secoua lentement la tête.

— Au début je croyais effectivement que c'était ma baguette qui était restée dans le pavillon. Mais ce n'était pas ma baguette, juste une réplique parfaite. La vraie est restée ici depuis le début.

— Je ne te crois pas.

— Réfléchis-y, Cen. Bien sûr que j'avais une baguette. Comment est-ce que j'aurais pu me transformer en Carolyn Conroe la nuit dernière, sinon ?

— La vraie question, c'est : pourquoi est-ce que tu as ressenti le besoin de te changer en elle, c'est tout.

— Ah-ha ! Je pensais que tu ne me poserais jamais la question. Il fallait bien que je distraie Tonya pendant que Hazel faisait son truc.

Je n'aimais pas du tout la façon dont les choses se présentaient.

— Et qu'est-ce qu'elle faisait exactement ?

— Elle sauvait la ville de la destruction et de la ruine.

— Tu en fais des tonnes, encore une fois.

Je me levais pour partir mais ma tante me fit signe de me rasseoir.

— Tonya a conçu une potion pour toutes nous ensorceler, Ruby, Amber, toi et moi. Elle avait prévu de l'utiliser au petit-déjeuner. C'est pour ça que j'ai dû t'intercepter.

— Mais, et Maman ? Elle est à l'Hôtel en train de faire le petit-déjeuner à l'heure qu'il est. On ne devrait pas aller la prévenir ?

— Calme-toi. Elle est au courant de tout.

Mais cela n'avait toujours aucun sens pour moi.

— Pourquoi s'en servir sur moi ? Je ne suis pas propriétaire.

Je pouvais envisager qu'on considère maman et ma tante comme des cibles, mais je n'avais aucune part de la propriété moi-même.

— Non, mais Tonya sait que tu es une sorcière. Tu as de l'influence. Elle aura besoin de te neutraliser toi aussi pour que tu ne puisses pas défaire son sort. C'est l'autre raison de ta présence ici. Il faut que tu améliores tes compétences de magie si tu dois être amenée à nous défendre.

Une boule se forma dans ma gorge.

— Vous défendre de quoi ?

— La potion de Tonya nous privera de notre libre arbitre. Nous nous retrouverons complètement à ses ordres, incapables de penser ou de faire quelque décision par nous-même. Elle nous forcera à signer l'acte de don de notre société pour une bouchée de pain. En retour nous perdrons argent et logis tout entier.

— Elle ne peut pas faire ça, plus de nos jours. Il faut un acte de vente et un transfert de titre. Ça ne marchera pas.

La Tante Pearl leva les yeux au ciel.

— Tu te laisses encore distraire par toutes ces conneries administratives. Elle fera en sorte que cela ait l'air normal, mais ce ne sera évidemment pas la réalité. Ce ne serait pas le pire. Une fois que nous aurons perdu notre libre arbitre et notre capacité à faire des choix, elle nous contraindra au choix ultime : abandonner nos pouvoirs.

— Je ne vois pas comment ce serait possible. Nous sommes nées avec ces pouvoirs.

— C'est vrai, mais parce que nous avons une volonté propre, nous pouvons toujours choisir de nous en débarrasser, répondit-elle avant de me dévisager fixement. Un peu comme ce que tu as fait en cachant tes pouvoirs. Si tu ne les utilises pas, tu risques de les perdre, Cen. Tonya a tout compris. Mis à part le fait qu'elle ignore toujours ce qu'on a trouvé dans sa chambre vendredi matin.

— Tu veux parler des plans ? Demandai-je en me remémorant la chambre et en me rendant compte que la Tante Pearl avait paru en savoir un peu trop sur ce que nous allions y trouver. Quand tu m'as emmenée là-bas, ce n'était déjà plus ta première visite dedans, n'est-ce pas ?

— Non, répondit la Tante Pearl avec un sourire d'autosuffisance.

— Je ne te comprends pas, parfois. Tu as dit que tu ne voulais pas de Tonya ici, mais on dirait que tu l'y as attirée. Tu en sais bien plus que ce que tu ne laisses percevoir. Tout ce que je voudrais, ce serait que tu te contentes de cracher le morceau. Si tu refuses à ce point de parler au shérif, raconte-moi au moins ce qui s'est passé pour que je puisse aider.

— J'ai dû passer au plan B, avoua la Tante Pearl. Tu sais ce que dit Confucius : Sois proche de tes amis, et encore plus de tes ennemis. J'ai fait entrer les Plants plus tôt pour pouvoir garder un œil sur Tonya.

— Je doute que Confucius sous-entendait par là qu'il fallait inviter l'incarnation de la catastrophe chez soi, mais peu importe.

La seule bonne chose qu'il y avait dans tout cela, c'est que si Tante Pearl avait vraiment Tonya à l'œil, je pouvais au moins vérifier certaines des rumeurs que j'avais entendues sur elle.

La Tante Pearl sortit un ticket de reçu froissé de sa poche et me le tendit.

— Regarde. C'était sur le buffet de la chambre des Plants.

Ce reçu provenait du Walmart de Shady Creek en date de ce jeudi, à 23 h 15. Les articles décrits sur la facture incluaient notamment des gants en latex et des sacs en plastique, tout payé en cash.

— Tu as pris ça dans la chambre de Tonya ?

La Tante Pearl acquiesça.

— En fait, c'est Hazel qui a récupéré tout ça. Maintenant on n'a plus qu'à le donner au shérif discrètement, sans donner l'impression de coopérer.

— On ?

Si c'était vraiment une preuve, la Tante Pearl l'avait déjà compromise, dès le début, en l'ôtant de la chambre de Tonya.

— C'est un meurtre, Tante Pearl. C'est plus important que ta brouille avec le shérif. Va lui donner toi-même, c'est tout.

Le shérif savait maintenant que Tonya et Sébastien Plant s'étaient présentés au comptoir d'enregistrement en avance, mais il lui faudrait encore considérer Tonya comme un suspect de première prime. De fait, j'avais de la peine pour lui, en considérant que ma tante lui dissimulait des preuves à dessein.

— Non. Je veux que tu ailles lui donner toi-même.

Elle déposa le reçu sur mon pupitre.

— Pourquoi moi ?

— Je ne peux pas supporter la vue de cet homme.

Je perdais patience, mais quelqu'un devait bien communiquer au shérif cette preuve clé, et vite. Ces produits avaient quelque chose de sinistre quand on les achetait ensemble.

— Bien. Je vais le faire.

Si la Tante Pearl avait raison au sujet de Tonya, nous n'avons pas de temps à perdre.

CHAPITRE 20

Fidèle au monde surnaturel, Tante Pearl réussissait à faire croire que tout allait bien quand c'était tout l'inverse. Les sorcières exagéraient souvent les choses tout à fait ordinaires pour minimiser ce qui était grave. C'était le cas aujourd'hui, et je craignais un désastre.

— Tu as détruit la chaîne de la traçabilité des preuves en les subtilisant à la police, Tante Pearl. Cela n'augure rien de bon.

— C'est là que tu te trompes, Cen. Cette preuve n'est pas valide dans une cour martiale juridique humaine, mais nous avons toutes celles qu'il nous faut pour un procès surnaturel. C'est ça qui compte.

Je n'étais pas d'accord. Les tribunaux de Washington étaient très réels eux aussi, et le lien entre cette preuve et ma tante y compterait sans l'ombre d'un doute.

— Uh… Sauf qu'entre-temps, tu l'as volée.

— Cette baguette est à moi, Cendrine. Comment puis-je voler quelque chose qui est à moi ?

Nous tournions en rond. Tante Pearl espérait me faire perdre le cap pour que je change de sujet. Cela ne marcherait pas.

— Ah ! Donc tu l'as bien volée, après tout, protestai-je en secouant la tête d'exaspération. Comment peux-tu me demander de t'aider si tu ne coopères pas ?

Tante Pearl ne répondit rien et étudia ses pieds.

— Contente-toi de me dire la vérité, Tante Pearl. Je te promets de ne pas te dénoncer à la WICCA.

La Tante Pearl dansait apparemment aux limites de l'estrade des règles de la WICCA. Elle était une source de problèmes constante pour la Tante Amber, selon qui les dérogations et la façon que sa sœur cadette avait de fouler du pied les lois surnaturelles n'avaient de cesse de tenir la réputation de la famille West.

— Me dénoncer pour quoi ? Je n'ai rien fait.

La Tante Pearl battit ses cils et se donna un air innocent.

— Il y a quelque chose que tu refuses encore de m'avouer. Je le vois à ton expression.

— C'est ridicule.

Je sortis mon téléphone.

— Cela a de l'importance, ces histoires de baguette perdues, surtout quand elles tombent entre les mains de gens qui ne sont pas des sorcières. J'appelle la Tante Amber pour lui dire ce qui s'est passé. Elle saura quoi faire.

— Cen, arrête, dit la Tante Pearl qui faisait les cent pas en face du tableau noir. S'il te plaît, n'appelle pas Amber. Ne le fais pas. Elle va me faire la totale.

Je remis le téléphone dans mon sac.

— Alors mets-toi à table. Dis-moi comment ta baguette a fini sur la scène de meurtre.

— Je n'en sais rien. Cette baguette doit être un duplicata – une fausse. Tu dois me croire, Cen. Ce n'est pas ma baguette.

C'était facile à prouver.

— Je n'ai qu'à appeler le Shérif Gates pour confirmer tout ça. Si tu dis la vérité, il devrait toujours y avoir la fausse baguette dans le casier de preuves de la police.

Je n'ai aucune intention de l'appeler, mais la Tante Pearl n'en savait rien.

— Non… Attends. Je suis bien allée au pavillon, pour vous attendre toi et Ruby. J'ai tout vu.

— Je croyais que Maman et toi y étiez allées ensemble.

— C'était plus tard. Je suis retournée à l'Hôtel après avoir assisté à l'attaque, expliqua la Tante Pearl. Je suis allée au pavillon un peu en avance, en espérant faire quelques minutes de magie avant que tout le monde n'arrive. Je l'ai vu se produire.

— Tu as vu le meurtre ?

— Oui, murmura-t-elle.

Son visage devint pâle comme un linge.

— Je croyais qu'il s'agissait juste d'une petite bagarre. Je ne savais pas qu'il y avait eu un meurtre.

— Une fois que tu as su que c'était un assassinat, tu n'as quand même rien dit au shérif. Pourquoi ?

Et brusquement, je réalisai sur le coup d'une évidence qu'il n'y avait pas qu'au shérif qu'elle avait caché ce détail.

— Tu n'as pas dit à Maman non plus, hein ? Tu es retournée à l'Hôtel, et tu l'as ramenée avec toi en sachant que quelqu'un était blessé ou en train de mourir au pavillon.

— Non, Cen, répondit la Tante Pearl en grimaçant et en se frottant le front. Je ne savais pas que quelqu'un était mort. J'ai vu deux hommes se battre, alors je me suis cachée dans la haie de lauriers. Quand les cris se sont arrêtés, j'ai vu un homme en sortir. J'ai supposé que l'autre avait déjà dû partir. Je ne savais pas qu'il y était encore, et certainement pas qu'il y était mort. Si j'avais su, j'aurais essayé de l'aider.

Cette fois, je la croyais.

— À quoi ressemblait cet homme ?

— Je ne me souviens pas. Cela s'est produit trop vite.

— Mais tu y étais pourtant.

La Tante Pearl acquiesça. Une seule larme coula de sa joue.

— Alors il n'y a pas à s'inquiéter, dis-je.

— Hein ?

— On pourrait faire un sort de renversement pour dévoiler toute la vérité.

— Oh.

Elle mentait encore.

— Tu n'y étais pas en fait, hein ?

— Pas vraiment, avoua la Tante Pearl. Il y a eu un cambriolage à l'école hier, dit-elle en montrant un carreau brisé sur la porte. Quelqu'un a volé ma baguette pendant que j'étais aux toilettes. Je l'ai pourchassé jusqu'au pavillon, mais c'était trop tard.

Je m'imaginai subitement la Tante Pearl courir après un criminel. Entre ça et l'idée de voir d'un cambrioleur entrer ici par effraction, le taux de probabilité était de pratiquement zéro ici, mais enfin il y avait aussi une probabilité zéro d'y voir un meurtre et pourtant…

— Pourquoi tu n'as pas mentionné ça plus tôt ? À quoi ressemblait l'intrus ?

Son expression craintive m'indiqua qu'elle disait la vérité, cette fois. Laisser une baguette sans surveillance était un crime pour la WICCA. Je devinais que ma tante avait certainement dû mentir pour s'éviter un retour de flammes et une amende de la WICCA.

— Je n'ai pas pu bien le voir, Cen. Mais c'était bien un homme, avec une capuche noire. Ça, c'est la vérité. Je ne l'ai vu que de dos.

— Grand, petit, gros, maigre ? Tu dois au moins avoir une idée.

— Je ne sais pas… Il devait avoir peut-être quelques centimètres de moins que Sébastien Plant.

Sébastien Plant faisait à peu près un mètre quatre-vingt-treize, alors l'autre faisait probablement à peu près un mètre quatre-vingt.

— Alors tu l'as suivi au pavillon. Et ensuite ?

— Sébastien Plant était déjà là. Il s'était disputé avec le type au capuchon. Ils étaient en train de se battre quand tout d'un coup Plant s'est effondré.

Je priai pour que la Tante Pearl ne soit pas encore en train de mentir.

— Sur quoi est-ce qu'ils se disputaient ?

— Je n'étais pas assez après pour distinguer ce qu'ils disaient. Comme je te l'ai dit plus tôt, quand je les ai entendus se battre, je me suis cachée dans l'allée.

Il me vint brusquement en tête une image de la Tante Pearl en train de ramper dans les buissons à quatre pattes.

— Même pas une petite bribe ?

La Tante Pearl secoua la tête.

— Rien du tout.

Audition sélective. Ce qui était étrange, en considérant nos capacités surnaturelles à amplifier nos sens si nécessaire, et tout…

Sébastien Plant était assez connu pour que tout le monde en ville soit au courant qu'il devait être notre invité d'honneur. Quiconque ayant une dent contre le tourisme aurait donc eu un différent à régler avec lui. Comme la Tante Pearl.

— Qu'est-ce qui s'est passé ensuite ?

— Le gars s'est enfui.

— Tu aurais dû voir sa tête à ce moment-là, quand il s'est retourné vers toi.

Tante Pearl secoua la tête.

— Je l'ai entendu partir, mais je n'ai pu y voir clairement depuis ma cachette dans la haie. J'ai attendu quelques minutes puis suis retournée en courant à l'Hôtel. J'ai paniqué et complètement oublié que je voulais récupérer ma baguette. Je n'ai jamais mis les pieds au pavillon, alors je ne savais pas que Plant ne s'était jamais relevé pour s'en aller.

Mes yeux s'étrécirent. La Tante Pearl était donc très certainement déjà allée au pavillon quand je m'étais présentée pour ma prérépétition de mariage. Elle dut deviner ma conclusion.

— Je te jure, Cen. Je ne l'avais jamais vu jusqu'à ce que tu arrives et qu'on tombe dessus. Je viens seulement de me remémorer quelque chose par contre, avoua la Tante Pearl. Si je n'ai pas pu distinguer les mots de Plant c'est parce qu'il bafouillait et vacillait tout le temps. C'était encore pire que quand ils sont venus s'inscrire.

L'état d'alcool de Plant augmentait la possibilité qu'il ait pu être assommé par un homme plus petit que lui. C'était intéressant, mais sans description plus poussée, il était pratiquement impossible de déterminer l'identité du suspect.

Une chose me chiffonnait quand même toujours.

— Tu n'es jamais revenue sur les lieux pour récupérer ta baguette ?

Il était difficile à croire qu'elle n'ait pas pensé à la récupérer après notre chute sur le corps de Sébastien Plant. Elle n'ignorait pas sa présence et il s'agissait d'un objet trop important pour elle pour que cela échappe à son esprit. Elle devait sûrement toujours me cacher quelque chose. Sa baguette n'aurait d'utilité pour personne d'autre, ou en tout cas pas pour la magie. Malgré les soupçons de Maman, je savais qu'une autre sorcière aurait des difficultés à débloquer ces pouvoirs et ne s'ennuierait même pas à essayer. À part notre famille, il n'y avait pas d'autre sorcière à Westwick Corners.

— Tu ne vas jamais nulle part sans.

— J'avais peur. Mais je ne pensais vraiment pas qu'il était mort, Cen. Peut-être juste assommé ou quelque chose du genre. Je pensais que si je racontais quoi que ce soit, je me retrouverai sérieusement dans l'embarras et dans le pétrin.

— Et maintenant tu es sérieusement dans le pétrin. Tu te rends compte que tout te désigne comme coupable ?

La Tante Pearl n'avait pas d'alibi, sa baguette était l'arme du meurtre, et elle avait un mobile : arrêter le tourisme à tout prix. Mais je savais dans mon cœur qu'elle n'était pas une meurtrière.

— Nous devrons trouver un moyen d'expliquer ça au shérif, sans mentionner la magie.

— Tu irais trahir ta propre chair et ton propre sang ?

— Ne sois pas ridicule, Tante Pearl. Tu dois admettre, pourtant, que cela ne s'annonce pas bien. Pourquoi ne pas coopérer ?

— Pourquoi faire ? Si on n'avait pas commencé cette stupide histoire de tourisme, ce type serait toujours en vie.

— Peut-être, peut-être pas. Je sais un truc pour sûr, par contre.

— Quoi ?

— Une fois qu'on aura révélé que nous sommes des sorcières, la vie ne sera plaisante pour personne.

CHAPITRE 21

— Raconte-moi tout ce que tu sais sur Tonya.

Nous venions à peine de finir la leçon numéro un qu'on m'informa dûment qu'il ne s'agissait que de la première des soixante-dix-sept Perles des Sagesses de la Sorcellerie auxquelles j'avais juré d'assister. Perles et Pearl. Je ne me souvenais pas d'avoir accepté une telle chose, mais j'avais été tellement épuisée par cette lutte verbale précédente contre la Tante Pearl que je n'avais plus la force de protester contre quoi que ce soit. J'avais besoin de caféine, et vite.

— Comment est-ce que cela se fait que je n'ai jamais entendu parler d'elle ?

La Tante Pearl croisa les bras et secoua la tête.

— Tu fuis le monde de la magie depuis trop longtemps, Cen. Quand on ne passe pas par les bons chemins, on a tendance à rater beaucoup de choses.

— OK, d'accord. Je ferai plus attention maintenant, promis-je, car j'en avais assez des tentatives de culpabilisation de ma tante, mais je commençais toutefois à voir qu'elle n'avait pas tort de me reprocher d'avoir délaissé mon héritage naturel en tant que sorcière. Dis-moi ce que tu sais de Sébastien et Tonya.

— Tonya n'est pas une sorcière très puissante. C'est sûrement pour cela que tu n'as jamais entendu parler de ses talents magiques. Ce qu'elle a de plus dangereux, c'est son ambition sans bornes. Sébastien Plant n'a jamais eu la moindre chance de lui résister dès lors où elle a placé son dévolu sur lui. Leur mariage était déjà prévu dans son agenda avant même leur rencontre.

Je ne savais pas grand-chose sur ce couple si ce n'était qu'ils s'étaient mariés sur un coup de foudre. Sébastien Plant avait passé des décennies à construire Travel Unraveled, et c'était là qu'il avait rencontré Tonya. Elle avait travaillé à son bureau en tant qu'intérimaire et ils s'étaient mariés avant de l'épouser moins d'un an plus tard.

La Tante Pearl tapa de la baguette sur le tableau noir où tout s'effaça.

— Tonya s'est beaucoup impliquée dans Travel Unraveled une fois ce mariage fait. Tu te souviens de cette invitation que tu as envoyée à Sébastien Plant il y a plusieurs mois ?

J'acquiesçai.

— Sébastien n'était pas intéressé, et c'est pour ça que tu n'as jamais reçu de réponse. Tonya est tombée sur l'invitation plusieurs mois plus tard. Elle a fait des recherches sur notre ville et découvert des rapports historiques qui mentionnaient Westwick Corners et notre vortex. Le monde l'avait peu à peu oublié au fil des ans, mais l'invitation a ravivé son intérêt. Tonya songea que Travel Unraveled devrait y faire un complexe majeur. Sébastien a mis son veto à cette idée, et peu après ils ont commencé à avoir des problèmes de couples.

— Comment est-ce que tu sais tout ça ?

Cela aurait pu être utile de nous livrer ces informations plus tôt.

— Hazel m'a tout raconté.

— Hazel avait une liaison avec lui. Bien sûr que selon elle ils avaient des problèmes de couple. Elle a probablement aussi exagéré sur le reste, commentai-je avant de me retourner brusquement dans mon siège, certaine d'avoir entendu tousser. Tu as entendu ?

Tante Pearl fit non de la tête.

— Ce n'est pas pour cela que Hazel est au courant pour le complexe. Tonya est venue la voir en lui suggérant de relocaliser les quartiers généraux de la WICCA à Westwick Corners, mais Hazel a dit non.

— Je croyais que Sébastien avait déjà donné son veto à ce développement. Il avait changé d'avis entre-temps ?

Tonya avait probablement compté prévendre le complexe pour convaincre Sébastien. Les vortex d'énergies rendaient la magie bien plus efficace ici, ce qui était à la fois une bonne et une mauvaise chose. Ce qui était sûr, était que notre existence paisible aurait pris fin.

— Non. Il ignorait que Tonya était une sorcière et il ne savait rien de la WICCA.

Le fait que Sébastien Plant ait pu tout ignorer des sorcières, en entretenant pourtant des liaisons avec au moins deux d'entre elles, me parut brusquement très étrange. Je commençais à voir le tableau.

— Tonya voulait donc d'abord s'emparer de la ville, puis de la WICCA. Elle a foncé sans se poser de question, en sachant que Sébastien n'était pas d'accord. Soit elle changeait d'avis, soit elle…

La Tante Pearl finit ma phrase.

— Se débarrassait de lui. C'est pour ça que Tonya a dit à Sébastien qu'elle avait accidentellement accepté notre invitation, plusieurs mois après ton envoi. En tout cas c'est ce que Seb a dit à Hazel. C'était une excuse pour venir vérifier les lieux. Quel meilleur endroit qu'une petite ville pour assassiner son mari et faire porter le chapeau à quelqu'un d'autre ?

J'acquiesçai.

— Elle pense que la petite police de la ville va se planter sur l'enquête, et que peu de monde n'aura cure de cette histoire et d'un étranger, même s'il s'agissait de quelqu'un de connu.

Étrangement, tout cela me semblait logique. Sauf une chose.

— Quand est-ce que Hazel et toi vous vous êtes réconciliées ?

Peut-être que Hazel avait demandé une trêve juste pour se fabriquer un alibi ou autre mensonge de ce style.

La Tante Pearl haussa les épaules.

— En quoi ça importe ?

— Cela importe beaucoup. L'implication de Hazel dans un triangle amoureux avec la victime du meurtre lui donnerait un mobile de meurtre. Elle n'a peut-être même pas d'alibi.

Je me remémorai le commentaire de la Tante Amber indiquant que la dernière fois qu'elle avait vu Hazel c'était à dix-huit heures, heure de Londres, ce qui équivalait à neuf heures de moins, soit neuf heures du matin à Westwick Corners heure locale. Comme les voyages des sorcières avaient une durée pratiquement instantanée, Hazel aurait eu elle aussi un moyen de tuer Sébastien, et ses allées et venues n'étaient pas connues. Une autre suspecte.

Super.

— Sauf que le tueur était un homme, pas une femme, observa Pearl.

— Tu en es absolument sûre ? Tu m'as avoué avoir mal vu l'individu à la capuche.

— J'en ai assez vu pour savoir que c'était un homme, dit la Tante Pearl.

— Dommage que Hazel ne soit pas là. Peut-être qu'elle aurait pu nous éclairer là-dessus.

— Demande-moi tout ce que tu veux.

La Sorcière Hazel était ici, sur le seuil de la porte, avec ses soixante-dix ans bien comptés. Elle avait un jogging presque identique à celui de la Tante Pearl, sauf en ce qui concernait quelques lignes pailletées qui suivaient les coutures externes de son pantalon. Un béret noir était posé, avec une élégante désinvolture, sur ses cheveux d'argent. Je devinais que pour le moment elle n'était pas sous les traits de son alter ego.

— Qu'est-ce que vous faites ici ?

— J'essaie de sauver la ville, comme Pearl, décréta Hazel en tapant de sa baguette contre les panneaux de bois du sol comme pour en ôter les toiles d'araignées. En parlant de ça, on aurait bien besoin de ton aide.

CHAPITRE 22

J'étais encore sous le choc à l'idée d'avoir devant moi la Sorcière Hazel. La Tante Pearl et elle étaient côte à côte près du tableau noir, comme des amies de longue date. Il était évident qu'elles s'étaient enfin réconciliées et que leur relation était revenue à la normale. Enfin, à ce qui constituait la notion de « normal » pour elles. J'étais soulagée que leur guerre de plusieurs mois se soit enfin finie.

— Nous avons décidé de laisser au passé ce qui est au passé, m'annonça Hazel, radieuse, en regardant Pearl.

— C'est une super nouvelle, observai-je. Tant que vous y êtes, vous pourriez en profiter pour ramener Alan à sa forme humaine. Il serait tellement ravi.

— On s'occupera d'Alan plus tard. Commençons par les choses les plus importantes, me répondit la Tante Pearl en chassant ma suggestion d'un geste de la main. On a peu de temps pour arrêter Tonya.

Mais j'avais des questions à poser à Hazel qui ne pouvaient attendre.

— Vous êtes restées ici toute la journée, vendredi ?

Cela aurait tout changé, tout, puisque cela signifiait que Hazel était présente en ville à l'heure du meurtre de Plant. Ce qui signifiait également qu'il n'y avait pas que deux sorcières, mais trois, à pouvoir avoir un mobile pour tuer Plant. Hazel acquiesça.

— J'étais avec Pearl depuis à peu près neuf heures et demie.

— C'est elle mon alibi, Cen. Je ne pouvais pas l'avouer au shérif, parce qu'elle m'a fait promettre de ne dire à personne qu'elle était en ville.

Mon visage s'éclaira quand je compris que la Tante Pearl avait un alibi, mais je compris presque aussi vite qu'il était pratiquement nul.

— Vous aviez toutes deux un mobile suffisant pour tuer Sébastien. Entre toi qui voudrais te débarrasser du tourisme et Hazel qui fait partie, enfin faisait partie, de ce triangle amoureux. Que vous soyez ensemble représente peut-être plus une complicité qu'un alibi.

Hazel fit non de la tête.

— Seb avait prévu de quitter Tonya pour moi. Elle ne doit pas savoir que je suis ici. En tout cas pas avant qu'on n'ait pu la neutraliser. Elle est très dangereuse à l'heure qu'il est.

— Tante Pearl, je croyais t'avoir entendue dire qu'elle n'était pas très bonne sorcière ? Vous pourriez sans l'ombre d'un doute l'écraser en termes de pouvoir.

— On pourrait, mais on ne peut pas écraser l'opinion publique. Elle est très douée quand il s'agit de manipuler les faits et de ranger les gens… Et les sorcières… De son côté. Les gens ne se rendent pas compte qu'elle va jusqu'à annihiler des vies pour parvenir à ses fins. Nous devons lui faire retomber ce crime dessus, et on a besoin de ton aide, Cen. Tu dois révéler au grand jour que c'est elle la meurtrière.

— Pourquoi moi ? Contentez-vous d'aller parler au shérif et de cracher le morceau, répondis-je, n'ayant aucune envie de me retrouver au milieu de leur plan farfelu. Tante Pearl, c'est toi qui les as inscrits. Si Sébastien était saoul à ce point, comment a-t-il pu se retrouver tout seul dehors en pleine nuit ?

— Sébastien était saoul ? S'écria Hazel en empoignant le bras de la Tante Pearl. C'est impossible. Il ne touche jamais à l'alcool.

— Il était saoul, sans l'ombre d'un doute, grommela Pearl. Il bredouillait et arrivait à peine à rester debout.

— Et pourtant il est allé au pavillon, dis-je. Il était toujours saoul plusieurs heures plus tard quand il s'est disputé avec l'homme mystérieux avec qui il s'est battu au pavillon. S'il était vraiment en aussi mauvais état, comment aurait-il réussi à aller au pavillon ?

La plupart des soûlards se seraient contentés de s'évanouir.

— Tonya lui a fait quelque chose, je le sais, c'est tout, protesta Hazel. Il faut que tu fasses enquêter le shérif sur elle.

— Je n'en ferai rien, dis-je. Tante Pearl, il faut vraiment que tu ailles dire la vérité au shérif. Tu ne fais que lui faire perdre son temps avec tes tactiques évasives et tu te donnes un air coupable au passage.

Ma tante fit non de la tête et jeta un regard à Hazel dans l'expectative. C'était ça l'étrange dans leur relation, Tante Pearl ne s'en remettait jamais à personne, mais elle respectait immensément Hazel.

— Nous ne te demandons pas de faire quoi que ce soit qui soit faux, dit Hazel. Contente-toi d'orienter le shérif dans la bonne direction, et on s'occupe du reste.

— Qu'est-ce que vous entendez par 'le reste'?

Je craignais de demander ce qu'elles s'apprêtaient à faire. Mais parfois la connaissance était chose dangereuse.

— La réponse ne te plaira pas, Cen. C'est la loi du silence, répondit la Tante Pearl.

J'acceptai à contrecœur de mettre notre plan en action dès que j'aurais eu mon petit-déjeuner. Une chose était claire comme de l'eau de source. Il fallait que j'arrive à éclaircir les choses avant le shérif Gates.

e suivis la Tante Pearl dans la salle à manger de l'Hôtel, toujours grognonne à l'idée d'avoir perdu deux heures de ma journée dès le départ à l'École de Charmes de Pearl. Ces deux heures avaient produit des résultats intéressants, mais au détriment de mon petit-déjeuner. J'avais épouvantablement faim et j'étais prête à tuer pour une dose de caféine.

Sauf que je ne pouvais me risquer à manger dans la salle à manger si les accusations de la Tante Pearl et de Hazel au sujet de la potion de Tonya étaient vraies. Mon estomac gronda en signe de protestation.

Je cherchai dans ma poche et touchai le reçu de Walmart. Je fis une revue mentale de la liste des articles et m'arrêtai à l'antigel. L'élément principal de l'antigel était l'éthylène glycol, une substance toxique qui était également de l'alcool. C'était une forme létale d'alcool, mais qui produisait sans l'ombre d'un doute les mêmes symptômes qu'un excès de beuverie.

Sébastien Plant ne buvait pas d'alcool, mais il avait peut-être sans le savoir ingéré de l'antigel. Je me rappelai en sursaut la poubelle de la chambre des Plant. Et si la bouteille à moitié vide de Gatorade au citron n'était pas ce qu'il y semblait ?

Le reçu de Walmart me parut être en train de brûler dans ma poche, et j'étais anxieuse à l'idée de le remettre au shérif. Je ne voulais pas faire comme la Tante Pearl et omettre des pièces précieuses d'indice, surtout un indice potentiel qu'on avait ôté sciemment de la chambre des Plant. C'était un indice très puissant, puisque les magasins Walmart avaient aussi des caméras de surveillance. Et même si nous avions ôté les reçus de la chambre des Plant en les rendant invalides en tant que preuves, les caméras auraient pu lier cet achat à Tonya.

La Tante Pearl fila droit vers la cuisine, et je fonçai en ligne droite vers le petit comptoir à l'extérieur de la porte de la cuisine. J'inhalai l'arôme riche du café fraîchement moulu et me versai une belle tasse fumante.

Enfin.

Je sirotai mon café noir puissant et analysai la pièce. Je manquai de m'étouffer en repérant le Shérif Tyler Gates assis à une table solitaire. Je commençai à me diriger vers lui pour lui donner le reçu, quand je vis qu'il n'était pas seul.

Il était assis en face de Tonya Plant dans la salle à manger, en me tournant le dos. Le visage de Tonya était clairement visible. À première vue elle semblait accablée de chagrin. Je ne lui aurais pas prêté plus d'attention sans les soupçons de Hazel et de la Tante Pearl.

Elle tamponna ses yeux avec un tissu, mais même à six mètres d'elle je remarquai son maquillage et sa coiffure parfaites. Selon son langage corporel, elle n'avait strictement rien d'une hystérique ni même l'air de quelqu'un qui avait pleuré. Et elle avait mangé tous ses œufs Bénédicte. Tout le monde avait une manière différente de faire son deuil, mais peu d'épouses portant encore le noir peuvent réussir à finir un copieux petit-déjeuner de la sorte.

J'essayai de m'imaginer comment je me sentirai si quelque chose devait arriver à Brayden. Même maintenant, avec cette intention que j'avais de reconsidérer le mariage, je n'arrivais pas à m'imaginer en train de m'asseoir à la table du petit-déjeuner si quelque chose lui était arrivé. Je serais inconsolable de chagrin, incapable de parler ou de faire quoi que ce soit. Je ne serais certainement pas en train de récupérer la sauce hollandaise de mon assiette avec du pain.

Mon estomac persista à vouloir gronder jusqu'à ce que je me rappelle des plans secrets de Tonya qui comptait nous ensorceler avec sa potion magique qui nous priver de nos pouvoirs. Je ne pouvais risquer de manger quoi que ce soit qui puisse être contaminé. Je m'en décrochai la mâchoire de choc en me rendant compte qu'elle aurait pu empoisonner le café que je venais de boire. Je grimaçai en songeant à Sébastien Plant et à l'antigel.

Le coin café était dans la salle à manger juste en face de la porte de la cuisine. Il était facilement accessible par tous les invités. Elle ne verserait probablement sa potion dans le café à un endroit où tous les autres invités risquaient aussi de l'ingérer.

Et pourquoi pas ? La potion n'affecterait personne d'autre que les sorcières. Je sentis un goût amer dans ma bouche en me rappelant que j'avais déjà ingéré du café.

Je plaçai ma tasse sur le comptoir en les observant à la table. Je luttai pour écouter leur conversation, mais c'était presque impossible au-dessus du brouhaha ambiant de la salle à manger.

Je m'emparai de la carafe de café et me dirigeai vers leur table. Le plateau-repas de Tonya était aussi vide que la panière à pain. Elle était en train de parler, tout en basculant distraitement sa tasse de café. Le Shérif Gates n'avait qu'un café vide en face de lui.

— Madame Plant, je suis vraiment désolée pour votre mari. Est-ce que vous voudriez encore un peu de café ?

Tonya acquiesça.

Je pris la tasse de café de Tonya au ralenti, déterminée à rester à la table aussi longtemps que possible. Tonya se retourna vers le shérif et laissa sortir un petit sanglot.

— Comme je vous le disais, je n'avais même pas réalisé son absence. J'étais trop occupée à tout décharger. Comme j'avais eu une insomnie la nuit d'avant, j'ai décidé de faire une sieste. J'ai pris un somnifère et me suis endormie en quelques minutes. Il était toujours dans la chambre à ce moment-là.

— Donc vous étiez seule dans votre chambre ? Observai-je en remplissant la tasse de Tonya.

Le Shérif Gates me fusilla du regard.

— C'est moi qui suis supposé poser les questions, si je ne m'abuse.

Je me tournai vers la tasse de café du shérif et la remplis aussi lentement que possible, transformant le liquide noir un mince filet.

— Est-ce que je peux faire autre chose pour vous ?

Tonya Plant sirota son café et leva les yeux vers moi.

— Oui, j'aimerais une petite assiette de fruits pour pouvoir emporter dans ma chambre.

Je poussais un large soupir de soulagement. Le café n'était pas empoisonné puisque Tonya venait d'en boire. Je baissai les yeux vers son assiette vide. Elle avait un bien bon appétit en considérant qu'elle venait de perdre son mari.

Le Shérif Gates leva à son tour les yeux vers moi d'un air interrogateur.

— Oui ? Demandai-je, patiente.

— Vous n'avez rien de mieux à faire ? Vous devez être extrêmement occupée.

Je fis non de la tête.

— Pas vraiment.

Il fallait que je m'attarde ici aussi longtemps que possible. Si les dires de Tonya Plant comme quoi elle dormait étaient vrais, il était compréhensible qu'elle puisse avoir peu de détails. Mais cela la privait aussi d'un alibi.

— Merci, Cendrine, me rétorqua le Shérif Gates sur un ton un peu plus élevé que nécessaire en me chassant d'un geste.

Je retournai avec déplaisir dans la cuisine, où Maman et la Tante Pearl parlaient à côté du grill en chuchotant.

— Est-ce que tu as découvert quoi que ce soit, Cen ?

Maman était d'un naturel inquiet, mais pour le coup elle n'en faisait pas trop. L'Hôtel de Westwick Corners était en danger et de bien des manières. Pourtant, j'avais l'impression distincte que ma tante ne lui avait pas encore tout raconté à propos de Hazel.

— Selon Tonya, elle dormait à ce moment-là, et ne s'est même pas rendue compte que Sébastien avait quitté la chambre.

Mon estomac se mit à gronder en respirant des arômes d'œufs et de bacons cuisant sur le gril.

— Dormait où ? Ils se sont enregistrés il y a à peine quelques heures, protesta Maman.

Je jetai un œil à l'expression coupable de la Tante Pearl et décidai de ne pas passer outre.

— Tu en sais, encore une fois, beaucoup plus long que ce que tu ne dis. À quelle heure se sont-ils inscrits ?

— Ils se sont inscrits hier matin, très tôt, avoua Pearl.

— Mais c'est impossible, dit Maman. Nous n'avons ouvert officiellement qu'hier il y a quelques heures avec nos premiers invités.

La tante Pearl haussa les épaules.

— C'était bien le jour de notre inauguration, et c'est là où ils se sont officiellement enregistrés. Mais ils sont arrivés vers une heure du matin. Tu dormais. Je les ai entendus à la porte et les ai fait entrer. Je leur ai donné une chambre et leur ai juste dit de venir à la réception plus tard dans la matinée.

— C'est un sacré détail que tu nous taisais là, Pearl. On avait nos invités VIP d'arrivés et on n'en savait rien. Quelque chose d'horrible aurait pu se produire.

— Mais quelque chose s'est produit, remarquai-je.

Maman se massa le front comme si elle était en train d'avoir une migraine.

— Pourquoi ne pas l'avoir mentionné plus tôt ? On a un business à faire tourner. Tu ne peux pas t'amuser à tout improviser comme ça.

Au moins la Tante Pearl avait enfin tout avoué à Maman. Je détestais les secrets et je lui en voulais beaucoup de m'avoir attirée dans ses intrigues. C'est vrai, Maman s'inquiétait beaucoup et souvent pour rien, mais nous étions dans ce pétrin ensemble, et elle méritait de savoir ce qui se passait.

Maman appréciait les procédures, les règlements, et ce genre de démarches qui permettaient de tout faire se dérouler correctement et dans l'ordre. Tante Pearl représentait pour elle une source perpétuelle de crises de nerfs en sursis.

Je fis un geste de la main pour passer à autre chose.

— Ce qui est fait est fait. Concentrons-nous sur ce que faisait Sébastien Plant. Selon Tonya, il était parti quand elle s'est réveillée vers huit heures du matin. Si c'est vrai, cela veut dire qu'il est parti entre quatre et huit heures du matin.

La Tante Pearl renâcla.

— Comme si elle allait dire la vérité. Pff.

— Tu as une meilleure idée ?

— Pas vraiment, admit la Tante Pearl.

Maman fit la grimace.

— Comment Tonya a-t-elle pu ne pas remarquer son absence ? La porte de leur suite grince, observa-t-elle, aussi consciente que moi que, malgré nos rénovations coûteuses, il y avait toujours quelques creux et grincements de-ci de-là. Il n'aurait pu sortir du lit sans qu'elle ne le remarque. Ce type était morbidement obèse.

— Elle raconte qu'elle aurait pris un somnifère et qu'elle était complètement K.-O., dis-je.

La Tante Pearl leva les yeux au ciel.

— Mais bien sûr.

— Peut-être qu'elle dormait, ou peut-être qu'elle ment. Nous aurions besoin que quelqu'un corrobore son histoire, dis-je. Est-ce que tu sais autre chose ?

— Elle dormait, c'est vrai. Mais pas toute seule.

Et voilà encore une nouvelle bombe de la part de la Tante Pearl. Sa capacité à se garder des informations pour elle me fit craindre le pire.

— Tu t'es introduite dans leur chambre ? Comment as-tu osé envahir un espace privé ? !

— Calme-toi, Cen. Je n'ai rien fait, me répondit la Tante Pearl avec un petit sourire. J'ai eu un peu d'aide.

— Grand-Mère Vi !

J'étais à la fois furieuse et ravie que la Tante Pearl ait demandé l'aide de la Grand-Mère Vi. Furieuse de cette violation d'espace privé si sale, mais ravie que la visite incognito de la Grand-Mère résulte ainsi en une nouvelle piste. Du moment que la Tante Pearl disait bel et bien la vérité, bien sûr.

La Tante Pearl acquiesça.

— Ta grand-mère s'ennuyait à mourir dans ta cabane en désordre, alors elle est venue nous rendre une visite.

J'étais déjà vexée que Pearl fasse référence à mes capacités de maîtresse de maison, mais aussi agacée des escapades nocturnes secrètes de la Grand-Mère Vi.

— Qui était avec Tonya dans sa chambre ?

— Est-ce que j'ai mentionné une seule fois qu'ils étaient dans sa chambre à elle ?

— Pearl, viens-en aux faits, pesta ma mère qui arrivait à bout elle aussi. Où était Tonya et avec qui ?

J'avais le vertige. La douzaine de chambres d'hôtes que nous avions était entièrement pleine. Tonya avait dû rejoindre un autre invité, mais qui ? Entre cette liaison, ce mariage en péril et ces ambitions sans fin de sa part, tout cela ne faisait qu'accroître le mobile que Tonya aurait pu pour commettre ce meurtre. Pourtant, la Tante Pearl était certaine que le tueur du pavillon était un homme, pas une femme.

— Elle était avec un homme qui n'était pas son mari, répondit la Tante Pearl en chantonnant le thème d'un jeu télévisé. Vous voulez essayer de deviner ?

Je levai les yeux au ciel en me tournant vers ma tante.

— Si tu nous donnais une réponse claire pour une fois.

— Moi, je m'amuse bien, observa la Tante Pearl, mais apparemment pas toi, donc je vais te le dire. Tonya était dans la chambre d'un autre homme. Et ils ne parlaient pas vraiment, si tu vois ce que je veux dire.

— Ils étaient en train de coucher ensemble au moment où Sébastien est allé au pavillon ? M'étouffai-je avec un cri, incapable de croire au fait que j'étais vraiment en train de discuter de ça avec ma mère et ma tante.

Mais enfin, je ne me serais pas attendue à tout cela il y avait à peine vingt-quatre heures.

— Arrête de jouer, Pearl, rétorqua ma mère. On a un meurtre le jour de notre inauguration, et le suspect principal, c'est toi. SI tu sais quoi que ce soit, il faut que tu parles.

— Surtout si ça diffère des dires de Tonya.

J'entrouvrais la porte vers la salle à manger et jetai un œil. Tyler Gates était toujours assis avec Tonya Plant. Il prenait des notes en quantité, et gribouillait comme un fou furieux dans son carnet.

— Dépêche-toi, Tante Pearl, il faut que tu l'interceptes avant qu'il ne parte.

La Tante Pearl croisa les bras.

— Je ne parlerai pas à cet homme.

— Oublie ton amende, protestai-je. Tu es pour ainsi dire le seul suspect à l'heure qu'il est. Et ça va continuer à empirer à moins que tu ne te décides à parler. Ce n'est pas le moment de faire entrer en jeu ses petits différents.

— Une amende de cinq cents dollars, ce n'est pas petit. Il va falloir que je prenne des étudiants en plus si je veux joindre les deux bouts.

J'aurais aimé pouvoir lui cracher au visage qu'elle méritait chaque centime de cette amende, sauf qu'aggraver cette dispute n'aurait fait qu'empirer les choses.

— Tu ne risques pas d'avoir d'étudiants si on te déclare coupable de meurtre.

— Mais pourquoi faire une chose pareille ? Pour quelle raison voudrait-on faire accuser Pearl ? Se lamenta Maman en secouant la tête. Cela risque de provoquer la mort de la ville tout entière.

— Tout ce qu'elle aurait à faire pourtant ce serait de tout dire au shérif pour se laver de tout soupçon, déclarai-je en dévisageant fixement ma tante.

Maman était aveugle quand il était question de sa sœur. Elle considérait Pearl comme une victime plutôt qu'une personne effrontée et irresponsable.

— Arrête de te montrer aussi dramatique, Ruby. Tu es comme le reste des gens de cette ville – à en faire tout le temps trop, comme tout le monde, souffla la Tante Pearl en secouant la tête.

Je levai les mains en l'air.

— Tu parles d'en faire trop. C'est toi la pyromane qui a essayé de mettre le feu au pavillon. Tu sabotes toujours tout pour arriver à tes fins. Peut-être que toi tu aimerais bien effacer notre ville de la carte en brûlant le panneau sur l'autoroute, mais les autres gens eux ont de l'importance, eux aussi. Si je ne te connaissais pas mieux, moi aussi je te soupçonnerais de meurtre, comme le shérif.

Il ne l'avait pas qualifiée explicitement de suspecte, mais il fallait que je fasse peur à la Tante Pearl. Ses magouilles et sa tendance à se garder ses informations pour elle ne faisaient que ruiner nos chances de succès et mettaient en danger le futur entier de la ville.

La mâchoire de Maman se décrocha sous le choc de ma tirade. Peut-être que j'en avais trop fait, mais l'attitude que la Tante Pearl avait, à toujours vouloir s'attirer l'attention de tout le monde sans coopérer, me frustrait.

— Je n'arrive pas à imaginer que quelqu'un comme Tonya puisse vouloir... Ou puisse, tout simplement, tuer son mari. Nous ne pouvons l'accuser sans preuve, soupira Maman. J'ai de la peine pour elle. Nous l'avons invitée ici ainsi que Sébastien, et voilà qu'il est assassiné. C'est notre faute, en un sens. On devrait être plus gentils avec elle.

— Mais, et la potion qu'elle comptait utiliser pour le petit-déjeuner ?

Je trouvai la sympathie de Maman mal placée, vu les plans de Tonya qui visaient à nous ensorceler.

— Cen est un peu perturbée, répondit la Tante Pearl en m'agrippant l'épaule d'une main osseuse.

Je commençai à protester, mais la prise de la Tante Pearl se resserra. Alors je compris que son accusation de potion de Tonya n'était qu'un autre mensonge. Maman ne savait rien de cette histoire de prétendue potion de Tonya pour nous rendre impuissantes. Maman ne savait sûrement pas non plus pour Hazel.

Je foudroyai la Tante Pearl du regard.

Elle se moquait de nous.

— Tu es tellement aveuglée par les raisons des gens, Ruby. Réveille-toi. Tonya est coupable. Tout a commencé par ce stupide panneau de l'autoroute. Il faut s'en débarrasser.

— Peut-être que tes clients pour ton École de Charme n'ont pas besoin de voir un panneau sur l'autoroute pour venir, mais les touristes oui, rétorquai-je. Eux, injecteraient de l'argent dans notre petite économie locale. Tes élèves dépenseront à peine un centime.

Les sorcières étaient, de notoriété publique, radines. À quoi cela aurait-il servi de dépenser de l'argent pour quelque chose que vous pouviez conjurer ? Maman s'interposa entre nous.

— Allons, allons, Mesdames. Restez correctes l'une envers l'autre. Se battre ne nous mènera nulle part, décréta-t-elle avant de se retourner vers moi. Cen, tu ne crois pas vraiment que le shérif suspecte Pearl, n'est-ce pas ? Il doit avoir aussi d'autres pistes.

Je haussai les épaules.

— Elle a un mobile. Elle ne veut pas de tourisme. Elle l'a fait savoir assez clairement en brûlant le panneau de l'autoroute. Et elle refuse de coopérer. Cela dit, c'est principalement à cause du fait qu'on a retrouvé sa baguette dans le pavillon.

La Tante Pearl n'avait de toute évidence rien avoué à Maman de la visite de Hazel et de ses soupçons sur Tonya non plus. Ce qui m'ennuyait.

— La Tante Pearl restera suspecte jusqu'à ce qu'on découvre le vrai tueur.

Maman secoua la tête.

— J'aimerais tellement que tu arrêtes de faire autant l'idiot, Pearl. Il n'y a pas de raison qui nous empêche de coexister. Tu peux toujours gérer l'École de Charmes de Pearl, bien sûr, mais il faudra le faire discrètement. Tu crois pouvoir y arriver ?

Pearl acquiesça lentement.

Même si elle essayait toujours de cacher les choses à sa sœur cadette, elle l'écoutait, toutefois.

— Ce serait d'ailleurs un bon moment pour aller rafraîchir la chambre de Tonya, déclara Maman en tapotant l'épaule de Pearl. Quelques fleurs seraient du plus bel effet.

Cela me semblait être une idée absolument stupide, mais je savais que Maman essayait juste d'occuper Pearl. Cela me surprenait qu'elle ne soit pas non plus au courant que Tonya était une sorcière, mais je n'osais rien dire. Les choses pourraient se détériorer rapidement, et je ne voulais pas tenter le diable.

CHAPITRE 24

J'avais été si distraite en pensant à la Grand-Mère Vi qui jouait à la détective ou à l'homme mystère qui était avec Tonya que j'avais complètement oublié son assiette de fruit. J'assemblai un généreux assortiment de raisins, de melons cantaloup et de melons d'Espagne en plus d'un peu de fromage et me dirigeai de nouveau vers la salle à manger.

Tonya Plant sourit en me voyant m'approcher. Son expression sereine semblait mal placée en considérant son deuil récent. Elle s'arrêta au milieu de sa phrase quand je m'approchai de la table et posai l'assiette devant elle.

— Merci, Cendrine, dit le Shérif Gates. Ce sera tout.

J'acquiesçai et m'écartai de quelques foulées vers la table d'à côté où je m'occupai à ajuster les couverts. J'attendis que Tonya recommence à parler mais elle ne le fit pas. J'arrivai vite à court de choses à faire.

Je sentis des yeux m'observer fixement, et me retournai pour apercevoir le Shérif Gates qui me foudroyait du regard. J'allais à la table suivante.

Tonya recommença à parler, mais sa voix était si douce que je dus tendre au maximum mes oreilles pour entendre quoi que ce soit. Je fis tomber une fourchette par terre et sursautai à cause du bruit.

Tonya s'arrêta au milieu de sa phrase au moment où je récupérai la fourchette. À l'instant où je me redressais, je levai les yeux et rencontrai son regard furieux.

Le Shérif Gates se retourna sur son siège. Tous deux me foudroyèrent du regard.

— Quoi ?

— Est-ce que cela vous dérangerait de nous laisser un peu seuls, Cendrine ? Demanda Tyler Gates en faisant un signe de tête vers la cuisine.

— Euh, oui, pardon.

Je me retirai au coin café pour y remplir ma tasse. J'étais trop loin pour entendre quoi que ce soit d'autre que des bribes de conversation. Tonya indiquait s'être inscrite au registre vendredi matin très tôt, ce qui corroborait la version des événements de la Tante Pearl, même si elle prétendait avoir oublié l'heure exacte. Enfin, on touchait à la vérité.

Je ne voyais pas l'expression du shérif, alors je n'avais aucun moyen de savoir s'il croyait Tonya ou non. Il était essentiel pour moi d'obtenir la version des faits de Tonya. Le shérif avait affaire à une sorcière et n'en savait rien, et il avait donc besoin de mon aide. C'était le seul moyen de valider ou réfuter les dires de cette sorcière et d'arriver à la réalité des choses.

Je me sentis revivre en me rendant compte que je pouvais toujours venir reremplir les flacons de condiments. J'attrapai les conteneurs du sel et du poivre et retournai à la table derrière le shérif. Je marchai doucement pour éviter tout contact visuel avec Tonya. Je priais pour qu'elle continue son histoire sans signaler au shérif ma présence derrière lui.

— Seb voulait aller faire une promenade, dit Tonya. Mais j'étais fatiguée, alors je lui ai dit d'y aller sans moi.

À quatre heures du matin ? Mais bien sûr.

— Quelle heure était-il ? Demanda le Shérif Gates en reculant dans sa chaise et en croisant les mains derrière sa tête.

Je me figeai. Ses bras étaient à quelques centimètres de moi et avaient l'effet de me piéger entre sa chaise et ma table. Je retins ma respiration et essayai de ne faire aucun bruit. Si Tonya s'en apercevait, elle n'en fit toutefois pas montre parce qu'elle continua à parler.

— Aux environs de huit ou neuf heures du matin, je crois. J'avais pris un somnifère vers cette heure-là, alors je m'endormais.

La voix de Tonya était puissante et claire, loin du souffle brisé qu'une veuve en détresse aurait dû avoir.

— Et vous avez dormi jusqu'à quelle heure ?

— Je ne sais pas… Vers à peu près trois heures, quelque chose comme ça. Je me suis réveillée peu avant de vous voir arriver dans ma chambre.

— Et vous n'avez vu personne durant ce temps-là ?

— Non.

Selon la Grand-Mère Vi, Tonya était avec un autre homme à partir de midi. En supposant que la théorie de Grand-Mère était la bonne, le shérif venait de prendre Tonya en train de mentir. Sauf qu'il ne le saurait jamais, à moins que je ne trouve un moyen de réfuter l'histoire de Tonya. Je devais démasquer cet homme mystère. Je devais aussi trouver des empreintes sur le reçu de Walmart. Le bidon d'antigel était important aussi, mais j'avais peut-être déjà une preuve liquide à l'intérieur de la bouteille de Gatorade. J'étais perdue dans mes pensées, et ne m'étais pas rendu compte du fait que je m'étais tourné vers eux, jusqu'à ce que mon regard ne croise celui du Shérif Gates.

Il se retourna dans son siège pour se mettre face à moi.

— Vous ne pouvez pas rester ici pendant que j'interroge Madame Plant, Cendrine.

Ses yeux chocolat chauds étaient rivés sur les miens.

— C'est-à-dire que je ne peux pas vraiment m'en aller. Vous êtes dans mon restaurant. Je travaille ici.

Le shérif se leva et me congédia d'un signe de main tandis que Tonya me gratifiait d'un regard noir et glacé. Je sentis comme une lame me poignarder de peur. Je ne pouvais lui donner le reçu en face d'elle, mais il ne semblait pas que Tyler Gates partirait bientôt. Plus long il restait, plus long cela prendrait avant que je puisse l'orienter vers une nouvelle piste. Le shérif avait un désavantage terrible s'il ne recevait pas d'aide de la part de quelqu'un qui avait une vue d'ensemble de la situation. Et ce quelqu'un était moi.

* * *

JE LES SURVEILLAI du pas de la porte de la cuisine tandis que le Shérif Gates reprenait sa place en face de Tonya Plant. J'augmentai par magie la portée de mon oreille jusqu'à atteindre un volume adéquat pour récupérer des bribes de conversation. Si elle était aussi manipulatrice que le disaient Hazel et la Tante Pearl, je n'avais d'autre choix que d'utiliser ma magie pour l'écouter et enfin savoir ce que Tonya manigançait. Cela ne m'était même pas venu à l'esprit auparavant que je pouvais utiliser ma magie pour amplifier mon ouïe. Une fois que j'en eus l'idée, du reste, cela me prit plusieurs longues minutes parce que j'étais tellement rouillée en matière de magie que j'en avais oublié la moitié du sort. Si seulement j'avais pensé à utiliser ma magie auparavant, j'aurais pu être bien plus discrète.

— Cendrine !

Je manquai d'en sauter au plafond.

— Tu m'as flanqué les jetons ! Pourquoi tu me hurles dessus comme ça ?

La Tante Pearl grimaça.

— Je ne criai pas. Tu ne serais pas en train d'utiliser tes pouvoirs extrasensoriels sur le shérif, n'est-ce pas ?

Prise la main dans le sac.

— C'est une urgence.

— En quoi est-ce que ton urgence est différente de mes urgences ? Demanda la Tante Pearl en croisant les bras. Tu me qualifies de fauteuse de troubles. Mais et toi, regarde-toi, miss j'obéis-aux-règles. Toi, tu as le droit d'utiliser ta magie, mais pas moi ?

— J'ai des circonstances atténuantes, Tante Pearl.

Maman se tourna vers nous depuis le grill.

— Serais-tu en train d'espionner quelqu'un ?

— Bien sûr que non, protestai-je.

— Bien sûr que si, répondit la Tante Pearl.

— Oui mais je le fais pour t'aider, parce que tu n'es pas fichue de le faire toi-même, rétorquai-je.

Maman secoua la tête, déprimée.

— N'avions-nous pas convenu de ne pas utiliser de magie à portée des invités ?

— Je n'ai pas le choix. La Tante Pearl reste l'un des suspects principaux du crime à cause de son amour pour le feu.

Maman leva les yeux au ciel.

— Ne me dis pas que tu es encore en train de remettre cette histoire de panneau autoroutier sur le tapis. Vraiment, Cendrine, on dirait un chien avec un os. Tu n'abandonnes jamais.

— Ruby a raison, dit la Tante Pearl. Tu t'en prends toujours à moi. Témoigne donc un peu de respect à tes aînés.

Je levai les mains en l'air, exaspérée.

— Et pendant qu'on se dispute, Tonya est en train de comploter pour ruiner la ville. Non seulement elle se débarrasse de son mari mais aussi de l'homme qui aurait pu enfin placer le nom de Westwick Corners sur une carte. Elle l'a tué, j'en suis sûre. Mais tout ce qui se passe jusqu'ici incrimine la Tante Pearl, sifflai-je avant de me tourner vers ma tante : elle essaie de te faire porter le chapeau.

Maman s'en décrocha la mâchoire.

— Ils ne croient tout de même pas que Pearl…

Pearl écrasa son pied par terre.

— Je suis une sorcière, bon Dieu. Je n'ai pas besoin d'assassiner qui que ce soit. Il y a des moyens bien plus simples pour se débarrasser de quelqu'un.

— Le shérif n'en sait rien. Il ne sait strictement rien de toutes ces histoires de sorcières, de vortex, ou de surnaturel. Est-ce que vous voyez ce que je veux dire ? Protestai-je avant de tourner de nouveau mon attention sur Tonya Plant et le shérif.

— Va raconter au shérif ce que tu sais, Pearl.

La voix de Maman était montée d'un cran et je voyais bien qu'elle était bouleversée.

— J'y réfléchirai, dit Pearl. Mais d'abord j'ai du nettoyage à faire.

Et elle se tourna et partit avant qu'on n'ait même pu essayer de l'arrêter.

Je ne croyais pas une seconde que Tante Pearl puisse être la coupable, mais elle se comportait quand même beaucoup trop comme telle.

La Tante Pearl avait dit que Tonya était allée retrouver un autre homme, mais elle refusait de dire qui. Si elle refusait de parler, j'avais alors d'autres moyens de le découvrir.

CHAPITRE 25

Je ne pouvais plus espionner Tonya Plant ou le shérif sans me faire repérer, mais je pouvais par contre en découvrir plus sur l'homme avec qui elle était. Je me dirigeai vers la réception et sortis le registre.

Presque toutes les chambres d'invités étaient occupées par des couples sauf trois. Une était occupée par deux femmes et une dernière par une femme seule. La troisième était occupée par un certain Jack Tupper III. C'était un coup de chance de ne trouver qu'une seule chambre avec un seul invité homme. C'était un peu osé de ma part d'ignorer également les hommes qui n'étaient pas seuls, mais j'avais l'intuition que ce Jack était le bon.

Mon pouls s'accéléra quand je remarquai le numéro de la chambre.

C'était l'ancienne chambre de Grand-Mère Vi. Cette même chambre dans laquelle elle jurait avoir vu Tonya avec l'homme mystère.

Eh bien, ce n'était plus un mystère.

L'homme que voyait Tonya en secret était certainement Jack Tupper III.

Je ne reconnaissais pas ce nom si prétentieux, mais c'était assez pour pouvoir en découvrir plus sur lui et sur ses allées et venues au moment du meurtre. Je fermai le registre, ravie de ma trouvaille.

Si les dires de Pearl sur leur rendez-vous galant étaient vrais, Jack connaissait très certainement Tonya avant de visiter l'Hôtel. En fait, il l'avait probablement suivie ici. Peut-être que c'était lui l'homme à la capuche du pavillon.

Une fois que j'aurai dévoilé la nature de la liaison entre Tonya et lui, je pourrai le porter à l'attention du shérif sans être trop indiscrète. Tonya nierait sans l'ombre d'un doute cette liaison, et je ne pourrais raconter au shérif que le fantôme de la Grand-Mère Vi les avait espionnés. Mais il devait bien y avoir des indices que le shérif pourrait trouver, comme un historique d'appels téléphoniques, par exemple. Tout ce qu'il me restait à faire c'était de dénicher des preuves pour détourner l'enquête de la Tante Pearl vers une piste qui mènerait au véritable tueur.

Je retournai dans la salle à manger, impatiente de partager mes découvertes avec Maman. J'arrivai à la porte et m'arrêtai en plein mouvement après un regard jeté à la salle à manger tout entière. Brayden était assis à quelques tables du shérif et de Tonya Plant. J'appréhendai de devoir avoir « une certaine discussion » avec lui, mais il fallait que je m'en occupe rapidement. Le voir m'avait rappelé toute cette histoire. Je n'étais toutefois pas impatiente de le faire. Annuler le mariage n'était pas un acte bénin, et nous romprions probablement à cause de cela.

Enfin, rompre ou pas rompre, je ne savais même plus ce que je voulais. En fait, je n'étais plus sûre de rien. Je ne savais pas si je l'aimais encore, ou si je l'avais jamais vraiment aimé, du reste. C'était mon premier et seul petit ami, et jusqu'ici je n'avais jamais envisagé de futur sans lui. Tout m'avait semblé être organisé d'avance.

Heureusement Brayden n'était pas seul, donc je pourrais remettre ça à plus tard encore un peu plus longtemps. Un homme avec une chevelure blond vénitien relativement peu naturelle d'aspect était en face de Brayden, et me tournait le dos. C'était sans l'ombre d'un doute l'homme que j'avais vu la nuit dernière dans le vignoble. Il avait fait noir, mais cet homme avait la même silhouette mince et athlétique.

Brayden croisa mon regard immédiatement et sourit. Il me fit signe de venir.

— Cen, voici mon ami Jack. Il est de Shady Creek, et il reste dormir ici, dit-il en faisant signe vers l'homme bronzé qui devait avoir la trentaine, à l'autre bout de la taille. Jack, voici Cen. Sa famille est la gérante du coin.

Je restai bouche bée en attendant que les synapses de mon cerveau reprennent le contrôle. Cela devait être ce même Jack qui avait dormi dans l'ancienne chambre de la Grand-Mère Vi.

Jack se leva pour venir me serrer la main droite avec sa gauche, après avoir fait un signe d'excuse en direction de sa main droite bandée. Il était un peu plus grand que Brayden et avec quelques années de plus, et émanait une écrasante aura de supériorité.

— C'est pittoresque, ce petit coin. Quand est-ce que vous ferez des rénovations ? Cela ne serait pas trop mal avec un petit lifting.

— C'est très bien comme ça, répondis-je en grondant face à cette insulte intentionnelle.

Même si Brayden ne lui avait pas parlé de notre inauguration, elle était annoncée partout dans le bâtiment. Il était forcément au courant que nous avions tout rénové, en tant qu'invité.

Brayden m'adressa un regard sévère.

Je les foudroyai tous deux du regard en réponse tandis que mon estomac se mettait à gronder pour me rappeler qu'il me fallait de la nourriture.

— Si on aime ce genre de look, en effet.

Jack rejeta la tête en arrière et éclata de rire. Sa chevelure parfaitement coiffée ne bougea pas d'un iota. Il sortit une carte de visite de sa poche de chemise et me la tendit.

— Appelez-moi si vous êtes intéressées à l'idée de vendre. Je vais être honnête envers vous, cela dit. Cet endroit n'est bon qu'à être rasé sa seule valeur réside sur son terrain. Heureusement pour vous, cependant, nous sommes toujours intéressés par les grandes demeures comme la vôtre.

La carte de visite le présentait sous le nom de Jack Tupper III, Vice-Président Senior, Développement Immobilier, Centralex.

Ma mâchoire se décrocha quand je fis le lien entre Jack, les plans dans la suite de Tonya, et leurs affaires nocturnes dans le vignoble. Peut-être que ce que je réalisai encore plus durement, ce fut la malhonnêteté de Brayden envers moi.

— Nous n'avons aucune envie de vendre.

Je mourrais d'envie de courir dans la cuisine pour aller tout raconter à Maman. Cela ne nous aurait en aucun cas aidées cependant, alors je me fis violence pour rester calme et en extirper autant d'informations que possible. Jack était de toute évidence le complice de Tonya, et apparemment son amant aussi.

Jack secoua la tête.

— Votre business ne survivra pas une fois que nous aurons ouvert notre nouvel hôtel, son centre de conférence, ou encore le nouveau supermarché. Ou un casino. La seule raison pour laquelle vous avez encore du travail pour le moment c'est que vous êtes la seule boutique de la ville.

Mon visage s'empourpra et je dus lutter pour rester calme. Ce type avait un sacré culot de venir me dire que notre business était condamné à la faillite toute en étant en train de mâcher le special breakfast de Maman. Je savais aussi des plans dans la chambre de Tonya que Centralex avait l'intention de construire sur notre propriété, pas ailleurs. Jack utilisait des tactiques d'intimidation pour obtenir notre emplacement à bas prix. Eh bien, nous n'allions pas nous laisser intimider. Pas tant que je serais là.

Brayden toussa.

— Les plans de Jack incluent la construction à Westwick Corners d'un très grand hôtel.

Je rougis de nouveau. Brayden était encore en train de faire ses manigances, sauf que cette fois c'était en faveur d'une société en compétition directe contre la nôtre.

— Mais on vient tout juste d'ouvrir l'Hôtel. Westwick Corners n'est pas assez grand pour pouvoir supporter un deuxième hôtel.

Le travail de Brayden en tant que maire était d'encourager le business local et le commerce, mais cela n'impliquait pas de devenir le meilleur ami d'un promoteur immobilier. Il n'avait jamais vraiment soutenu l'Hôtel du Westwick Corners non plus, mis à part pour son travail à temps partiel au Witching Post. Quelles faveurs attendait-il de Jack ?

— Ce sera énorme, Cen. L'hôtel aura deux cents chambres, en plus d'une salle de conférences. Ça serait un hôtel de destination, pas juste une petite opération de boutique. Ça fera ressortir le nom de Westwick Corners sur toutes les cartes sans l'ombre d'un doute.

C'était comme si quelqu'un m'avait poignardé dans le dos. La propriété était dans ma famille depuis des générations, et Brayden savait qu'on ne vendrait jamais, peu importe les circonstances. Il savait aussi que nous n'avions pas d'autre moyen pour gagner notre pain. Et pourtant il s'alignait avec un promoteur immobilier. Il avait prévu leur excursion dans le vignoble à dessein durant la nuit pour éviter d'être repéré. Que pouvait-il me cacher d'autre ?

Je rougis en sentant la colère monter en moi. J'allais perdre le contrôle.

— Il faut que j'y aille, décrétai-je en tournant les talons.

Jack m'appela.

— Je vous fais une faveur à l'heure qu'il est, cela dit mon offre ne tiendra que jusqu'à lundi.

— On ne vend pas, répétai-je. On vient à peine de commencer.

— Il y a vraiment de l'argent à se faire là-dessus, Cen, protesta Brayden avec un cri derrière moi.

Je fis non de la tête et continuai ma route.

Brayden apparut soudainement à mes côtés. Il pressait mon bras.

— Je m'arrêterai chez toi un peu plus tard dans la matinée, Cen. Il faut qu'on rattrape ces derniers temps.

— Euh... Je suis un peu occupée pour le moment. Je t'appelle plus tard.

Je pris une profonde respiration et me dirigeai vers la cuisine. Je débattis mentalement pour savoir si je devais oui ou non parler à Maman de la proposition de Jack, et cela avant ou après le déjeuner. Cela allait la mettre en colère, mais il fallait qu'elle sache.

Maman, la Tante Pearl, et la Tante Amber, étaient toutes trois propriétaires de cet endroit. C'était d'autant plus important que Jack ne se soit approché directement d'aucune d'entre elles. Il n'avait parlé qu'à moi, et cela à dessein, bien sûr. La nouvelle, apportée de façon indirecte, amortirait le choc pour ma mère et ma tante à l'idée de savoir qu'un étranger complotait pour rivaliser contre nous. Sauf qu'après avoir lu les plans de Centralex dans la chambre de Tonya, je savais que ce n'était pas du tout son intention. Le vrai but de Jack était de nous voler la terre pour raser notre manoir magnifique et d'époque.

Je jurai sous cape lorsque tout devint brusquement évident. Les histoires étranges que racontait la Tante Pearl sur le vortex étaient vraies, à 100 %. Tonya avait déjà fait affaire avec le plus gros promoteur immobilier du coin, obtenir notre terre n'était qu'une formalité.

L'argent avait le chic pour faire faire aux gens des choses folles. Grand-Mère avait raison non seulement pour la propriété mais aussi pour Brayden. Il plaçait les intérêts de ses propres affaires devant le gagne-pain de ma famille.

J'étais à la moitié du chemin vers la cuisine quand des chaises grincèrent contre le plancher dur du sol, en direction de la table du Shérif Gates et de Tonya. Je fis volte-face vers eux en les voyant se lever. Je devinai qu'il en avait fini avec Tonya pour le moment. Je rebroussai chemin et me dirigeai vers lui, mais Brayden m'intercepta.

— Cen, attends.

Brayden filait vers moi, plateau en main. Ses couverts résonnèrent en se cognant sur sa platée d'œufs et de pain grillés, et il me rattrapa.

— Tu as l'air en colère, on dirait.

— Je t'ai vu la nuit dernière avec Jack, lui dis-je tandis que nous faisions route côte à côte vers la cuisine. Je ne savais pas que tes devoirs de maires t'obligeaient à dévoiler en secret notre chez-nous aux promoteurs immobiliers du coin.

— Ce n'est pas ça du tout, Cen. Tu es en train de tirer des conclusions hâtives.

— Alors pourquoi est-ce que tu te faufilais par ici en pleine nuit ? Tu es obsédé par notre terrain, d'un seul coup.

— Je ne suis pas obsédé, et nous n'étions pas en train de nous faufiler par ici, décria Brayden d'une voix qui monta d'un ton comme nous arrivions à la porte de la cuisine. Jack préfère garder profil bas. S'il montre trop d'intérêt, les prix s'envolent.

— Donc tout ça c'était bien pour obtenir notre terrain, sifflai-je avant de m'arrêter juste à l'extérieur de la porte et lui fis face. Dis à ton ami Jack que notre terrain n'est pas à vendre.

— Tu en fais des tonnes, comme d'habitude, Cen, protesta Brayden en levant les yeux au ciel et en se tournant. Je dois y aller. On en parlera plus tard.

— Oh, et Brayden ?

— Ouais ?

Il s'arrêta mais ne fit même pas l'effort de se tourner vers moi.

— C'est fini pour le mariage.

Brayden fit volte-face et me dévisagea, bouche bée, choqué. Puis, pour la première fois depuis longtemps, il fit l'effort de m'écouter.

CHAPITRE 26

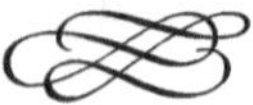

*B*rayden s'assit à la petite table de bistrot qu'il y avait à l'intérieur de la cuisine, juste à côté de l'entrée. Elle était chargée de plats et de provisions à destination du restaurant, mais il parvint tout de même à se dégager un espace pour son plateau et recommença à manger. Il empala un bout de patate sur sa fourchette et la fit tourner dans son ketchup.

— Qu'est-ce qu'il t'arrive, Cen ?

Sa bouche se transforma en une moue spéciale, tout particulièrement conçue pour attirer ma pitié. Cela ne fonctionna pas cette fois. J'étais trop en colère.

— Rien, répondis-je, pour éviter de piquer une crise dans la cuisine de maman où d'autres personnes pourraient nous entendre. Je ne peux pas en dire de même pour toi. Et je ne sais pas ce qu'il t'arrive, mais je n'aime pas ça.

Les yeux de Brayden s'étrécirent et il m'étudia attentivement du regard.

— Quelque chose est très différent chez toi. Tu es tout d'un coup devenue extrêmement négative. Cela te stresse, toutes ces histoires de mariage, décréta-t-il avant de me tapoter l'épaule comme à une enfant.

— Tu as tout à fait raison, dis-je. Ce mariage me paraît bien trop

précipité, alors je veux l'annuler. Après tout ce qui s'est passé dernière-
ment, je me pose des questions.

Brayden se mordit les lèvres.

— On sort ensemble depuis des années, Cen. Pourquoi est-ce que
tout d'un coup ça te semble trop précipité ?

— Il y a quelque chose qui cloche. J'ai besoin de temps pour
réfléchir.

— On n'a plus le luxe d'attendre. Tu aurais dû y réfléchir il y a un an,
au moment de me dire oui.

— Il y a beaucoup qui a changé entre-temps.

Comme le fait que j'avais enfin compris que les aspirations politiques de Brayden passeraient toujours devant moi pour lui, par
exemple. Notre mariage n'était qu'une formalité pour lui. Comme tout
le monde, j'avais juste trouvé logique de finir par l'épouser. Je n'avais
même jamais réfléchi sur ce sujet jusqu'ici, probablement parce que
j'avais peur de faire face à la réalité.

— Qu'est-ce qui a changé ?

— Tu ne pourrais pas comprendre.

Mon attirance envers Tyler Gates ne restait qu'un petit béguin, mais
c'était une manifestation bien réelle du fait que je n'étais pas heureuse
avec Brayden. Je pouvais rembobiner le temps avec des sorts, mais pas
ma vie. Une fois que je choisirai de continuer mon chemin sur celui de
Brayden, il n'y aurait plus de retour. Il avait tout de même fallu un
meurtre lors de ma répétition de mariage pour que je prenne le temps
de reconsidérer ma vie.

Brayden se leva.

— Ne me fais pas ça, Cen. On a deux cents invités de prévus, en
incluant le gouverneur. Tu ne peux pas annuler maintenant, protesta-t-
il en faisant lentement non de la tête. Tu sais de quoi on aura l'air ?

— Je me fiche de ce que le gouverneur ou les autres pensent de nous.
Je ne veux pas continuer.

Toutefois, je ne me fichais pas de ce que penserait ma famille.
Surtout ma pauvre Maman, qui avait travaillé si dur sur chaque petit
détail de ce mariage. J'avais de la peine à l'idée de devoir la décevoir.

— C'est juste que tu es bouleversée à cause de cette histoire de
meurtre et tout, soupira-t-il avant de placer un bras autour de mon

épaule. Écoute, je sais que j'aurais dû aller à cette répétition, mais j'étais trop pris par le travail. Je te jure de faire mieux à l'avenir.

— Le Shérif Gates m'a expliqué que ta réunion sur la surveillance et la sécurité avait été annulée. Tu n'avais rien à faire, et pourtant tu n'as même pas pris le soin de venir à la répétition. Si je ne vaux pas la peine que tu m'accordes un peu de ton temps, pourquoi devrais-je t'épouser ?

— Ce n'est pas juste, Cen. La réunion a été annulée à cause d'un conflit dans mon emploi du temps. C'est la vérité. Jack n'avait qu'une heure de libre dans l'après-midi, alors j'ai dû réarranger un peu le timing.

— Tiens donc ? Sifflai-je, avec une indignation grandissante. Pour aller l'aider à obtenir un terrain à bas prix, sans l'ombre d'un doute, n'est-ce pas ?

La colère brilla dans les yeux de Brayden.

— Tu devrais m'être reconnaissante plutôt de lui avoir donné un certain intérêt pour notre ville. Centralex serait la meilleure chose qui puisse arriver à Westwick Corners depuis très, très longtemps.

Je fulminai en repensant aux grands pas qu'avait faits Brayden autour du vignoble durant la nuit, juste devant ma cabane. Ce fut tout ce que je parvins à faire pour contenir le volume de ma voix.

— Personne ne vend, et nous non plus. Il n'y a rien à vendre en ville, tout le reste ce n'est que des terrains agricoles.

— Tu serais surprise, Cen. Tout le monde vend face au bon prix.

— Tout le monde ? Demandai-je en haussant les sourcils. Shady Creek n'a pourtant pas mordu à l'hameçon.

Brayden dégagea du blanc d'œuf de son assiette avec sa fourchette.

— L'Hôtel de Westwick Corners est trop petit pour rapporter de l'argent à qui que ce soit. Ta famille va se ruiner. La seule chose intelligente à faire ce serait de vendre, parce que des offres comme celles de Jack ne se présentent pas tous les jours. Essaie au moins de l'écouter et de voir ce qu'il a à dire.

Mes joues s'empourprèrent.

— On ne vend pas, surtout juste après avoir fini de tout rénover. Tu devrais le savoir. On dirait que c'est toi qui fais des affaires avec Jack.

— Ne sois pas ridicule. C'est mon travail de maire que d'être à l'affût de nouvelles opportunités. Je travaille à nous procurer ce que nous désirons tous à Westwick Corners – du travail et de la croissance.

— On n'en veut pas à n'importe quel prix.

Brayden nous avait vendus. Les conseillers de la ville avaient tous plus de soixante-dix ans et votaient globalement pour tout ce que Brayden suggérait, et Jack pourrait obtenir tout ce qu'il voulait, d'une façon ou d'une autre.

— Pourquoi Shady Creek a-t-elle rejeté ses plans ?

— À cause des problèmes de trafic, répondit Brayden, qui ricana. Non mais sérieux ? Qui de sain d'esprit pourrait refuser d'avoir du passage dans sa ville ?

Je connaissais au moins une personne, et elle n'hésiterait certainement pas à agir.

— On en reparlera une fois que tu te seras calmée, conclut-il.

Son attitude méprisante m'irritait sérieusement.

— Il n'y a rien de plus à dire. C'est fini.

La bouche de Brayden s'ouvrit et il me dévisagea, bouche bée.

Il attendit que j'en dise plus, mais j'avais fini. Après une minute il se tourna pour partir, puis se retourna de nouveau, s'empara de son déjeuner à moitié mangé avant de sortir et de claquer la porte derrière lui.

Je restai assise à la table de bistrot pendant encore quelques minutes, principalement pour m'assurer que Brayden et Jack partiraient bien pour de bon. Quand je n'entendis plus de bruit ni de conversation à l'intérieur de la salle, je vins ramper jusqu'à la porte d'entrée pour jeter un œil dedans.

Je poussai un soupir de soulagement après avoir scruté la salle à manger devenue pratiquement vide. Jack était parti, ainsi que les autres invités. Personne ne m'avait entendue me disputer avec Brayden. J'ouvris un peu plus la porte et fis grise mine en remarquant Tyler Gates à une table près de la fenêtre, seul.

Il remarqua le mouvement de la porte et croisa mon regard. Nous restâmes ainsi, à se dévisager fixement pendant un dixième de seconde, avant qu'il ne se détourne. Il savait.

Super.

La seule personne à qui j'aurais préféré taire les troubles de ma vie amoureuse avait de toute évidence tout entendu. Je me retournai et rentrai dans la cuisine, dégonflée.

C'était vraiment bizarre.

Je voulais lui parler de l'enquête, sauf que cela me donnait juste envie de l'éviter. Mais la Tante Pearl avait besoin d'aide et vite, alors je ne pouvais me contenter de faire l'autruche.

— Tu as fait ce qui devait être fait.

Je sursautai en entendant une voix derrière moi, ne m'attendant guère à voir quelqu'un d'autre dans la cuisine.

— Hein ?

La Grand-Mère flottait à quelques pas de moi au cœur d'une brume pourpre.

— Tu m'avais promis de rester à la cabane, Grand-Mère.

— Je n'ai pas le droit de m'absenter quand on a besoin de moi. Brayden t'était nuisible. Cela prendra quelques jours, mais tu te calmeras.

— Je ne m'attendais pas à ce que tu penses autre chose. Tu ne l'aimes pas depuis le départ depuis le départ de toute façon, répondis-je avant de me rasseoir à la taille, me dégonflant déjà en songeant à la perspective d'annuler le mariage. Comment est-ce que je vais m'y prendre pour annuler les invitations de deux cents personnes ?

— On trouvera bien un moyen, dit la Grand-Mère avant de s'asseoir... Ou en tout cas, de venir flotter en face de moi. Maintenant par contre tu es libre d'aller faire de l'œil à ce charmant nouveau shérif.

— Je n'irai pas. Il faut plutôt que je concentre toute mon énergie à la résolution du meurtre pour laver la Tante Pearl de tout soupçon. Dis-moi ce que tu sais de Tonya Plant et de Jack Tupper.

— Qui est Jack ? Demanda Grand-Mère Vi.

— Celui qui se baladait par ici avec Brayden la nuit dernière, dis-je.

— Celui qui dort dans ma chambre.

— Ce n'est pas ta...

Je m'arrêtai en plein milieu de ma phrase. Cela ne valait pas la peine de mettre plus encore Grand-Mère en colère. Je pris une profonde respiration.

— On avait toutes promis d'ouvrir cette Hôtel et de faire des sacrifices. Tu ne peux pas t'amuser à espionner les gens comme ça.

— J'avais le mal du pays. Et Pearl m'avait promis de ne rien dire à personne, grimaça la Grand-Mère Vi. Elle n'a jamais su garder les secrets.

— Je l'ai forcée à m'en parler, expliquai-je. Elle sera accusée du meurtre de Plant à moins qu'on ne fasse quelque chose. De quoi parlaient Tonya et Jack quand tu les espionnais ?

— C'est qu'ils ne discutaient pas vraiment, dans cette chambre. Le mari de cette Tonya n'était pas encore six pieds sous terre que ce vaurien la roulait déjà des pelles déjà.

— Le tango, ça ne se danse qu'à deux après tout…

La Grand-Mère Vi soupira.

— Ils ne peuvent pas nous voler nos terres, si ?

— Pas à moins que nous n'acceptions de leur vendre, ce qui ne sera jamais le cas.

— Pourtant à les voir on jurerait qu'elle leur appartient déjà, observa la Grand-Mère. En plus, cette Tonya ne fait que jouer avec ce Jack. Il est trop amoureux pour s'en rendre compte, c'est tout.

J'avais peine à imaginer cet agressif de Jack en amoureux transi, mais peut-être qu'il était différent en privé ?

— J'ai besoin de ton aide pour élucider le meurtre, Grand-mère. J'aimerais que tu suives Tonya partout.

— C'est-à-dire, l'espionner ? Je croyais qu'on n'avait pas le droit.

— Dans ce cas de circonstance, si.

Nous ne pouvions pas laisser cette femme sans surveillance pendant une minute même. Grand-Mère se refuserait à rester cloîtrée chez moi de toute façon, alors autant employer ses talents.

— Mais c'est une sorcière. Elle me verra, suggéra la Grand-Mère. Pourquoi ne pas espionner Jack plutôt ?

Je fis non de la tête.

— Je m'en charge. J'ai besoin de quelqu'un de puissant contre Tonya, et ta magie est bien plus forte que la mienne.

Cela sembla l'apaiser.

— À une condition.

Je soupirai.

— Très bien, dis-moi.

Pourquoi est-ce que nous étions incapables de faire une promesse sans poser des conditions au préalable, dans cette famille ?

— Je veux récupérer mon ancienne chambre.

J'acquiesçai. De toute façon, nous désirions toutes retrouver quelque chose. Je n'étais pas sûre que nous y arriverions sans en payer le prix fort.

CHAPITRE 28

J'ouvris la porte arrière de la cuisine, et culpabilisais horriblement en ce qui concernait Brayden. Même si j'étais furieuse contre lui, je savais que j'aurais sûrement dû choisir un autre moment pour exprimer ma rage, ou de surcroît pour mentionner que je ne voulais plus de ce mariage.

Je fus tentée par l'idée de courir après Brayden, mais il était déjà à mi-chemin vers le parking où Jack était en train de grimper sur le siège conducteur d'une Lamborghini rouge. Peut-être qu'il valait mieux le laisser seul le temps d'absorber le choc, mais je me sentais déjà coupable de l'avoir blessé. Je n'avais nulle envie de revenir sur ma parole dans un moment de faiblesse, mais il aurait eu toutes les raisons du monde d'être en colère.

D'un autre côté, Brayden ne semblait plus aussi furieux qu'avant. Il cria quelque chose pour attirer l'attention de Jack.

Jack se pencha du côté vitre et répondit quelque chose que je ne pus distinguer.

Brayden rit. Il regarda la voiture de Jack sortir lentement du parking et disparaître en bas de la colline.

Je soupirai et me retournai vers la porte. Je savais que j'aurais dû parler à Maman de l'offre à durée limitée de Jack, mais cela me déprimait. Cela la déprimerait aussi et je n'avais pas la capacité nécessaire pour gérer encore quelqu'un de bouleversé de plus. Ma fureur du reste continuait de croître au fur et à mesure à l'idée que Jack ait pu avoir le culot de rester et de manger à l'Hôtel de Westwick Corners tout en prévoyant de la détruire.

Mais l'hypocrisie de Jack et son absence temporaire m'offraient une petite fenêtre d'opportunité. Je pourrais me glisser dans sa chambre et voir si je parvenais à obtenir d'autres informations sur le développement.

Je courus en haut des escaliers et m'arrêtai sur le pas de la porte. Je ravalai mon souffle, effarée de me rendre compte que je me transformais en Tante Pearl. Peut-être que son mélange entre mauvaise humeur et folie était héréditaire.

Je galopai en haut des dernières marches, et songeais que si notre business n'avait pas encore coulé, notre réputation ne tarderait pas en revanche le faire. Nous serions condamnées si les clients venaient à apprendre que le personnel venait fouiller dans leurs affaires pendant qu'ils prenaient leur petit-déjeuner.

Non, je n'étais pas Tante Pearl. J'avais également une raison parfaitement valide de me trouver, à savoir pour venir vérifier les réserves de savon et de shampoing. Je descendis le couloir, en m'arrêtant aux stocks pour reprendre des affaires de toilettes. Mon cœur s'allégea en songeant que, pour changer, je faisais quelque chose d'utile.

Le couloir était vide quand je déverrouillai la chambre de Jack. Sa chambre était en désordre, avec des draps et des serviettes dans tous les sens. J'entrai dans la salle de bains et fus horrifiée d'apercevoir des taches de sang à l'intérieur de la baignoire. Après avoir surpassé mon choc initial je me rendis compte que cela venait probablement de sa main bandée.

Mais comment avait-il fait pour se blesser à ce point-là, voilà donc la question.

Je me souvins de ma tante et de sa peur du sang. Elle n'aurait jamais pu venir examiner la salle de bains sans paniquer.

J'étudiai la pièce. À part le sang, rien ne semblait sortir de l'ordinaire dans la salle de bains, mais quelque chose attira aussitôt mon attention dans la poubelle à côté du bureau. Un démonte-pneu ensanglanté. Jack ne semblait pas vraiment être le genre à s'automutiler, encore moins avec un démonte-pneu.

Et d'un coup tout fit sens. Un démonte-pneu suffirait à assassiner n'importe qui, y compris un homme aussi large que Sébastien Plant. Plant se trouvait justement être le rival de Jack en termes d'amour. Jack était à la fois assez grand et fort pour délivrer un coup fatal à Sébastien Plant. Et un Sébastien Plant saoul ne se débattrait pas vraiment avec une grande efficacité.

Je fis volte-face et me dirigeai vers la porte. Je devais en parler au shérif immédiatement pour qu'il puisse boucler la chambre et réunir des preuves. Jack ne s'attendait de toute évidence pas à voir qui que ce soit entrer dans sa chambre. Il avait dû laisser temporairement le démonte-pneu dans la poubelle, avant de pouvoir en disposer une fois la nuit tombée.

Mon cœur manqua de s'arrêter quand je manquai de me cogner pratiquement contre la Grand-Mère Vi. Elle avait dû me suivre en cachette.

— Tu as bien failli me faire mourir de peur, Cen ! Protesta-t-elle, avant de se diriger vers le dessus de la porte et de me regarder avec un grand sourire narquois.

— Tu es déjà morte, Grand-Mère. Pourquoi m'as-tu suivi dans la chambre de Jack ?

— C'est ma chambre, pas celle de Jack, et j'y viens quand je veux, rétorqua-t-elle avant de promener un regard désapprobateur autour de la pièce. Quelle honte. Il est encore plus désordonné que toi.

J'ignorais l'insulte.

— Grand-Mère, s'il te plaît. Tu n'as pas le droit de t'amuser à te faufiler dans les chambres des invités comme ça.

— Et pourquoi pas ? C'est bien ce que tu fais, toi aussi.

— Non, ce n'est pas vrai. Je suis juste venue déposer du shampoing et autres affaires, déclarai-je en lui montrant ma poignée de mini-savons et bouteilles de shampoing.

— Bien essayé mademoiselle. N'oublie pas que je peux lire dans tes pensées. Si tu as tant de soupçons envers ce Jack, pourquoi ne pas me laisser t'aider ?

— Non, Grand-Mère. Je dois savoir. Il me faut parler au shérif de ce démonte-pneu.

Je me dirigeai alors vers la porte et me figeai sur place quand une clé tourna dans la serrure.

CHAPITRE 29

— ais qu'est-ce que vous foutez dans ma chambre ?

La silhouette de Jack Tupper III obstrua le cadre de la porte en me bloquant la lumière du soleil qui s'écoulait du couloir. Il me barrait aussi ma seule chance de sortie.

— Le ménage. Je suis juste venue déposer quelques affaires de toilettes.

Mon visage rougit quand je levai la main lamentablement. Il était malheureusement évident que je n'étais pas du tout dans la salle de bains. Je n'avais même pas anticipé que Jack puisse revenir. Il avait dû oublier quelque chose.

— Pas besoin, fit-il en me faisant un signe vers la porte. Je crois que vous feriez mieux d'y aller.

Je fis une embardée vers la porte, en laissant tomber le shampoing et le savon sur le bureau en l'effleurant.

Je refermai la porte derrière moi sans un regard en arrière.

Je sprintai en bas des escaliers, dans la salle à manger, et à la table du Shérif Gates, directement. Je remarquai avec désarroi que Tonya y était de nouveau assise. Je ne pouvais attendre plus longtemps.

— Je dois vous parler.

Les yeux de Tonya Plant s'étrécirent en se posant sur moi.

Elle savait que j'étais au courant de quelque chose. Je sentis comme un nouveau couteau s'enfoncer dans mon cœur, un couteau de crainte, quand les avertissements de Hazel et de Pearl me revinrent brusquement en tête. J'aurais dû attendre que le shérif soit seul, mais au vu des circonstances, en quel honneur aurais-je pu me le permettre ? Jack était probablement en train de se débarrasser de ce démonte-pneu à cette heure même.

— Qu'est-ce qu'il y a ? Demanda le shérif en semblant remarquer mon anxiété.

— J'ai quelque chose de privé à vous dire.

Je jetai un œil vers Tonya, qui était maintenant en alerte totale. Ce qui ne signifiait qu'une chose pour moi. Elle était impliquée dans le meurtre de son mari et me soupçonnait d'être prête à en parler. Qu'est-ce qui aurait autrement pu être assez importante pour interrompre l'entretien du shérif ?

— On peut parler dans la cuisine ?

Il jeta un œil à Tonya, qui acquiesça.

Accordez-moi encore cinq minutes.

* * *

DIX MINUTES PLUS TARD, Tyler Gates était assis face à moi à la table de bistrot de la cuisine.

Il se pencha vers moi et chuchota :

— C'est supposé rester confidentiel, mais ce démonte-pneu correspond mieux aux découvertes qu'a faites le légiste.

— Vous êtes sûr que vous devriez m'en parler ? N'oubliez pas que je fais partie de la presse.

— Vous raconter tout cela fait partie de ma stratégie. J'espère bien que vous pourrez un article qui forcera les vrais tueurs à se dévoiler. Quelqu'un en ville doit savoir quelque chose.

— Alors vous oubliez la piste de la Tante Pearl et de sa canne ?

Il fit non de la tête.

— Je n'oublie rien ni personne, mais il me semblait évident que la canne n'était pas assez lourde pour faire le genre de dégâts qu'on a vu sur le crâne de Plant.

175

Je frémis.

— Vous feriez mieux de vous dépêcher avant que Jack ne détruise les preuves.

Il avait fait preuve d'un manque d'intérêt incroyable – ou peut-être d'un trop-plein de confiance – en se contentant de jeter le démonte-pneu dans la poubelle. La personne qui serait chargée de nettoyer la pièce – c'est-à-dire Tante Pearl, cette même personne qu'ils tentaient d'accuser – le remarquerait à coup sûr. Mais apparemment Jack nous croyait trop stupides pour faire le lien. Ou peut-être n'avait-il pas eu le temps de s'en débarrasser.

— Les techniciens de la police scientifique sont en train d'arriver depuis Shady Creek, me dit Tyler. Je les ai rappelés en venant ici.

— Tonya ne vous a pas entendu, j'espère.

— Non, elle est partie en précipitation juste après vous.

Super. Du coup, je devais maintenant informer la Tante Pearl et Hazel que Tonya avait un coup d'avance sur nous.

— Est-elle aussi considérée comme suspect potentiel ? C'est l'épouse après tout. Elle ne me semble pas vraiment avoir de chagrin, si vous voulez mon avis.

— Tout le monde reste suspect jusqu'à ce que cette affaire soit résolue, dit-il.

— Elle est impliquée d'une manière ou d'une autre. Vous saviez pour la liaison entre Tonya et Jack ?

Ses yeux s'écarquillèrent.

— On était en train d'arriver le sujet. La question c'est, comment est-ce que vous, vous pouvez connaître cette histoire ?

Je me remuais sur ma chaise en inventant une excuse.

— On a vu Tonya se faufiler dans la chambre de Jack.

— Et vous pensez que c'est une preuve suffisante de leur liaison ? Vous devez sûrement avoir autre chose.

En effet, mais rien que je ne puisse lui dire.

— Tonya et Jack sont partenaires. Jack essaie de nous intimider pour nous faire vendre notre terrain et y construire un hôtel de Travel Unraveled. Sébastien était contre l'idée. Je pense que c'est pour ça qu'ils l'ont tué.

Le shérif se tut en digérant mes dires. J'eus le sentiment qu'il était en train de se demander jusqu'où il pouvait aller pour me parler de l'enquête.

— Il n'y a pas que cela.

Je sortis le reçu de Walmart de ma poche et lui tendis en lui décrivant la bouteille de Gatorade dans la poubelle.

— Je ne pense pas qu'il était saoul. Tonya l'a empoisonné avec l'antigel mais a ensuite fait en sorte que Jack le frappe avec le démonte-pneu. Même s'il était mort du poison, elle pourrait toujours faire porter le chapeau à Jack pour le meurtre.

Cette idée de bouc émissaire m'est venue au fur et à mesure. Cela me parut soudainement évident que Tonya avait également la possibilité de faire porter le chapeau à Jack aussi. Comme cela, elle pourrait se garder tous les profits.

Dans l'état de grande faim où je me trouvais, et ce malgré le trouble qui emplissait mes sens, tout s'assembla avec une clarté parfaite qui m'avait échappé jusqu'ici.

Tyler Gates acquiesça.

— Cela se tient si on considère le rapport du légiste. Sébastien Plant a été sujet à beaucoup de traumatismes crâniens dus à quelque chose de contondant, exactement le genre de blessures à laquelle on s'attend si l'arme du crime est un démonte-pneu. Mais, étrangement, il n'a pas saigné autant qu'il l'aurait dû.

— Vous voulez dire qu'il était peut-être déjà mort quand on l'a frappé ? Demandai-je, me souvenant d'avoir déjà vu quelque chose similaire dans Forensic Files.

Ses yeux s'écarquillèrent de surprise.

— Oui.

Je me souvins dans un éclair de la bouteille de Gatorade dans la chambre de Tonya.

— L'autopsie a-t-elle montré des signes d'empoisonnement ?

Les yeux de Tyler se couvrirent et il s'empara de son téléphone pour y taper sur quelques touches.

— C'est exactement ce qu'il nous reste à savoir.

CHAPITRE 30

L'unique cellule de la prison de Westwick Corners n'était jamais très active. La cellule était certes occupée en de rares occasions par des voyous saouls mais, autant que je sache, elle ne l'avait jamais été par une sorcière. L'invitée d'honneur du jour était la Tante Pearl. Elle s'était fait prendre la main dans le sac avec sa baguette – enfin sa canne – en main comme ce que croyait le shérif. Il l'avait suivie à la station essence après l'avoir vue avec un autre bidon. Qu'il avait confisqué pour prévenir une nouvelle démonstration de pyrotechnie. Il avait aussi pris sa baguette. Ce n'était pas vraiment illégal de se procurer de l'essence, mais voler des preuves de la police cela l'était en revanche.

Les explications du shérif furent un peu confuses, mais d'une façon ou d'une autre, il semblait que la Tante Pearl eut réussi à lui échapper. Je ne doutais guère que la magie de ma tante fut responsable à la fois du fait qu'il eut quelques problèmes de mémoires, et qu'elle ait réussi à retrouver sa baguette pourtant confisquée à l'intérieur du tiroir à preuves de la police. Je promis de la ramener pour faire face à la justice.

Une des choses que je ne pus expliquer fut la façon dont elle avait réussi à voler sa baguette… Enfin, sa canne. Le verrou était intact, sans aucune trace indiquant qu'il ait été forcé.

La seule bonne chose qui s'ensuivit de toutes ces âneries de la Tante

Pearl fut qu'elle accepta enfin de me suivre au commissariat pour déballer son sac. Je craignais qu'elle ne réessaie de voler sa baguette, mais c'était l'occasion ou jamais. Je la convainquis d'accepter le fait que le shérif continuerait à la surveiller jusqu'à ce qu'elle ne puisse fournir assez d'informations pour générer une nouvelle piste pour l'enquête. À ma grande surprise, elle accepta. Son comportement jusqu'ici ne faisait que perturber tout le monde et l'incriminer, et j'espérais vraiment qu'elle finisse ainsi par se contenter de coopérer.

La Tante Pearl n'avait pas été accusée officiellement de quoi que ce soit, mais une partie de moi jugeait que la prison était l'endroit le plus sûr pour elle. En tant que sorcière elle pourrait en sortir quand elle le voudrait, mais cela ne ferait toutefois qu'aggraver les choses pour elle. Je devrais la convaincre de rester pendant que j'allais récupérer les infos sur Tonya. Toute autre action n'aurait fait que jouer en la faveur des plans de Tonya visant à lui faire porter le chapeau. Je n'avais aucune preuve de ce que j'avançais, juste une intuition et l'intime conviction que personne dans ma famille, y compris Tante Pearl, n'était un meurtrier.

Une autre partie de moi se demandait pourquoi le Shérif Gates avait enfermé la Tante Pearl plutôt que de se concentrer sur les preuves qui incriminaient Tonya et Jack. La loi opérait sur des faits froids et avérés, et j'avais enfin trouvé des preuves qui incriminaient quelqu'un d'autre que la Tante Pearl. Le shérif avait plein de raisons pour traîner ces deux-là à l'interrogatoire, sauf qu'il avait déjà chargé la seule cellule à sa disposition avec ma tante. J'espérais qu'il savait ce qu'il faisait.

Le plan de la Grand-Mère Vi de suivre Tonya était retombé à l'eau très rapidement suite à la détention de la Tante Pearl, alors on était de retour à l'étape un. J'étais arrivée au commissariat quelques minutes après l'appel du Shérif Gates, accompagnée par Grand-Mère Vi.

Après plusieurs essais infructueux de convaincre Grand-Mère Vi de chercher Tonya, j'abandonnai. Je comprenais son sens des priorités. Tante Pearl avait peut-être soixante-dix ans, mais Pearl restait quand même sa fille. Ses instincts maternels s'affolaient.

— Il faut qu'on la sorte de ce trou, Cen.

— Calme-toi, Grand-Mère. Je pense qu'elle est juste ici pour un interrogatoire.

Au fond de moi j'étais aussi inquiète car le shérif n'avait pas toujours expliqué pourquoi la Tante Pearl était en détention. Et la connaissant, cela pouvait être pour n'importe quoi. D'un coup, ses incendies me parurent des délits bien mineurs en comparaison des meurtres. J'avais peur qu'elle ne soit allée trop loin.

Nous attendîmes dans le petit coin réception du bureau qui servait de commissariat à Westwick Corners. Une demi-douzaine de chaises en vinyle étaient alignées le long d'un des murs de la réception, en face d'un comptoir qui datait de la dernière rénovation de l'hôtel de ville lors des années 70. Je pris un Times qui datait d'il y a deux ans et tournait à la va-vite les pages épuisées, sans pouvoir me concentrer.

Le commissariat était situé au rez-de-chaussée de l'hôtel de ville. C'était le dernier endroit que j'avais bien envie de visiter. L'office du maire était dans le même bâtiment et je craignais de croiser le chemin de Brayden.

Grand-Mère Vi faisait les cent pas en flottant au-dessus du sol dans la salle d'attente, et n'arrêtait pas d'entrer et de sortir sans arrêt de la salle des interrogatoires qui renfermait le Shérif Gates et Tante Pearl.

— Est-ce que tu voudrais bien arrêter ? Tes passages sans fin me donnent la migraine.

— Je ne peux pas m'en empêcher, Cen. Ce n'est pas gentil pour Pearl. Il est en train de la cuisiner, se plaignit Grand-Mère Vi en venant me survoler, avec une apparence encore plus pâle que d'habitude à cause du stress émotionnel que lui provoquait la vision de sa fille en train de subir un interrogatoire.

Les voix qui venaient du bureau privé du shérif étaient assourdies par les murs, mais j'étais pratiquement sûre qu'elles appartenaient à Tyler Gates et à la Tante Pearl. Il n'y avait personne d'autre.

— Tu n'as entendu que des bribes de conversation. Peut-être que tu as mal interprété.

Cela m'énervait que Grand-Mère Vi se soit permis d'entrer dans la salle d'interrogatoire pour écouter. J'étais surtout encore plus agacée qu'elle puisse aller les épier, et moi non. Grand-Mère fit un signe de tête.

— Le message est clair et net pour moi. Le Shérif Gates n'a aucun autre suspect. Pearl va y passer, passer, passer...

Elle montra exagérément son pouce, qu'elle avait mis vers le bas en couperet.

— C'est juste une tactique d'interrogatoire. Je ne crois pas que ce soit une si bonne idée que tu ailles les écouter, Grand-Mère. Cela ne fait que rendre les choses encore plus stressantes pour la Tante Pearl, puisqu'elle peut te voir. Elle pourrait dire quelque chose qui l'incriminerait plus encore.

L'alliance Grand-Mère Vi et Pearl créerait potentiellement encore plus de conflits que je n'étais capable de supporter. La Tante Pearl pourrait facilement sortir, ce qui était la raison de ma venue. Plus vite je débarrassai ma folle de tante de chez le shérif, mieux ce serait.

— Chuuuut. Voilà le shérif maintenant, me souffla la Grand-Mère qui se retira à l'autre bout du plafond, en face de moi.

Tyler Gates semblait ne pas avoir le moral, ce qui n'était pas entièrement inattendu puisque la Tante Pearl ne lui avait pas exactement déroulé le tapis rouge. Ce n'était que son second jour de travail et il le regrettait probablement déjà.

— Je garde Pearl en détention.

Je sursautai.

— Vous l'arrêtez ?

J'avais promis à la Tante Pearl que son entretien ne prendrait qu'une heure ou deux. Elle serait furieuse contre moi.

— Techniquement non, mais je vais la garder en détention pour la nuit. Je nourris assez d'inquiétudes envers sa sécurité personnelle pour avoir décidé de la garder en détention protectrice. Comme ça, je pourrais la surveiller.

Selon moi, c'était surtout le reste du monde qui devrait s'inquiéter, mais je ne m'amusais certainement pas à le dire à haute voix.

— Elle se débrouille très bien toute seule. Mais si vous êtes si inquiet, vous pouvez me la confier. Je vous promets de veiller sur elle comme sur la prunelle de mes yeux.

Tyler fit lentement non de la tête.

— J'ai peur de ne pouvoir faire cela. Elle a menacé de se faire du mal.

Je n'y croyais pas une seconde.

— Ce n'est que du blabla. Vouloir la protéger, cela ne constitue pas un motif suffisant pour la garder en cellule.

— Ce n'est pas la seule raison, dit-il. Elle est trop impliquée dans l'affaire.

Je me levai.

— Tante Pearl n'est pas une meurtrière. Je sais que les choses ne jouent pas en sa faveur, mais elle n'a pas commis ce meurtre.

Un faible sourire se joua sur les lèvres de Tyler Gates.

— Je n'ai jamais dit qu'elle l'avait fait. Elle est en détention pour obstruction à la justice, pas pour meurtre.

— Oh.

Mes épaules s'affaissèrent quand j'encaissai la nouvelle. D'un côté j'étais soulagée, mais je craignais aussi le chaos qu'elle pourrait générer ainsi depuis l'intérieur du commissariat.

— Je suis désolé, mais je n'ai pas d'autre choix, dit-il. Le gouverneur me met la pression pour résoudre cette affaire, et votre tante s'acharne à créer des problèmes. Elle ne peut pas s'amuser à nous piquer des preuves comme ça.

— Oh ?

J'avais l'impression d'être un magnétoscope cassé, mais je ne pouvais trouver rien d'autre à dire sans m'incriminer.

— J'ignore comment, mais elle a réussi à enlever sa canne du casier des preuves. C'était sous verrou, en sécurité, et je ne suis même pas sûr de savoir comment elle s'y est prise. Le verrou n'était pas crocheté et j'en détiens la seule clé. Pearl ne veut pas me dire comment elle s'y est prise, sauf que je l'ai prise la main dans le sac avec la preuve.

Ses yeux doux et bruns se posèrent dans les miens, et je frémis malgré la chaleur à mourir du petit bureau.

— Oui, elle a besoin de sa canne.

— J'ai suggéré qu'elle en prenne une autre, mais elle a refusé. J'étais pourtant partant pour la laisser un peu tranquille, mais je ne peux pas aller jusqu'à la laisser interférer dans une enquête pour meurtre.

— Non, vous avez eu raison de faire cela.

Je pourrais réussir à faire beaucoup plus de choses si je n'avais pas constamment à courir après la Tante Pearl. Elle s'échapperait sans aucun doute de sa détention, mais je m'en occuperai dès que le moment serait venu. En fait, son incarcération me procurait assez de temps pour pouvoir enquêter sur Tonya et Jack.

Tyler Gates me fit signe de m'asseoir. Il prit le siège à côté de moi.

— Je viens juste de parler au légiste. Des cristaux d'oxalate et de calcium ont été trouvés dans les reins de Plant. Il a été empoisonné au glycol d'éthylène.

Il tenait dans sa main gauche une pochette en papier kraft où était écrit Plant – Rapport du Légiste.

Ma main s'abattit sur ma bouche.

— J'avais raison pour l'antigel.

Il acquiesça.

— On a trouvé Tonya sur la vidéo de surveillance du Walmart à peu près au même moment de l'heure du reçu.

Enfin une preuve solide qui divergeait de la Tante Pearl.

— Alors Tonya est officiellement un suspect désormais ?

— Je ne peux dire en plus, et vous non plus. Je voulais juste vous confirmer que nous avions suivi les informations que vous nous avez fournies. Vous ne devez rien écrire avant que j'écrive mon rapport, plus tard dans la journée.

Je me levai, ravie que les soupçons aient été dégagés de la Tante Pearl.

— Est-ce que je peux aller voir ma tante maintenant ?

Je levai les yeux vers Grand-Mère mais elle avait disparu. Je la soupçonnai d'être déjà en train de témoigner sa compassion à Tante Pearl dans sa cellule.

— Je ne vois pas pourquoi je vous en empêcherai. Mais rappelez-vous : vous ne devez parler à personne du rapport du légiste pour le moment.

Je le lui promis quand il me fit signe de le suivre le long du petit couloir vers la cellule solitaire du commissariat. Tante Pearl s'assit sur le lit et leva les yeux en nous voyant approcher. C'était une cellule, mais elle avait quand même quelques touches qui rappelaient une maison, comme une couette en patchwork sur le lit et un tapis tissé en plaid sur le sol en lino.

Tante Pearl semblait peu impressionnée par le décor. Elle bouda en me voyant approcher les barreaux.

— Je veux un avocat.

Je l'ignorai et jetai un regard ostensible au shérif. Il grimaça.

— Euh, d'accord. Je vais vous laisser seules pendant quelques minutes.

Westwick Corners était fauchée, alors j'avais la quasi-certitude que cette cellule ne pourrait être équipée de caméras hyperchères ou de dispositifs d'audio-surveillance. Et même si nous étions surveillées, j'avais des questions qui méritaient des réponses.

— Qu'est-ce qui se passe pour Tonya ? Tu étais supposée la suivre.

— C'est pour ça que j'étais à la station essence. J'étais en train de la filer là-bas sauf qu'elle est montée dans un pick-up de Centralex Development.

La Tante Pearl cracha dans l'évier après avoir prononcé le nom de la société, comme s'il avait laissé un goût désagréable dans sa bouche.

— Est-ce que tu as vu qui conduisait le pick-up ?

La Tante Pearl acquiesça.

— C'était ce hippie aux cheveux longs qui traîne autour de l'hôtel.

— Tu veux parler de Jack Tupper ? Celui qui dort dans l'ancienne chambre de Grand-Mère Vi ?

Je fus surprise par une voix basse qui jurait au-dessus de moi et levai les yeux pour apercevoir la Grand-Mère qui secouait son poing et râlait à voix basse.

— C'est lui, dit la Tante Pearl. Je n'ai pas pu les suivre parce que j'étais à pied. C'est à ce moment-là que le shérif est venu me harceler. Depuis quand c'est un crime de chercher de l'essence ?

— Tu n'aurais pas dû t'enfuir, Tante Pearl.

— Il allait m'arrêter. Et pour quoi ? Protesta-t-elle en agitant les bras. Je suis innocente. Je veux un avocat.

Selon le shérif, Tante Pearl n'était pas techniquement en état d'arrestation, mais je n'avais aucune envie de détourner la conversation.

— Dans quelle direction allait le pick-up de Centralex ?

— Ils ont pris en direction de la bretelle d'accès pour Shady Creek.

Mon cœur s'abîma.

— Maintenant on les a perdus tous les deux. On ne saura jamais ce qu'ils se préparaient à faire.

Tonya et Jack avaient tous deux de puissants mobiles pour meurtre. Tonya venait tout juste de gagner le contrôle exclusif de tout l'empire de Travel Unraveled, et tous deux en tant qu'amants, si c'était bien ça, avaient terminé de se débarrasser du seul obstacle à leur relation. Tonya devait éliminer la Tante Pearl pour pouvoir avancer ses plans de construction, et cela tombait entièrement sous le sens de lui faire porter le chapeau pour ce meurtre.

— Pas besoin de t'inquiéter, suggéra la Grand-Mère en descendant du plafond pour venir flotter aux côtés de la Tante Pearl. Je vais les suivre. Où est ce Centralex ? Je commencerai là-bas.

Je sortis mon téléphone et cherchai l'adresse. Avoir un fantôme à ma disposition était définitivement un avantage.

— Je vais avec toi.

CHAPITRE 31

J'écrasai les pédales afin d'accélérer à fond sur le tronçon d'autoroute qui allait entre Shady Creek et Centralex. J'espérais que c'était là où Tonya et Jack se rendaient, parce que je n'aurais sinon aucun autre moyen de les retrouver.

C'était assez difficile de se concentrer en considérant Grand-Mère Vi qui s'amusait à flotter en toute liberté partout dans la voiture. Les fantômes ne s'asseyaient pas, ils continuaient à flotter, et elle semblait avoir le chic pour se placer toujours au bon endroit pour me bloquer la vue dès que j'essayais de jeter un œil au rétroviseur arrière. Sa forme semi-transparente s'affichait sous un flou semblable à celui d'une brume qui m'empêchait de voir correctement devant moi.

— Garde les yeux sur la route, Cen, ou tu vas nous tuer, protesta la Grand-Mère en venant s'approcher, toujours en flottant, très dangereusement près du volant.

Je doutais que les fantômes puissent réellement attraper les volants, mais ça me rendait quand même nerveuse.

— Tu es déjà morte, tu as oublié ?

— Cela va bientôt valoir aussi pour toi si tu ne ralentis pas, grogna-t-elle avant de se retirer vers le siège arrière.

Je changeai de sujet.

— Essaie de te souvenir de ce qui s'est fait d'autre à l'intérieur de la chambre de Tonya et Jack.

— Tu veux dire, en plus de leur coucherie ?

— Bien sûr que oui, en plus de ça. De quoi parlaient-ils ?

— Je n'écoutais pas vraiment, mais je me souviens avoir entendu parler de mariage.

— Ils voulaient se marier ?

Ce qui constituait encore un mobile de meurtre, sauf que je ne pouvais pas vraiment m'amuser à filer au Shérif Gates des informations invérifiables de la part d'un fantôme qui espionnait les gens. Il fallait que, d'une façon ou d'une autre, je vérifie ses dires.

— Tonya a dit à Jack qu'ils devraient attendre un an au moins avant que toute l'agitation après le meurtre de Sébastien ne puisse finir de s'apaiser. C'est tout ce que j'ai entendu.

Je sentis une boule se former dans ma gorge à la mention du mot mariage.

— Tu en es sûre ? Essaie de bien te souvenir. On sait que l'un d'entre eux a tué Sébastien Plant. On a plus qu'à le prouver.

— C'est ça, la raison pour laquelle on est en train de les poursuivre jusqu'à Shady Creek ? Demanda Grand-Mère, se déplaçant pour venir me survoler au-dessus du siège avant, formant un spot semi-transparent qui me forçait à conduire à l'aveuglette. J'ai l'impression que c'est une perte de temps. Ce n'est pas le travail du shérif ?

— Il n'est pas de taille face à une sorcière, Grand-Mère. Il va avoir besoin de notre aide.

— Il s'en est pourtant bien sorti avec Pearl. Pourquoi est-ce qu'on devrait l'aider, de toute façon ? Il a mis Pearl en prison. C'est de la persécution.

— Elle le mérite et tu le sais très bien, lui reprochai-je, en sachant toutefois très bien que je ne pouvais attendre d'objectivité de la part de Grand-Mère quand c'était sa propre fille qui était impliquée. On sert nos propres intérêts. Cela nous arrangera beaucoup de l'aider à formuler un piège pour Tonya et Jack.

— Ce hippie a déjà piqué ma chambre. Je veux qu'il sorte, protesta la Grand-Mère en se déplaçant un peu sur le côté mais sans cesser de survoler le siège passager. Et comment, exactement, est-ce qu'on est supposées les piéger ?

— On va prétendre qu'on a changé d'avis sur la vente. Je vais faire mine d'être justement une messagère qui vient les trouver de la part de Maman, Pearl et Amber, les vrais propriétaires, cela ne leur laissera pas d'autre choix que de retourner à Westwick Corners.

Grand-Mère renifla.

— Cela m'a l'air bien risqué. Je n'ai donc pas de mot à dire là-dessus ?

— Bien sûr que si, mais tu es un fantôme, tu te souviens ? Tu as légué la propriété à tes filles, et c'est donc à elles que cela revient de la gérer. C'est juste une ruse. Nous n'allons pas réellement vendre l'endroit.

— Il ne vaut mieux pas. Je veux récupérer ma chambre. Surtout en considérant que tu as annulé ton mariage.

— Cela me va, répondis-je.

Ce n'était pas l'option que je préférais, cela dit je n'avais guère envie de rester la colocataire de la Grand-Mère Vi sur le long terme non plus. On finirait par se rendre folles.

— Il faut d'abord que je retrouve Tonya et Jack. Le piège ce sera de les faire retourner à Westwick Corners.

Nous roulâmes pendant encore trente minutes dans le silence jusqu'à atteindre enfin la bretelle pour Shady Creek. Après être sorties de l'autoroute nous continuâmes un demi-kilomètre jusqu'au centre-ville. Centralex occupait le plus haut des buildings du centre-ville, monstruosité de béton et de verre qui semblait avoir poussé entre tous les autres immeubles, plus petits édifices de briques et de bois, telle une mauvaise herbe.

Je ralentis lorsque nous atteignîmes le building, mais sentis brusquement la peur me poignarder l'estomac à l'idée de pénétrer dans le parking.

— Tu as raté l'entrée, me fit remarquer la Grand-Mère Vi.

— Je sais. Il faut que je trouve un plan, dis-je en tournant au coin de la rue et en faisant le cercle du pavé de maison.

— Tu es sérieuse, Cen ? Tu avais tout le temps d'y penser sur la route. Arrête de cogiter et vas-y.

— Facile à dire pour toi. Tu es invisible.

Je ralentissais la voiture de nouveau en revenant à l'entrée. Mon humeur s'éclaircit un peu quand je remarquai le camion de Centralex garé sur le parking. Mes espoirs furent aussi vite brisés quand j'en remarquai trois autres identiques.

— J'aurais préféré qu'il y ait une façon plus simple d'aller vérifier s'ils sont là ou pas.

La Grand-Mère souffla du nez.

— J'y vais, tu n'auras qu'à m'attendre dans la voiture.

— Pas moyen.

Grand-Mère ne pouvait conduire, mais je n'avais aucun doute qu'elle parvienne quand même à nous attirer des ennuis à l'intérieur du quartier général de Centralex. Je me rangeai sur une place à l'autre bout du parking et arrêtai la voiture.

— On y va.

À l'instant où je pris le chemin du building, j'eus la certitude qu'il s'agissait du point de non-retour.

CHAPITRE 32

Je tirai sur la lourde porte de verre du quartier général de Centralex, surprise de ne pas la trouver fermée en plein samedi. Je la tins momentanément afin de permettre à la Grand-Mère Vi de s'y glisser. C'était plus par force de l'habitude qu'autre chose, car c'était absolument inutile puisqu'elle pouvait se contenter de traverser tout simplement les portes en verre.

Le rez-de-chaussée ouvrait sur un grand atrium de verre où grimpait un escalier.

— Attends-moi ici, dis-je à Grand-Mère Vi.

Je montai le long des escaliers menant au premier étage. Je me faufilai sur la pointe des pieds sur le tapis somptueux épais juste au moment où des voix commençaient à s'élever à l'autre bout du couloir.

Il y avait deux personnes qui parlaient, mais à en juger par à quel point leurs voix étaient profondes, c'étaient deux hommes – pas Tonya et Jack.

Je me plaquai contre le mur en face de la salle de conférences. Mon point de vue de la pièce m'offrait une belle vision claire sur la table de la salle de conférences, au travers d'une porte ouverte. Il y avait deux hommes assis à environ trois mètres de là, et celui face à moi était Jack.

Je reculai sous le choc en reconnaissant la voix de l'autre, celle de Brayden.

— Il faudra changer le zonage, mais ce sera facile, était-il en train d'expliquer. Les conseillers, en général, me suivent sur tout ce que je dis. La famille West s'attend peut-être à vous faire payer le prix fort, mais je pense qu'elles accepteront votre offre si elle reste raisonnablement proche des prix du marché.

Quelque chose se coinça dans ma gorge quand je compris que Brayden était en train de parler de notre propriété. Non seulement Grand-Mère Vi avait raison au sujet du plan de Tonya et Jack, mais Brayden était apparemment aussi dans le coup. Il était de mèche avec Jack avant même notre rupture. Cela me fit énormément de peine. En tant que maire il souffrait clairement ici d'un conflit d'intérêts, mais comment avait-il osé me blesser de la sorte ?

J'étais tellement furieuse que je faillis presque entrer en trombe moi aussi dans la pièce. Je pris toutefois en chemin une grande respiration et me calmai. Je n'avais pas besoin de la Grand-Mère Vi pour lire dans les pensées de Brayden.

Jack fit glisser un tas de papier sur la table vers Brayden.

— Tu auras ta part si ça fonctionne.

Est-ce qu'il était en train d'essayer d'acheter Brayden ? Il avait beaucoup de défauts, mais ce n'était pas un criminel. J'étais certaine qu'il n'était pas de ceux qui acceptent les pots-de-vin, mais enfin ce que j'entendais ne lui ressemblait pas non plus.

— Je ne sais pas, protesta Brayden. Ça va être compliqué pour moi d'abandonner la politique.

— Tu ne seras pas obligé de le faire. Travaille pour moi pendant quelques années puis retourne à la politique ensuite, suggéra Jack en se levant de son siège et en faisant le tour de la table pour s'approcher de Brayden. Tu nous obtiendras les connexions politiques dont on a besoin, et en retour on te fera un nom.

Jack étreignit alors Brayden d'une poigne bien virile, avant de lui adresser une grande tape dans le dos.

— C'est du gagnant-gagnant.

— C'est tentant, observa Brayden. Il n'y a plus vraiment quoi que ce soit qui me retienne à Westwick Corners.

Il faisait de toute évidence référence à moi, mais apparemment cette ville qu'il prétendait tellement aimer ne comptait pas non plus.

— Ouais, désolé pour toi, mon pote. J'ai entendu parler de ta rupture, dit Jack, avant de faire semblant de lui donner un petit coup de poing dans le bras. Enfin, sur le long terme, ça vaudra mieux pour toi de toute façon.

J'étais furieuse que Jack se permette de me juger quand il ne me connaissait même pas. Je le haïssais de plus en plus.

— Je sais, fit Brayden en acquiesçant.

Là, je fus vraiment folle de rage. Brayden s'était bien vite remis de notre rupture. Et voilà que maintenant il se permettait de vendre notre ville au plus offrant. Même s'il n'avait encore rien fait, rien que le fait qu'il se permette d'avoir cette conversation avec Jack le transformait en traître à mes yeux. De ce que j'en savais il n'avait pas touché de pot-de-vin, mais en quoi accepter une offre d'emploi était différent ? Dans tous les cas il s'octroyait une récompense pour avoir eu de l'intérêt pour tout sauf pour ceux de ses électeurs, les citoyens de Westwick Corners.

Je bondis en entendant mon téléphone sonner. Brayden l'entendit aussi. Il fit un pas vers le couloir et y jeta un œil. Sa mâchoire se décrocha quand nos yeux s'y croisèrent.

Jack me remarqua un dixième de seconde plus tard.

— Et bien, quand on parle du loup.

Je levai l'index.

— Il faut absolument que je réponde.

Et je répondis en me dépêchant pour trouver à une réponse à sortir ensuite.

La voix de la Grand-Mère Vi résonna, crépitante, dans les airs.

— Où est-ce que tu es ?

— Cela n'a aucune importance. Pourquoi est-ce que tu m'appelles ?

— Je t'attends dans le lobby. On a fini ? Je veux rentrer à Westwick Corners, dit Grand-Mère en finissant par un soupir théâtral.

— Les fantômes n'utilisent pas de téléphones portables, chuchotai-je au combiné en m'éloignant de la porte aussi vite que possible et en me précipitant en bas du couloir.

— Je viens de t'appeler, non ?

— Mais où as-tu eu ce numéro ?

— Oh, Cen. Tu es franchement ridicule parfois. Je n'ai pas besoin de ton numéro, et je n'ai pas besoin de t'appeler, murmura-t-elle, et l'image de la Grand-Mère se matérialisa lentement derrière moi.

Elle n'avait après tout pas utilisé de téléphone, juste sa magie.

— Je devais bien faire quelque chose pour attirer son attention, alors j'ai déclenché ta sonnerie. Je suis ici pour te faire un rapport de mes découvertes.

— Quelles découvertes ? Tu étais supposée m'attendre en bas.

CHAPITRE 33

— Mais qu'est-ce que vous fabriquez ici ? Demanda Jack, dont les yeux s'étrécirent quand il m'étudia du regard. Et pourquoi diable nom d'un chien vous parlez toute seule ?

La Grand-Mère Vi ricana depuis le plafond. Brayden arriva à la suite de Jack dans le hall.

— Elle fait ça tout le temps.

J'ignorais Brayden et me concentrai sur Jack.

— J'espère qu'il n'est pas trop tard. Nous avons décidé de vendre.

— Cen, c'est génial, s'exclama Brayden en fonçant vers moi. Tu ne le regretteras pas.

— J'écoute, dit Jack. Mais j'ai trouvé une autre propriété alors vous arrivez peut-être un peu trop tard. Vous risquez de devoir vendre pour un peu moins. Nos futurs clients sont en train de considérer notre offre.

J'ignorai son bluff.

— Ma mère, Tante Amber, et Tante Pearl, sont prêtes à signer vos documents sous une condition.

— Laquelle ?

— Vous devrez retourner à Westwick Corners. Tante Pearl est un peu limitée dans ses déplacements en ce moment et ne peut quitter la ville. Serait-ce possible ?

— Je suppose que oui, répondit Jack.

Un sourire se dessinait lentement sur son visage.

— Super, dis-je en vérifiant ma montre. On n'aura qu'à se retrouver demain matin.

Nous aurions besoin d'encore un peu de temps afin de nous assurer que Tonya soit bien d'abord jugée par la WICCA, avant d'être jugée par les mortels au travers du Shérif Gates. Je fis quelques pas vers l'escalier et me retournai.

— Oh, et encore une chose.

— Oui ?

— Amenez Tonya.

— Tonya Plant ? Pourquoi est-ce que je…

— Je sais tout de votre partenariat et vos plans pour l'hôtel, dis-je avant de pointer Brayden du dit. Il m'a tout raconté.

Les yeux de Jack s'écarquillèrent. Il fit volte-face vers Brayden, sans rien dire. Brayden en avait les bras qui lui tombaient.

— Vous ne croyiez quand même qu'il aurait caché quoi que ce soit à sa future femme, si ?

— Je ne lui ai rien dit, jura Brayden en se tournant vers Jack. Je ne sais pas de quoi elle parle. Je n'ai rien dit à personne.

Je haussai les épaules et me tournai vers les escaliers pour y voir Grand-Mère qui m'attendait à quelques mètres. Je descendis les escaliers, écœurée d'avoir pu être aussi naïve. Comme une idiote, j'avais placé ma confiance entière en Brayden, sans me rendre compte qu'il n'avait jamais été loyal envers quiconque et surtout pas moi. J'espérais juste que Grand-Mère Vi n'allait pas me faire tout un sermon comme quoi elle avait raison. Je n'étais pas d'humeur pour ça.

Grand-Mère survolait impatiemment la porte.

— Dépêche-toi, on n'a pas toute la journée.

* * *

— Qu'est-ce qui ne va pas ? Demandai-je en jetant un coup d'œil à Grand-Mère Vi, qui n'avait pas desserré les lèvres une seule fois, contrairement à ses habitudes, durant notre route vers Westwick Corners. Tu es bien calme.

Grand-Mère Vi se contenta de hausser les épaules en survolant le siège passager. Elle n'avait pas dévié de sa position depuis que nous avions quitté Shady Creek voilà une demi-heure de cela. Cela me rendait la conduite plus facile mais m'inquiétait toujours autant. Quelque chose n'allait pas.

Je ne pressai pas le sujet, décidant de juste profiter de ce calme pour changer. C'était un jour magnifique et ensoleillé, parfait pour une promenade un peu pittoresque. Autant en profiter avant de devoir affronter de nouveau Jack et Tonya.

Un lourd coup provenant de l'arrière de la voiture me fit sursauter. Je n'y connaissais pas grand-chose en voiture mais je me souvins vaguement d'avoir eu une sorte de relâchement de tuyau d'échappement sur mon ancienne voiture. Le bruit que je venais d'entendre ne correspondait pas exactement au même bruit de ferraille que celui dont je ne me souvenais, mais c'était tout ce que j'arrivais à envisager sur l'instant. Peut-être qu'il y avait effectivement un tuyau d'échappement défectueux ou un autre du genre.

— Je vais aller me garer. Je crois qu'il y a quelque chose qui cloche sur la voiture.

— Non, non, non ! Fit la Grand-Mère en faisant de grands signes de bras. — Continue !

— Je ne peux pas. Pas quand ma voiture est en train de s'effondrer.

Je ralentis et me rangeai sur la ligne de droite.

— Cen, écoute-moi, dit la Grand-Mère en venant flotter à deux centimètres de mon visage.

Transparente ou pas, j'y voyais à peine en face de moi. C'était comme conduire dans un épais brouillard, sauf qu'il faisait grand soleil dehors.

— Tonya est dans le coffre.

La voiture fit une embardée quand son côté passager quitta brusquement la chaussée. Elle atterrit avec un grand boum sur la bande d'arrêt d'urgence et ses gravillons.

Je levai une main du volant pour la repousser mais naturellement, ma main la traversa.

— Bouge, Grand-Mère ! Je n'y vois rien !

Elle se retira sur le siège passager.

— Oups, pardon.

— Pourquoi tu ne me l'as pas dit plus tôt ?

Il m'apparut alors évident que ce bruit de grattement ressemblait plus au son de quelqu'un qui cognait dans le coffre qu'autre chose.

— Je ne voulais pas te faire peur, parce que cela t'aurait fait ralentir et on risquait de se retrouver… Et bien, pile dans la position où on est maintenant.

— Je vois, répondis-je en ne comprenant absolument pas, en réalité. Mais Tonya est une sorcière. Elle ne peut pas user de magie pour sortir du coffre ?

— Non car il faudrait qu'elle s'oppose à ma magie, mais on n'a pas beaucoup de temps. Mes sorts de sorcière spectre ne durent pas long-temps du tout. Je pense qu'il nous reste encore cinq ou dix minutes avant que la magie s'efface. Maintenant retourne sur l'autoroute et fonce.

— Je ne comprends pas. Tonya serait venue de toute façon…

— Cen, ferme ta bouche, répondit ma grand-mère en faisant des signes d'avant en arrière.

— Quoi ?

Grand-Mère imita une fermeture éclair sur sa bouche et tapota le côté de sa tête.

Bien sûr. Puisque Grand-Mère pouvait lire les esprits, je pouvais me contenter de penser à mes questions. Comme ça Tonya ne les entendrait pas. Mais ne risquait-elle pas de percevoir les réponses de Grand-mère ? Peut-être que le sort prenait aussi cela en compte.

La Grand-Mère mit à fond la radio et articula silencieusement ses mots.

— Avant que Tonya et Jack ne répondent de leurs crimes à Westwick Corners, Tonya doit d'abord faire face à la justice de la WICCA. Elle a commis des crimes surnaturels aussi, et ceux-là devront être jugés en priorité.

En tout cas c'était ce que je crus lire.

— Alors tu l'as kidnappée ?

La représentation de la justice de la Grand-Mère me mettait un peu mal à l'aise, et je ne parvenais aucunement à m'imaginer comment elle avait bien pu faire pour faire rentrer Tonya dans le coffre. C'était physiquement impossible. De toute évidence la Grand-Mère Vi avait plus d'un tour dans son sac de fantôme.

— Je n'ai rien fait du tout. Il y a un mandat d'arrêt contre elle, me répondit-elle avant de me faire un grand sourire. Et une sacrée prime aussi.

CHAPITRE 34

La Tante Pearl nous attendait déjà devant l'École de Charmes de Pearl quand nous arrivâmes devant en voiture. Elle s'était offert une sortie surnaturelle de la Prison du Comté de Westwick Corners, bien sûr sans avoir d'autorisation, pour aller aider à rendre la justice. Je priai pour que le shérif ne vienne pas lui rendre visite pendant quelques heures. Nous avions des choses à faire à la WICCA.

— Hazel est déjà partie pour régler quelques affaires à la WICCA de Londres, indiqua la Tante Pearl.

La justice de la WICCA avait beau être rapide, bien des choses pouvaient encore mal tourner avant qu'on ait eu le temps de livrer Tonya au tribunal.

Alan courut vers nous, en agitant allègrement la queue.

— On prend Alan.

Tante Pearl fit non de la tête.

— Ce n'est pas le moment, Cen.

— Si, c'est précisément le bon moment.

— Elle a raison, Pearl, dit la Grand-Mère en faisant un signe de la main vers le coffre de la voiture où Tonya était en ce moment même en train de se débattre en cognant dans tous les sens tout en criant. Vous n'avez pas de temps à perdre. Vous feriez mieux d'y aller toutes les deux.

Mes yeux s'écarquillèrent. La simple pensée de n'avoir que la Tante Pearl et moi pour maintenir Tonya tranquille me terrifiait. Il était vrai que nous avions Alan pour nous aider, mais ses capacités étaient limitées sous sa forme actuelle.

— Tu ne viens pas avec nous ?

Grand-Mère Vi fit non de la tête.

— Maintenant que j'ai réussi à rentrer chez moi, je n'ai plus l'intention d'en partir, peu importent les événements. Maintenant dépêchez-vous.

Nous fîmes sortir une Tonya qui maudissait tous les diables du monde du coffre, et nous rassemblâmes. Les grondements d'Alan la maintinrent tranquille.

Je suivis les instructions pour la téléportation que me donna la Tante Pearl, et moins de cinq minutes plus tard nous nous rematérialisâmes toutes en face d'un haut bâtiment de béton et d'acier. Il était bien éclairé malgré l'heure si tardive, bien après minuit. Les rues du centre-ville étaient silencieuses et vides. C'était effrayant, pour le moins.

La porte d'entrée à tambour commença à tourner très lentement. Je supposai que c'était une invitation pour nous faire signe d'entrer et c'est ce que nous fîmes, Tante Pearl en tête, Tonya entre nous, et moi pour fermer la marche. Nous entrâmes dans un ascenseur qui m'avait semblé apparaître de nulle part juste en face de nous. La porte se referma et Tante Pearl pressa le bouton du soixante-septième étage.

Nous montâmes en silence, tandis que je me remémorai les paroles d'autrefois de la Tante Pearl sur les faibles capacités de sorcière de Tonya, ce qui me rassura quelque peu jusqu'à ce que je ne réalise que ma tante aurait probablement dit exactement la même chose de moi.

Les portes de l'ascenseur s'ouvrirent et nous fûmes accueillies par deux agents de sécurité aux corps imposants. L'un d'eux emmena Tonya le long d'un couloir qui menait à une salle d'audience. L'autre garde nous fit entrer dans l'office principal. Je suivis la Tante Pearl et Alan vers la salle de conférences du conseil de la WICCA.

La Witches International Community Craft Association était une organisation mondiale vieille de plusieurs siècles, et dans mon esprit je m'étais donc représenté le bureau de la Sorcière Hazel comme un lieu bâti de bois noir et de brique, abrité dans un vieux manoir plein de courants d'air, aux cheminées gigantesques.

C'était tout l'inverse. Loin de cette image confortable et mystique que j'avais, le décor de ces bureaux était propre, stérile et moderne, à l'image de ce que se devait d'être le soixante-septième étage du plus grand building de Londres. Les meubles étaient contemporains, épars, et blancs, avec beaucoup de chrome, de verre, et d'éclairages à haut ampérage. Comme tout le reste, la WICCA avait évolué au fil du temps.

Mon image romantique et mystique de celle-ci ne venait que du fait que je n'y connaissais pratiquement rien. De fait, j'avais toujours essayé d'ignorer la WICCA et tout ce qui avait à voir avec mon moi surnaturel, mais les leçons de magie de la Tante Pearl avaient ouvert un nouveau monde à mes yeux, un monde que je n'avais jamais eu envie de voir jusqu'à aujourd'hui.

Je voyais aussi ma tante sous un tout autre angle. Oui, elle était grincheuse et têtue, mais elle aimait aussi profondément Westwick Corners et aurait tout fait pour protéger et la ville et notre mode de vie. Elle prenait aussi ses talents très au sérieux. Je ne l'admettrais jamais, mais j'étais fière d'elle.

La Tante Pearl et moi étions les deux témoins clés appelées à témoigner contre Tonya, et je ne voulais pas tout rater. Nous avions un grand devoir qui nous attendait. Les infractions à la magie devaient être jugées sous le système judiciaire de la WICCA. J'espérais juste que nos accusations se tiendraient face au regard inquisiteur surnaturel.

La Tante Amber nous fit entrer dans la salle du conseil exécutif où Hazel était déjà assise à la tête de la table d'un blanc laqué. Tante Amber prit siège à la gauche de Hazel, et Tante Pearl et moi nous assîmes à côté.

Hazel resta là, assise, sans rien dire. À en juger par son expression épuisée et de ses yeux rougis et gonflés, il était évident qu'elle avait pleuré. À cause de sa relation avec Sébastien elle ne pouvait faire partie de l'audience ; toutefois en tant que présidente de la WICCA elle était obligée de lui faire l'honneur de sa présence.

Alan qui nous suivait s'assit à mes pieds. J'étais décidée à vaincre toutes les excuses et la procrastination de Hazel. Un seul regard dans ses yeux bruns si expressifs la culpabiliserait assez pour lui rendre sa forme humaine, mais cela devrait attendre après l'audition.

Je fis coulisser mon regard vers l'autre côté de la table du conseil jusque sur les trois juges qui décideraient du sort de Tonya. Ces trois femmes frêles à la chevelure grise semblaient avoir au moins quatre-vingt-dix ans. Elles avaient toute un air fripé et érudit, ce qui je l'espérais signifiait qu'elles étaient très sages au regard des lois de la WICCA.

Les êtres surnaturels demandaient des moyens de dissuasion surnaturels. C'était pour cela que la WICCA dispensait sa propre justice et pour cela que notre mission était si critique.

La salle déjà emplie de tension était telle une poudrière d'émotions prête à prendre feu, dès l'instant où Tonya fut escortée à l'intérieur par un agent de sécurité. Elle baissa le regard, pour éviter le contact visuel avec qui que ce soit tandis que le premier juge commençait à lire les charges contre elle.

La charge la plus importante, l'Abus de Pouvoirs Surnaturels, était celle qui avait aussi la punition la plus sévère. Si elle était jugée coupable, Tonya serait renvoyée de la WICCA et privée à jamais de ses pouvoirs.

Les punitions mortelles étaient maigres en comparaison de celles de la WICCA, et une cellule de Washington n'était rien comparée à ses sentences. Si Tonya était jugée innocente lors du tribunal de la WICCA, ses pouvoirs surnaturels resteraient intacts. Elle pourrait facilement s'échapper d'une prison de Washington et s'en tirer même avec les crimes qu'elle avait commis. C'était la raison pour laquelle il fallait la juger d'abord sous la loi de la WICCA. Tout ce que nous avions à faire était de fournir des preuves comme quoi Tonya avait commis un crime en se servant de sorcellerie. La preuve du crime était simple, puisque nous avions amplement assez de preuves indiquant qu'elle avait tué son mari. Le plus dur était de démontrer comment elle s'était servie de ses pouvoirs surnaturels à cet effet.

— Premier témoin, déclara la Juge Numéro Un, déclarez votre nom et adresse.

Mes paumes se retrouvèrent moites de sueur comme je récitais les détails me concernant. Je me relaxai graduellement en résumant les faits, en commençant par la découverte du corps de Sébastien Plant dans le pavillon et en finissant avec la découverte de l'antigel dans le verre de Sébastien sur la table de chevet.

La Juge Numéro Deux serra ses mains pâles et veinées.

— C'est tout ce que vous avez ? Il n'y a pas de magie là-dedans.

— Non, il y a autre chose.

Le futur de Westwick Corners dépendait de ma dernière preuve. Suffirait-elle ?

Je sortis trois copies du rapport du légiste de mon sac. J'avais utilisé ma magie pour faire des copies de celui-ci, ce qui faisait de moi quelqu'un d'aussi coupable que la Tante Pearl. Mais c'était pour m'assurer que justice soit rendue, me répétai-je en donnant une copie à chaque juge.

— Le rapport du légiste prouve que Tonya avait empoisonné Sébastien avant que Jack ne le frappe avec le démonte-pneu. Sébastien avait déjà ingéré le poison au moment où ils sont venus s'inscrire sur le registre avec Tonya, mais elle lui en a fait boire encore un peu plus dans leur chambre. Les empreintes de Tonya sont sur le verre, et l'ADN de Sébastien sur le bord du verre. Si on en croit les estimations du légiste, il a dû terminer d'ingurgiter la dose létale d'antigel peu de temps après son arrivée à l'Hôtel avec l'accusée. Pearl pourra corroborer leur arrivée et l'heure. Pourtant, il ne s'est rendu au pavillon que plusieurs heures plus tard. À ce moment-là, il aurait dû déjà perdre la capacité de rester debout, et encore plus de pouvoir marcher.

Je pris une longue respiration et sortis ma dernière arme, mon ordinateur portable. Sur celui-ci se trouvait une vidéo de surveillance de notre caméra.

— Vous pouvez ici voir Tonya et Sébastien flotter à l'extérieur de l'Hôtel.

Tonya bondit sur pieds.

— Cela ne prouve rien.

— Cela prouve que vous étiez dehors avec Sébastien, au lieu de dormir comme vous l'avez annoncé. La vidéo date de 7 h 30, et si vous regardez bien, vous constaterez que les yeux de Sébastien sont clos. Il est très clairement inconscient.

Les visages des juges restèrent impassibles tandis qu'elles regardaient la vidéo de surveillance.

— Cela prouve que Tonya s'est servie de ses pouvoirs surnaturels pour l'amener au pavillon.

Je me tournai et fixai chacune des juges du regard, qui se penchèrent vers l'avant à l'unisson.

La vidéo ne mentait pas. Mais elle prouvait que Tonya, si.

— Tonya a essayé de faire accuser Pearl, un autre membre de la WICCA, du crime. Mais elle s'est trahie avec la note qu'elle a laissée sur la scène, dis-je avant de sortir une copie de la note que je fis glisser sur la table vers les juges. Elle a écrit Unraveled avec deux L.

La Juge Numéro Trois fronça les sourcils tant et si bien qu'ils s'unirent de confusion.

— Et alors, elle ne sait pas écrire, et donc ?

— Ce n'est pas une erreur, Juge. Pearl est américaine et écrit à l'américaine, qui ne prend qu'un seul L.

— Beaucoup de gens écrivent en anglais. Hazel, par exemple, protesta Tonya. Ce simple fait ne fait pas de moi une coupable.

Je fis non de la tête.

— Hazel ne serait pas fichue non plus de faire des rimes même si sa vie en dépendait.

La susnommée me foudroya du regard, même si je venais juste de me porter garante d'elle.

— Le laboratoire du crime a déjà analysé la note et elle était recouverte d'empreintes appartenant à Tonya. Pas celles de Hazel, dis-je avant de faire glisser ce nouveau rapport sur la table.

La Juge Numéro Deux l'attrapa d'une main osseuse.

La Tante Pearl soupira.

— J'ai déjà passé du temps en prison à cause des fausses accusations de Tonya. Je veux que la justice soit rendue.

La Juge Numéro Trois eut un hoquet de surprise.

— Cela veut donc dire que Tonya a réellement essayé de faire porter le chapeau à un autre membre de la WICCA ?

J'acquiesçai.

— Elle a aussi persuadé Jack qu'il avait assassiné Plant. Quand il l'a frappé avec le démonte-pneu, il ignorait totalement que Tonya avait déjà administré à Sébastien une dose mortelle de glycol d'éthylène, ou antigel.

Hazel eut un haut-le-cœur.

— Que répondez-vous, Sorcière Tonya ? Demanda le Juge Numéro Un.

— Je plaide coupable.

CHAPITRE 35

Je me levai tôt et me dirigeai vers mon bureau, enfin fraîche et dispo après une nuit entière de sommeil, rendue possible grâce à la certitude que Tonya avait été privée de ses pouvoirs surnaturels. La décision des trois juges de la WICCA avait été unanime. Les pouvoirs de Tonya lui avaient été immédiatement retirés et ce de façon permanente, et elle subirait une autre sentence de la WICCA durant une dizaine d'années dès que sa peine de prison de l'État de Washington se serait finie.

Justice avait aussi été rendue envers Alan. Hazel avait levé sa malédiction et avait ramené mon frère à sa forme humaine. Il était de retour à la normale, et se servait un bon petit-déjeuner copieux à l'Hôtel.

Tonya avait été relâchée sous attente de sa sentence sous la condition de porter un bracelet de contrôle à la cheville pour qu'on puisse être à tout moment au courant de ses allées et venues. Je ne doutais pas qu'elle était avec Jack, en route vers Westwick Corners en cet instant même.

J'étais certaine qu'elle reviendrait, puisqu'elle salivait déjà à l'idée de construire son hôtel de Westwick Corners. Elle était sûre que, malgré le jugement de la WICCA, ses plans se réaliseraient tout de même. Tout ce dont Jack et elle avaient besoin c'était de finaliser la paperasse avec nous pour conclure l'affaire.

J'avais autre chose en tête, après m'être fondée sur les preuves dorénavant en possession du Shérif Gates. J'étais vraiment impatiente de voir Tonya et Jack arrêtés et la justice faite, ainsi que de dévoiler au grand jour leur ruse pour nous faire accepter leur offre de vente.

En attendant son arrivée, j'en profitai pour finaliser le numéro de la semaine du Westwick Corners Weekly. Et quelle semaine c'était ! Un meurtre, un mariage annulé (ce genre de choses faisait effectivement la une des journaux dans notre ville), un maire et ses conflits d'intérêts, et enfin, le fait que nous semblions réellement avoir notre propre vortex. Qui l'eus cru ?

Et puis il y avait l'autre actualité que je ne pouvais publier qui montait sur toutes les bouches du monde de la magie : l'une d'entre nous s'était rendue coupable d'un horrible crime et était sur le point d'en payer le prix. Cette histoire n'avait besoin d'aucune fioriture de ma part. Il était déjà écrit d'avance, pratiquement.

Mon article principal d'origine sur l'inauguration de l'Hôtel de Westwick Corners semblait plutôt trivial en comparaison aux autres nouvelles, et ne me laissait pas d'autre choix que de le tuer dans l'œuf pour le remplacer par un autre sur le meurtre de Sébastien Plant. Le manque de publicité ferait certainement du mal à nos affaires, mais le reste rattraperait sûrement.

Pour une fois, le Westwick Corners Weekly serait empli d'un contenu original plutôt que de coupons et de publicités. Les gens recevraient les faits avant même que l'histoire n'ait pu tourner sur toutes les langues et ait été embellie par le moulin de la rumeur. Et, je réalisai, de fait toutes ces actualités se rejoignaient.

En gros, Westwick Corners était un endroit intéressant qui valait vraiment le détour depuis l'autoroute. Les touristes étaient peu susceptibles de lire notre journal local, mais les locaux qui le faisaient s'amasseraient sûrement au Witching Post pour discuter des derniers événements autour de quelques verres. Je pourrais au final tirer quelque chose de bien d'une si mauvaise situation de départ.

Je jetai un œil à ma montre et me rendis compte que notre réunion prévue avec Jack et Tonya était pour dans moins de trente minutes. Ils s'imaginaient pouvoir acheter notre propriété, mais nous avions quelque chose de complètement différent à l'esprit.

Si, bien sûr, j'arrivai à l'heure à l'Hôtel.

Aux grands maux les grands remèdes, j'usai de magie pour faire un brouillon d'article sur le meurtre, un autre sur les Plants et sur leur société, Travel Unraveled. Ajoutez-y un vortex, et voilà, j'avais mon édition finale.

Une demi-heure plus tard, le papier avait été revu, formaté, et était prêt à être publié. Tout ce qui me restait à faire était de télécharger l'article sur le site officiel du Westwick Corners Weekly à un moment approprié.

Je venais de finir de siroter mon café froid quand un grand boum me fit sursauter.

— Hein… ? ! M'étranglai-je, en éclaboussant du liquide partout sur mon bureau.

Une demi-seconde plus tard une Tante Pearl venant des airs tomba au travers du plafond sur la chaise de bureau en face de moi. Malgré sa petite stature, la chaise grinça sous la vélocité de l'impact. C'est ce que quarante kilos de peau et d'os ont tendance à faire quand ils tombent de plus de deux mètres de haut. La Tante Pearl n'avait pas l'air de s'en sortir plus mal.

— Bon sang ! Je deviens trop vieille pour ça, protesta-t-elle avec une grimace en tortillant ses fesses sur le siège. Jack et Tonya viennent d'arriver à l'Hôtel. Que fais-tu encore ici ?

La Tante Pearl avait été officiellement innocentée de tout soupçon ce matin, après que le rapport du légiste eut identifié le démonte-pneu comme arme du meurtre. Le sang sur cette baguette était celui d'une vache, pas celui d'un humain. Tout avait été trafiqué pour lui faire porter le chapeau, sauf que la science médico-légiste prouvait l'inverse.

— Souviens-toi de te contenter de me suivre, dit-elle en descendant les escaliers avec des petits sauts, en tapotant sa baguette contre la rambarde le long de sa descente. Eh bien, que c'est bon d'être libre.

Je me rappelai brusquement mon presque mariage et ma presque vie de femme de politicien.

— Je ne saurais être plus d'accord.

CHAPITRE 36

Avec Maman, la Tante Pearl et moi suivîmes Tonya et Jack tandis que notre groupe se déplaçait dans le jardin en direction du pavillon. Tonya Plant et Jack Tupper III participaient sans grand enthousiasme à cette expédition, venus uniquement car on les avait dupés en leur faisant miroiter l'arrestation de la Tante Pearl pour le meurtre de Sébastien Plant.

Même si Tonya et Jack étaient impatients de voir ma Tante arrêtée pour meurtre, ils étaient encore plus impatients à l'idée de signer les papiers de la vente de notre propriété.

Je tapotai ma montre.

— La Tante Amber était supposée arrivée il y a une heure. Je suis sûre qu'elle ne va pas tarder à arriver.

C'était un mensonge destiné à les retenir ici.

— Cela devra attendre, déclara le Shérif Gates en s'avançant vers nous. J'ai quelques affaires de mon propre chef à régler. Il me reste quelques questions qui auraient bien besoin de réponses, au sujet de Sébastien.

Tyler fit un signe de main à Tonya, qui l'ignora. Elle était à quelques mètres de nous en retrait du groupe, focalisée par quelque chose sur l'écran de son smartphone.

Jack toussa et se tripota les mains nerveusement.

Cela prit à Tonya un moment avant de comprendre que tout le monde la regardait.

— Vous n'êtes pas sérieux. C'est déjà un miracle que vous ayez été engagé comme shérif, surtout ici dans cette ville de bouseux. Vous êtes au courant que personne d'autre n'aurait accepté de venir travailler ici ?

Le Shérif Gates ignora l'insulte.

— Les gens sains d'esprits refuseraient de vivre ici tout court, ajouta-t-elle. Et ça inclut tous les autres policiers incompétents dans votre genre.

Les yeux de Pearl s'étrécirent.

— Cette ville de bouseux comme vous le dites, Mademoiselle, est située sur un vortex. Vous êtes simplement jalouse de ne pouvoir habiter ici. Sauf que si vous croyez pouvoir vous emparer de notre vortex, vous allez avoir une sacrée surprise.

Maman tapota le bras de Pearl gentiment.

— Calme-toi, Pearl. Ce Vortex existe pour que tout le monde puisse venir en profiter.

— Mais pas s'en emparer pour l'exploiter, ajoutai-je.

Le Shérif Gates eut l'air perturbé.

— Quel vortex ?

Je lui fis un signe de la main de passer à autre chose.

— Je vous expliquerai plus tard.

— On s'en moque, rétorqua Tonya qui fusilla le shérif du regard. Je savais bien que ce serait une perte de temps. Il faut que j'y aille, alors je vous laisse les papiers. Pour toute question il faudra s'adresser à mon assistant.

Puis elle fouilla dans son sac à main et en sortit une carte de visite. Qu'elle fourra dans la main du shérif.

— Vous n'allez nulle part, rétorqua-t-il.

— Vous ne pouvez pas me donner d'ordres. Je suis libre de faire ce que je veux. Vous êtes de toute façon trop incompétent pour trouver l'assassin de mon mari.

Le shérif fit l'impasse sur ses insultes une seconde fois.

— Vous êtes sous arrestation pour le meurtre de Sébastien Plant.

— C'est ridicule. J'ai un alibi. Elles m'ont toutes vue à l'Hôtel, fit-elle avant de faire un geste de la main dédaigneux vers Maman, Tante Pearl, et moi. J'étais avec elles au moment du meurtre, à devoir subir leur service client épouvantable.

— Je ne me souviens pas vous avoir vue, rétorqua la Tante Pearl.

Je lui mimai un mouvement de tranchage de gorge. L'un des arts dans lesquels excellait ma tante était celui de rendre tout le monde dingue et de faire dériver les conversations. Ce dont nous n'avions vraiment pas du tout besoin.

— Je doute que vous puissiez vous souvenir de quoi que ce soit de toute façon, vieille dinde, répliqua Tonya en jetant son sac à main sur son épaule et en faisant signe à Jack de la suivre.

Je me souvins de l'un des commentaires de la Tante Pearl indiquant que Tonya était plus vieille que ce qu'elle n'en avait l'air. Pourquoi ne le paraissait-elle pas en ce moment même alors, si elle avait été privée de ses pouvoirs ? Peut-être qu'il y avait un délai avant que tout prenne effet.

— Vous n'avez aucun droit de me parler ainsi ! Siffla la Tante Pearl en levant sa baguette dans les airs, et prête à s'en servir juste avant que je ne l'arrête pour l'empêcher de s'ajouter encore une ligne dans son casier.

Heureusement, Tonya l'ignora. Elle se tourna vers Jack.

— On y va.

Jack fit la grimace mais se tourna pour se lancer les talons de Tonya.

— Une seconde, dit le Shérif Gates. Vous n'avez aucun droit de partir sans mon autorisation. Vous deux avez beaucoup de choses dont vous devez répondre.

— Allez vous faire foutre, fit Tonya. Allez demander à mon avocat. J'étais à l'Hôtel depuis le début, vous n'avez aucun moyen de me faire porter le chapeau pour le meurtre de Sébastien.

Tu parles d'une veuve éplorée.

— Aah, mais je ne parle pas de l'heure à laquelle le 'meurtre' s'est produit dans le pavillon. Sébastien Plant est mort bien plus tôt, à un moment où vous n'aviez aucun alibi. Vous êtes restée seule pendant une heure, à partir du moment où Sébastien est allé faire sa promenade, jusqu'à plus tard quand vous êtes allée retrouver Jack dans sa chambre.

— C'est faux. Je n'ai jamais quitté ma chambre. Ces dames pourront confirmer que je suis restée à l'Hôtel dès mon arrivée. N'est-ce pas ?

Elle me foudroya du regard et je confirmai.

— Vous n'êtes jamais sortie faire de promenade à pied avec Sébastien.

— Vous voyez, shérif. Vous seriez incapable de résoudre un meurtre même si votre vie en dépendait. Il est évident que Pearl West a tué mon mari avec sa canne. Toute autre hypothèse est ridicule, décréta Tonya en martelant son téléphone pour y taper quelques touches. J'appelle le gouverneur. Je veux qu'on vous destitue immédiatement de l'affaire.

— Personne ne me destituera de l'affaire, car elle est résolue, lui répondit Tyler Gates dont les yeux croisèrent les miens en un merci silencieux, tandis qu'il sortait des menottes. Vous êtes sous arrestation pour l'assassinat de Sébastien Plant.

Il lut à Tonya ses droits mais ne la menotta pas tout de suite.

— Le droit de garder le silence, c'est ça, mon cul.

Tonya lui adressa un regard noir et se détourna. Elle rugit quelque chose dans son téléphone, mais celui qui devait répondre aux appels passés au gouverneur était apparemment en train de l'ignorer.

— Passez-le moi tout de suite ou je vous fais virer.

Vachement le comportement d'une épouse en deuil, ça, songeai-je.

— Coupez-moi ça, ordonna Tyler en lui agitant les menottes en face d'elle. La seule personne que vous avez intérêt à appeler là tout de suite c'est votre avocat.

Tonya le transperça du regard mais finit enfin par obtempérer. Elle se tut et croisa les bras, pour apparemment retarder les menottes qui allaient inévitablement arriver.

— Vous n'avez peut-être pas délivré de coup, mais vous avez tué votre époux. La plupart du temps c'est le conjoint, et cette fois-ci cela n'a pas été pas différent.

— Vous êtes vraiment un abruti, siffla Tonya, qui pour la première fois montrait une trace de crainte.

— Sébastien a souffert d'un traumatisme dû à un choc violent au crâne, mais ce n'était pas la canne de Pearl qui a causé cela, expliqua le Shérif Gates en nous scrutant chacun du regard. Son agresseur est ici.

— C'est Pearl de toute évidence, souffla Tonya. Elle a été même assez stupide pour laisser sa canne sur les lieux du crime.

— Comment osez-vous me traiter de stupide ! Rugit la Tante Pearl avant de lever sa canne en l'air et de faire un pas vers Tonya.

— Elle recommence, cria Tonya. Arrêtez-la !

J'attrapai ma tante par-derrière dans une étreinte brutale et la tirai derrière. Je me rendis alors compte que je n'avais absolument pas souvenir de l'avoir un jour pris dans mes bras. Elle n'était vraiment pas du genre tactile. Ce fut pourtant comme si je la voyais pour la première fois. Ma tante était tellement pleine d'audace, avec un si mauvais caractère, que je n'avais jamais réalisé à quel point en réalité elle était petite ou fragile.

— Pearl ne l'a pas tué, indiqua Tyler. Elle n'a pas assez de puissance physique pour lui appliquer un tel coup.

Je jetai un regard nerveux à Maman. Pearl avait beaucoup de force en réalité grâce à ses pouvoirs surnaturels. Tonya en était parfaitement consciente elle aussi. Était-elle assez désespérée au point de révéler que nous étions des sorcières ?

— En fait, elle en serait tout à fait capa-

J'interrompais Tonya avant qu'elle ne puisse finir sa phrase.

— Pearl n'est de toute évidence pas de taille pour se mesurer à un type de plus de cent trente kilos.

— Surtout pas un homme de plus d'un mètre quatre-vingts non plus, ajouta Tyler. Elle n'aurait pu atteindre un point de vue assez haut pour lui assener un tel coup sur le haut du crâne. Et elle n'aurait jamais eu la possibilité d'avoir la force suffisante pour le maîtriser.

Les yeux de la Tante Pearl s'étrécirent et elle souffla dédaigneusement en direction du shérif.

— Je peux y aller maintenant ? Siffla Tonya.

Tyler Gates les ignora toutes les deux.

— L'objet qui a frappé Sébastien à la tête, continua-t-il, était bien plus lourd que la canne de Pearl. Son agresseur était aussi assez fort non seulement pour laisser une empreinte sur sa peau mais aussi pour lui fracturer le crâne.

Nous nous tournâmes toutes pour regarder Jack, qui, à plus d'un mètre quatre-vingt, était bien plus haut que Tonya. Ses yeux s'écarquillèrent en voyant Alan sortir du pavillon. À un mètre quatre-vingt-sept, il semblait assez intimidant à côté de Jack. Il nous sourit, prêt à assister le shérif si nécessaire.

Le Shérif Tyler Gates avait aussi des menottes dans la main gauche.

— De fait, nous savons précisément ce dont l'agresseur s'est servi, dit-il avant de se baisser pour prendre un démonte-pneu à côté des marches du pavillon. D'un démonte-pneu, exactement comme celui-ci. Son bout a laissé une impression très distincte sur le crâne de Sébastien Plant. Une marque qui ne s'accordait pas à la canne de Pearl. Et qui s'accordait, cependant, parfaitement au démonte-pneu de la Lamborghini de Jack.

— Vous ne pouvez pas prouver cela, déclara Jack pris de sueurs froides. Cela aurait pu être n'importe quoi d'autre.

Le Shérif Gates fit non de la tête.

— L'empreinte sur la tempe de Sébastien est très claire. J'ai obtenu un mandat de fouille pour votre voiture ce matin. Votre démonte-pneu manquait à l'appel.

Jack soupira d'un audible soupir de soulagement.

— Enfin, jusqu'à ce que nous le retrouvions dans la poubelle de votre chambre. Le sang qui s'y trouvait était celui de Sébastien.

— C'est un mensonge. La canne de Pearl était elle aussi couverte de sang.

Tyler chassa cette idée d'un geste de la main.

— Vous aviez volé la canne de Pearl et laissée au pavillon pour l'incriminer. L'empreinte sur la tempe de Sébastien a toutefois éliminé d'office sa canne de la liste des armes potentielles du crime. Non seulement cela, mais de plus l'angle et la force requis pour laisser une telle empreinte ne pouvaient provenir que de quelqu'un de bien plus grand que Pearl. De fait, vous étiez le seul homme à l'Hôtel cette nuit-là qui remplissait ces conditions.

— C'est lui, le type que j'ai vu ! Se rendit compte Pearl, qui plaqua ses mains sur sa bouche. L'homme avec la capuche !

Tonya se mit à crier d'une voix perçante.

— Tu as tué mon mari !

Et elle se mit à charger vers Jack pour venir lui marteler la poitrine de ses poings. Le shérif fixa son regard sur lui.

— Vous l'avez suivi au pavillon et l'avez frappé à la tête.

— Ce n'est pas possible, je n'étais pas là.

— Vous n'avez aucun alibi. En plus, nous avons un témoin oculaire.

— Je veux un avocat, dit Jack. Je n'ai rien à voir avec tout cela.

— Jack était incroyablement jaloux de Sébastien, déclara Tonya, qui avait troqué ses cris perçants pour un calme de défunte. Jack avait insisté pour que je le quitte, mais j'ai refusé. Alors il a assassiné mon pauvre, cher mari.

— C'est un mensonge, cria Jack. Tu m'avais dit que tu voulais qu'il sorte de ta vie. Qu'il te battait.

— Je n'ai jamais dit cela. Tu étais juste obsédé par moi, le décria Tonya en essuyant une prétendue larme de sa joue encore sèche. Seb et moi vivions une vie heureuse ensemble. À laquelle un monstre a mis fin.

— Tout cela n'a que peu d'importance au final, dit Tyler. Le traumatisme crânien n'est pas ce qui l'a tué.

— C'est vrai ? S'exclama Jack, soudainement plein d'espoir.

Tyler fit non de la tête.

— Sébastien a été empoisonné. Le coup de Jack n'a fait que masquer la réelle cause de la mort.

— Non, c'est Jack l'assassin. Je vous ordonne de l'arrêter sur le champ, cria Tonya.

Je remarquai soudainement quatre officiers de police de Shady Creek qui marchaient autour du jardin. Ils attendirent à environ trois mètres de nous tandis que le Shérif Gates reprenait la parole. Ils avaient probablement été rameutés en guise de renforts.

— Sébastien Plant est mort d'un empoisonnement au glycol d'éthylène. De fait, il était déjà mort au moment où Jack l'a frappé avec le démonte-pneu. C'est la raison pour laquelle il n'y avait pas beaucoup de sang, expliqua-t-il. C'est aussi la raison pour laquelle le démonte-pneu a laissé une marque aussi distincte sur son crâne. Le légiste nous a expliqué que si la victime avait été toujours vivante avec un sang en circulation normale, l'empreinte du démonte-pneu n'aurait pas été aussi distinctement inscrite sur sa chair.

La Tante Pearl s'offusqua.

— Cette femme a plus d'un tour dans son sac. Quelle sorcière.

Je flanchais sous cette référence, mais personne d'autre ne sembla la remarquer. Le shérif Gates pointa Tonya du doigt.

— C'est vous qui avez mis en œuvre cette scène de crime aussi élaborée pour accuser Jack du meurtre. C'est pour cela que vous étiez venue vous inscrire aussi tôt à l'hôtel, et avez retenu Sébastien dans sa chambre jusqu'à ce qu'il ne soit plus qu'à peine capable de marcher. Sébastien n'était pas saoul, il était empoisonné. Vous l'avez persuadé d'aller dehors pour prendre une bouffée d'air frais et dessaouler. Vous étiez bien obligée, parce que vous n'auriez eu aucun autre moyen de porter un homme obèse de cent trente kilos.

— Pourquoi l'avoir fait aller au pavillon ? Demanda Alan.

— Il était ainsi à l'abri des regards. Cela lui a permis de gagner assez de temps pour qu'on ne le trouve pas trop tôt pour deviner le pot aux roses. Les effets de l'antigel peuvent être défaits, mais il n'y a qu'un petit laps de temps avant qu'il ne soit trop tard. Elle ne pouvait pas se permettre de le laisser dans sa chambre sans avoir à expliquer d'abord pourquoi elle n'aurait pas cherché à appeler à l'aide. Prétendre qu'il était parti faire une promenade dans le jardin cela lui donnait une couverture parfaite. Cela lui procurait un alibi idéal pendant le temps qu'il périssait, tranquillement.

— Tout est de ma faute, se lamenta Tonya dont la voix se brisa. Il était déprimé et je n'aurais jamais dû le laisser tout seul. Il avait des pensées suicidaires ces quelques derniers mois. Mais je ne savais absolument pas qu'il s'était mis à boire de l'antigel.

— La plupart des gens ne sont pas au courant que le glycol d'éthylène est le nom chimique de l'ingrédient principal servant à constituer l'antigel, et pourtant vous me semblez bien familière avec ce terme.

— Parce que je suis quelqu'un d'intelligent, Shérif. J'aurais juste souhaité être assez intelligente pour empêcher mon époux de s'ôter la vie.

— Je suis plutôt persuadé que vous l'y avez aidé, dit Tyler. Quelqu'un a versé le glycol d'éthylène dans sa boisson. Nous avons fait des tests sur la table de nuit dans votre suite et trouvé des traces de l'agent chimique. Vos empreintes étaient sur le verre. Vous avez dû le glisser dans sa boisson.

— C'est une sacrée imagination que vous avez là, Shérif. Mais ce n'est pas ce qui s'est produit.

— Personne ne se suicide avec de l'antigel, répondit le Shérif Gates.

Les gens qui veulent se suicider prennent soit des pilules soit se pointent un pistolet sur la tête. Il y a d'autres éléments que nous avons découvert qui ne corroborent pas la thèse d'un suicide. De façon assez étrange, même si le verre de Sébastien portait vos empreintes, il manquait les siennes. Vous avez porté le verre à ses lèvres alors qu'il était à peine conscient et l'avez forcé à le boire. Les gens suicidaires ne portent pas de gants pour cacher leurs empreintes. Ils n'ont pas d'intérêt pour des choses comme celles-ci, parce qu'ils n'ont plus d'intérêt pour quoi que ce soit une fois qu'ils décident de quitter ce monde.

— Le personnel de votre laboratoire est probablement aussi incompétent que vous, dit Tonya. Vous avez dû manquer ses empreintes ou prendre le mauvais verre.

— C'est un laboratoire de médecins légistes désignés par l'État. Ce n'est que l'un des multiples affaires dont ils s'occupent, et ils ont une assez bonne réputation. Je ferai passer vos commentaires au laboratoire et aussi au gouverneur.

— S'il avait vraiment été empoisonné, comment aurait-il pu marcher et encore moins aller jusqu'au pavillon ? Prétendit pleurnicher Tonya.

— C'est simple. Les effets du poison de l'antigel ne sont pas instantanés. Les premiers signes se démontrent dès l'instant où la personne se met à bafouiller et à perdre sa coordination.

— Comme un alcoolique, réalisa Maman.

— Tout à fait. Le poison devient apparent lors de l'autopsie. Le glycol d'éthylène forme des cristaux dans les reins qui restent intacts après la mort. Cela a dû être la cause du décès. Le traumatisme crânien infligé par le démonte-pneu de Jack était lourd, mais il s'est produit plus tard. Dans tous les cas, cela n'aurait pas suffi à provoquer une mort instantanée.

Jack fronça les sourcils en étudiant Tonya du regard.

— Tu m'as menti. Tu as tout inventé sur Sébastien. Tu t'es servie de moi.

Tyler jeta un œil éloquent à Jack.

— C'est tout à fait ça. Elle vous a fait porter le chapeau pour le meurtre de Sébastien.

La Tante Pearl acquiesça. Pour une fois elle était du côté du shérif.

— Toujours soupçonner l'époux, peu importe les faits.

Tonya se renfrogna en voyant le Shérif Gates placer les menottes sur ses poignets. Un autre officier fit de même pour Jack, et les deux furent menés aux voitures de polices qui les attendaient pour les transporter à la prison de Shady Creek.

Nous restâmes dans le silence, en les regardant partir.

— Je suis contente que ce soit fini, dit Maman.

— C'est fini pour vous mais cela commence à peine pour Tonya, dit Tyler. Sébastien n'était pas le premier mari de Tonya… Ni le premier à mourir sous des circonstances étranges non plus. Son premier mari est mort brutalement à l'âge de trente-huit ans. Sa famille voulait une autopsie mais en tant que parent proche, Tonya a refusé. Je pense qu'ils vont vouloir exhumer son corps.

La sorcière qui avait tout venait de tout perdre.

CHAPITRE 37

J'étais complètement épuisée entre mon presque mariage, ma rupture, le meurtre de Plant, et un tribunal de la WICCA à l'autre bout de l'océan en l'espace d'un simple week-end. À en juger par son expression, la Tante Pearl aussi.

— L'École de Charmes de Pearl prend ses vacances d'entre deux trimestres, et elles commencent maintenant, soupira-t-elle.

— J'ai réussi aux examens ? Demandai-je.

— Tu viens à peine de commencer, me répondit la Tante Pearl avec un petit sourire. Mais je n'ai pas encore fini de noter le peu que tu as déjà accompli.

Je m'en décrochais la mâchoire. Après tout ce que j'avais fait, je pensais au moins mériter un A +.

— Je devrais passer automatiquement.

— Je te taquine, Cen. Tu as réussi.

Je me relaxai, surprise de constater à quel point ma magie, et l'approbation de la Tante Pearl, comptaient soudainement pour moi. Je ressentais une nouvelle affection pour ma tante maintenant que je réalisai à quel point elle avait tout risqué pour sauver notre ville. Nous avions peut-être plus en commun que ce que je ne croyais.

Nous nous assîmes à une grande table de pique-nique dans l'arrière jardin. Une brise chaude d'après-midi bruissait au travers des feuilles des grands trembles qui bordaient l'arrière de notre propriété. Le dernier des invités de ce week-end venait de partir quelques heures auparavant, et nous profitâmes donc de ce temps agréable pour faire un barbecue impromptu.

Notre estomac était déjà bien plein de poulets au barbecue, de salade de patates secrète de Maman, et de maïs frais englouti encore sur l'épi. Tante Pearl et moi nous assîmes en face de Hazel et de la Tante Amber qui venaient d'arriver à Westwick Corners juste à temps pour célébrer la capture de Tonya. Nous avions aussi invité le Shérif Gates à nous rejoindre. Il s'était assis à la droite de la Tante Amber.

Tyler leva soudainement les yeux en voyant Alan courir sur la pelouse dans notre direction. Même s'il avait regagné sa forme humaine, il avait gardé son niveau d'énergie canine et son appétit semblait plus grand que jamais. Il souriait d'une oreille à l'autre quand il nous rejoignit à table. J'étais presque aussi ravie que lui.

Même si c'est vrai qu'Alan était plutôt mignon sous sa forme de Border Collie, je devais admettre que cela m'avait un peu inquiété de ne peut-être jamais le voir redevenir normal. Il m'avait manqué à moi aussi. C'était bon de revoir mon frère. Même Hazel était contente pour lui, apparemment. C'était particulièrement agréable de voir que Hazel et Pearl étaient de nouveau copines comme cochons.

— J'espère qu'il vous reste de la place pour le dessert.

Maman venait d'émerger de l'arrière porte de la cuisine avec un large plateau. Mon humeur s'assombrit dès que je vis le gâteau de mariage. J'avais momentanément tout oublié de mon mariage annulé et de ma rupture avec Brayden, mais ce gâteau venait de me ramener à tous ces sentiments. Soudainement cette journée se couvrait de nuages.

— C'est l'heure de faire une célébration.

Tout le monde se tourna vers moi quand Maman posa le gâteau sur la table.

— Maman, non.

Je hochai négativement la tête.

— Calme-toi, Cen. C'est un gâteau très bon et je n'ai pas l'intention de le laisser se gâcher. Regarde de plus près, dit Maman en agitant la main au-dessus du gâteau.

Mes épaules s'affaissèrent quand je me concentrai sur le gâteau. Puis mon visage s'illumina quand je vis que, si c'était bien le gâteau destiné à mon mariage, les décorations étaient entièrement différentes. Les deux époux en haut du château avaient été remplacés par une version miniature de tout l'Hôtel de Westwick Corners, qui se complétait par la famille West au complet.

Maman, Pearl et Amber étaient en face du porche principal, se tenant par les bras. Alan (dans sa forme humaine) et moi étions en face de la maison, tandis que la Grand-Mère flottait quelques centimètres au-dessus de nous. Je sentis mon cœur se réchauffer devant cette scène sentimentale que Maman avait recréée avec tant de peine en haut du gâteau.

Toutefois, même Maman ne pouvait travailler si vite sans magie, alors elle avait pourtant bien dû s'en servir. Je supposai que nous avions toutes deux plus confiance en nos talents. Je sentis un regain d'amour pour ma maman si talentueuse et super-cool, si débrouillarde et économe toute à la fois. Je lui fus aussi éternellement reconnaissante en me rendant tout d'un coup compte qu'elle avait tout géré toute seule et fait tourner l'Hôtel par elle-même pendant que la Tante Pearl et moi allions combattre les criminels surnaturels.

— C'est magnifique. Je ne crois pas que j'ai le droit de ruiner une telle œuvre d'art en la mangeant.

— Ne sois pas idiote, Cen, me dit Maman en me tendant le couteau. Maintenant, fais un vœu.

Quelques idées me vinrent en tête, mais pour la première fois de ma vie j'eus l'impression de ne rien vraiment vouloir.

Je ne voulais rien changer du tout, même pas cet emploi que j'avais, dénué de tout futur, à ce journal qui suffisait à peine à payer ses dettes. Je n'étais même plus sûre de vouloir changer Westwick Corners. J'aimais ma famille excentrique comme elle l'était, peu importe ce que songeaient les étrangers. Je m'aimais même moi aussi. Pour la première fois j'étais fière d'être une sorcière. Je ne prendrai plus jamais rien pour acquis.

Je fis un tour de la table. Tous les yeux étaient rivés sur moi, à attendre que je coupe le gâteau. Et mon regard tomba dans celui brun, sexy, de Tyler Gates.

Mon cœur fit un bond dans sa poitrine.
Je fermai les yeux et pris une grande respiration.
Peut-être que j'avais vraiment un vœu, après tout.

* * *

Vous avez aimé Charmée De Vous Rencontrer ?
Lisez le livre suivant de la série :

De la Sorcière à la Richesse

Vous pouvez obtenir les autres livres de Colleen:
www.colleencross.com

NOTE DE L'AUTEUR

Si vous avez aimé lire *Charmée de vous rencontrer,* merci de penser s'il vous plaît à laisser un petit commentaire, ou à le recommander à un ami. Le bouche-à-oreille, c'est le meilleur ami des auteurs !

Charmée de vous rencontrer est le premier roman de la série des Petits Polars Sur Les Aventures Des Sorcières de Westwick, et j'en ai encore bien d'autres de prévus dans cette série de petits polars paranormaux. Tant que vous, lecteurs, continuerez à les aimer, je continuerai à les écrire.

Si vous avez aimé *Charmée de vous rencontrer* et voulez être les premiers informés des nouvelles parutions et des offres exclusives réservées aux participants, inscrivez-vous à ma newsletter. Vous recevrez des mails seulement 3-4 fois par an, et uniquement quand il y a de nouveaux livres de publiés. Inscrivez-vous sur http://eepurl.com/c1hzCv

J'ai aussi écrit beaucoup d'autres policiers et séries de thriller que vous apprécierez peut-être. Retrouvez mes autres livres sur www.colleencross.com.

Merci beaucoup de votre lecture !

Colleen Cross

DU MÊME AUTEUR

<u>Inscrivez-vous à son bulletin</u> d'information pour être immédiatement informé
de nouvelles parutions !

http://eepurl.com/c1hzCv

Fraudes : Thrillers judiciaires de Katerina Carter

Stratégie de sortie: Crimes et enquêtes

Theorie des jeux

Formule mortelle

Mise au vert

Rouge vif - Nouvelle

Lune Bleue - Roman court

La Couleur de l'argent : Enquêtes criminelles de Katerina Carter (Coffret 3 volumes)

Thrillers judiciaires de Katerina : Tomes 1 et 2

Thrillers judiciaires de Katerina Carter : Tomes 3 et 4

Les Petites Enquêtes Surnaturelles des Sorcières de Westwick

Charmée de Vous Rencontrer

De la Sorcière à la Richesse

Le sort vers la gloire

Enquêtes Surnaturelles des Sorcières de Westwick

Site Web :

http://www.colleencross.com

<u>Inscrivez-vous à son bulletin</u> d'information pour être immédiatement informé
de nouvelles parutions !

http://eepurl.com/c1hzCv

www.ingramcontent.com/pod-product-compliance
Lightning Source LLC
Chambersburg PA
CBHW060547190726
48283CB00003B/911